花津学术文丛
主编◎张德让 张孝荣

资助项目：本研究为国家社会科学基金项目"英国维多利亚诗歌生态意识研究"（10BWW017）的结项成果

鹈鸰呼周：维多利亚生态诗歌研究

蔡玉辉 ◎ 著

南京大学出版社

图书在版编目(CIP)数据

鹈鸰呼周：维多利亚生态诗歌研究 / 蔡玉辉著. — 南京：南京大学出版社，2019.5
（花津学术文丛/张德让，张孝荣主编）
ISBN 978-7-305-22049-4

Ⅰ.①鹈… Ⅱ.①蔡… Ⅲ.①诗歌研究－英国 Ⅳ.①I561.072

中国版本图书馆 CIP 数据核字(2019)第 079269 号

出版发行	南京大学出版社		
社　　址	南京市汉口路22号	邮编	210093

出 版 人　金鑫荣

丛 书 名　花津学术文丛
主　　编　张德让　张孝荣
书　　名　鹈鸰呼周：维多利亚生态诗歌研究
著　　者　蔡玉辉
责任编辑　杨姗姗　张淑文　　　编辑热线 025-83596997
照　　排　南京理工大学资产经营有限公司
印　　刷　江苏凤凰数码印务有限公司
开　　本　718×960　1/16　印张 20.25　字数 273 千
版　　次　2019年5月第1版　2019年5月第1次印刷
ISBN　978-7-305-22049-4
定　　价　79.00 元

网　　址：http://www.njupco.com
官方微博：http://weibo.com/njupco
微信服务号：njuyuexue
销售咨询热线：(025)83594756

＊版权所有，侵权必究
＊凡购买南大版图书，如有印装质量问题，请与所购
　图书销售部门联系调换

"花津学术文丛"总序

张 杰

2019年初春的一天,我收到安徽师范大学外国语学院张德让院长的微信,请我给"花津学术文丛"写个序。其实,早在一年前,在安徽师范大学建校 90 周年校庆时,张院长就曾与我商量出版外国语学院教授、博士学术文丛一事。作为安徽师范大学的校友、特聘教授,我责无旁贷,就贸然答应了。如今我拿到首批文丛书目和书稿简介后,才发现文丛涉及的学科面既广又深,实难担此重任。我真是应该认真一一拜读,然后再详细汇报自己的心得体会。然而,逃避已不可能,只好仓促应付,说一些自己切身的感受。

早在 1978 年 2 月,我们作为"文化大革命"后第一批上大学的幸运者,一迈入赭山脚下、镜湖之畔的安徽师范大学校园,就为美丽的校园所吸引,更为名师云集的深厚的文化底蕴所震撼。这所安徽省历史最为悠久的高等学府,安徽最早的外语学科,曾经有一大批名家在这里耕耘。朱湘、刘静远、叶仲裹、汪开模、陈亚青、方重、昂觉民、郑啟愚、戴镏龄、巫宁坤、张春江、章振邦、王桂荣(力冈)等均是可以载入我国外语教育发展史的名师。安徽师范大学外国语学院是安徽外语教育的"母机"和外语师范教育的龙头。虽然我们毕业已经整整 37 年,现在分布在世界各地,但是无论走到哪里,我们都是安师大外院的学子,为自己是安徽师范大学的外语人感到骄傲!

安徽师范大学外国语学院早在 15 年前就已搬入了花津校区,拥有两幢一体式独立的教学、办公大楼,总建筑面积达到了 1.37 万平方米,硬件条件令人羡慕。然而,最引以为豪的是她的办学质量,在长期的办学历程中,这里成就了包括长江学者、国外科学院院士、俄罗斯人民友谊勋章获得者、名牌大学的资深教授等在内的一批国内外知名教授和学者,更为安徽省内外基础教育、高等教育培养了一大批默默无闻、辛勤付出的园丁,还为各行各业提供了高水平的外语人才。

翻开这套文丛,我们对母院的明天更加有信心,我们欣喜地看到年轻一代学者的茁壮成长,感到后生可畏。我们有理由相信,安徽师范大学的外语学科一定会腾飞!初步遴选列入文丛的学术专著大多数是由年轻的教授和博士所著。他们专业基础扎实,思想活跃,观点独到,论证严谨,在各自的领域内均有着程度不同的开拓。本文丛的出版是对安徽师范大学外国语言文学一级学科硕士点科研力量的一次大检阅。近些年来,国内外都在谈论中国的崛起,衡量参照的主要是经济指标。实际上,也许精神文明的发展更是不容忽视的。本文丛的面世至少从一个侧面,哪怕是很小的一个侧面反映了我国普通高校外语学科发展的面貌。

从本文丛涉及的领域来看,既有外国文学和比较文学研究、语言学和应用语言学研究,也有翻译理论和实践研究等,所涉足的语种有英语、俄语、日语、法语等。从研究状况来看,文学、语言学、翻译学三者并重,科研成果与教学实践相互融合。这就实现了学科建设的全面提升和科研与教学的平衡发展,同时也显示出安徽师范大学外国语学院能够团结一心,科研教学一起抓,对学院学科建设总体布局规划,为我们提供了极其宝贵的经验。

在此套文丛中,安徽师范大学外国语言文学学科的各位教授、博士均展示出各自的研究特色,令我大开眼界。文学方面,蔡玉辉教授的《鹈鸰呼周:维多利亚生态诗歌研究》,运用生态批评方法,集中研究英国维多利亚生态诗歌的发生、发展、内涵、影响等问题。韦虹教授的《威廉·戈尔丁小说的现代神话叙事与身体书写》,努力表明,威廉·戈尔丁在《蝇王》等13部小说中书写了当代版神话,参与社会价值观形成和文化编码等的人物身体作用重大,从而对匮乏人性与崇高理想指引的当代社会现实产生巨大警示与启迪意义。以韦虹教授、赵娜博士领衔的《文学叙事批评研究》,深入论述了"空间叙事""女性主义叙事""历史与叙事""叙事艺术"和"主题叙事分析"等诸多话题。邱静娟博士的《纳博科夫俄语长篇小说研究》,考察了纳博科夫早期俄语长篇小说与俄罗斯文学传统的关系,从而反思对纳博科夫作品中断与俄罗斯文学传统联系的错误认识。李菊博士的《既非财产,也不容占有:克拉丽莎对男权的抗争》,对《克拉丽莎》的悲剧小说特性进行了界定,揭示出悲剧的根本原因,并对评论界的相关争议进行了回应。张涛博士的《盎格鲁-撒克逊文学中的荒野》,深入分析盎格鲁-撒克逊时期文学作品中的荒野意象及相关主题,考察社会及文化因素在荒野景观中的表征特点。语言学方面,张孝荣教授的《句法理论与英汉句法结构研究》,努力通过英汉对比以及类型学考察的方式,揭示英汉语中不同语言结构式之间的共性和个性,促进句法理论的可持续性发展。仇文俊博士的《新时代商务日语教育体系构建与教材开发》,努力厘清商务日语教育中的相关基础问题,为今后的教育实践以及研究提供更多的理论依据和实践经验。庄微微博士的《中国俄语学生发音韵律特征研究》,通过对中俄学生发音的对比和实验数据采集,揭示了中国学生俄语发音韵律的特征及其不足,并提出了有针对性的改进措施。翻译学方面,张德让教授的《翻译会通论》,通过综合梳理和个案研究,阐述会通作为译学范式的内涵,试图确立会通作为重要译学范式的学术地位,深化中国传统译学研究。张洁博士的《精神分析学视角下的翻译研究——清末民初的翻译冲动与症候》,揭示在近现代中国历史上,翻译冲动如何冲破语言秩序的压抑和民族主义的语言观,掀起语言文字的革命。胡迅博士的《杜拉斯作品在中国:翻译与影响》,对杜拉斯的《琴声如诉》《情人》等在中国的译介进行了系统梳理。

显然,这一文丛已经不仅仅是安徽师范大学外国语言文学研究成果的一次总结，而且是该学科值得留存的宝贵学术档案。在畅谈安徽师范大学外语学科的成就时，我不禁想起我的恩师著名翻译家力冈教授和获中国译协授予的资深翻译家称号的王文干教授。正是他们这样一大批默默奉献的老师，为我们注入了学术生长的血液，造就了我们的今天，奠定了我们事业的基础！感谢您，我们的老师！感恩您，我们的母校！

母校已经过了90华诞，我的生命之树也已长出了第63环年轮。63岁对于一个人来说，已经步入老年，但是90岁对于一所大学而言，则正是处于壮年的生长期。正是一代代人的薪火相传，一代代人的无私奉献，我们的母校才会永葆青春，我们的生命才会更加灿烂！

愿安徽师范大学外国语学院的明天更加美好！与母校的师生共勉。

2019 年 2 月 14 日
于南京随园

"花津学术文丛"主编序

"花津学术文丛"(以下简称"文丛")的出版是安徽师范大学外国语学院这一代学人给学院90华诞献上的一份薄礼,体现了外院教师肩负学院发展的强烈责任感,展示了教师自身发展的学术水平,也希望借此催生出更多、更优秀的学术成果,促进外语学科的稳步发展。

"文丛"的出版是我们多年的心愿,凝结了安徽师范大学外国语学院90年的发展历程所承载的历史使命感。安徽师范大学是安徽省省属综合性大学,外国语学院的前身外语系创设于1929年,朱湘担任首任系主任。90年来,朱湘、刘静远、叶仲襄、汪开模、陈亚青、方重、昂觉民、郑啟愚、戴镏龄、巫宁坤、张春江、章振邦、王桂荣(力冈)等一批著名学者曾在这里工作,形成了深厚的外语教育底蕴和优良文化传统。2018年是安徽师范大学建校90周年,学院创建了院友墙和院友风采展,呈现了部分前辈的辉煌成果,他们为国家培养了大量外语人才,有长江学者、国外科学院院士、俄罗斯人民友谊勋章获得者、国内外知名大学的资深教授和学者,有政界、商界、外交、法律等各行业精英,更有献身于基础教育、高等教育的一大批优秀教师。前辈们为我们树立了很好的榜样,不断激励我们砥砺前行。

2019年是学院建院90周年,当前,外语学科的发展正面临着诸多机遇和挑战,我们正肩负着新时代下安徽师大外语学科发展的历史使命。值此之际,在杰出院友南京师范大学外国语学院前院长、我校特聘教授张杰教授的大力指导和资助下,我们主持编写了这套"文丛",为学院 90 华诞献上一份薄礼。

"文丛"的出版是中青年骨干阶段性学术成果的集中展示。外国语学院现下设英语系、俄语系、日语系、法语系以及大学外语教学部。在职专任教师稳定在 150 人左右,其中高级职称 30 余人。有全日制普通本科生 1000 多名,硕士研究生 200 多名。近年来学院努力实施人才强院战略,不断推进师资队伍的博士化、国际化,加快青年教师的发展。目前学院已经通过内培外引拥有国内外知名高校博士(含在读)40 余人,主持国家社科基金、教育部人文社科基金等高级别项目 20 余项。这套文丛主要是教师们的博士论文和项目成果,涉及英、俄、日、法等不同语种以及文学、语言学、翻译学等不同专业方向。有的选题新颖,有的方法独特;有的见解深刻,有的文献丰富;有的重理论探讨,有的重应用研究;有的专业性很强,有的注重跨学科……"文丛"充分展现了他们不同的价值旨趣和研究特色。这些中青年骨干长期耐得住寂寞,积极参加国内外高水平学术活动,更是学院"朱湘论坛""博约论坛""花津悦读"等学术活动的主力军,他们从频繁的专家讲学、特聘教授的精心指导中受益匪浅。"文丛"也是对他们学术追求的充分肯定和激励。

这套文丛是开放的,希望今后几年能催发出更多成果。学院现具有外国语言文学硕士学位一级授权点、课程教学论(英语)硕士学位授权点及翻译硕士、学科教学(英语教育)两个专业学位点。英语(师范类)为国家级特色专业。外国语学院秉承"融贯古今,会通中外"的院训,恪守"教学立院,科研强院,特色兴院"的办学思路,近年来更加明确了以符号学学科建设为目标,打造多个研究平台,如在教育部备案的"伏尔加-第聂伯两江流域研究中心"、校"外国语言文学研究所"及"维多利亚研究中心"等,重错位发展和跨学科发展,努力形成有自身特色的优势领域。为了把外语学科建设成为省内一流、国内有影响的学科,进一步丰富学科内涵,凝练学科特色,依据学校"建设特色鲜明的综合性高水平教学研究型大学"的奋斗目标,充分考虑安徽地方经济、社会、文化发展的实际需求,我们希望借助该文丛的出版鼓励外语学科教师致力于学术研究和翻译实践,产出一批高水平的研究成果和彰显地方特色的优秀翻译作品。我们相信,通过几年的建设,"文丛"一定会助力外语学科结出累累硕果!

最后再次感谢校友南京师范大学外国语学院张杰教授多年来对母校的无私奉献,他不但急我们之所急,还具有前瞻眼光,给学院带来了先进的学科建设理念和发展思路,并全方位地加以指导。同时,衷心感谢南京大学出版社的大力支持。

2019 年 3 月 10 日

目 录
Contents

"花津学术文丛"总序 ………………………………………… 1

"花津学术文丛"主编序 ……………………………………… 1

绪　论 ………………………………………………………… 1

上　编　语境篇

第一章　历史坐标 …………………………………………… 25

第二章　社会环境 …………………………………………… 41

第三章　思想文化语境 ……………………………………… 59

第四章　文学背景 …………………………………………… 75

第五章　维多利亚诗歌批评与创作 ………………………… 91

下 编 文本篇

第六章 "快乐的英格兰"随"风"而去……………… 135

第七章 自然追怀……………………………………… 157

第八章 "自然之问"…………………………………… 175

第九章 人进神退……………………………………… 193

第十章 底层的呻吟与叹息…………………………… 211

第十一章 怒吼与期盼………………………………… 233

第十二章 上层的警醒与警示………………………… 255

尾 论………………………………………………… 269

参考文献……………………………………………… 283

索 引………………………………………………… 297

后 记………………………………………………… 311

绪　论

据《辞海》"鹡鸰"词条第 2 款释义,鹡鸰鸟可以"比喻兄弟"[①]。这一释义也许源自《诗经》中《小雅·常棣》的记载:"脊令在原,兄弟急难"。民间有这样的传说,一群鹡鸰鸟共同觅食期间,其中任何一只在听见或观察到危险可能来临时就会大声鸣叫,提醒周围的鹡鸰"兄弟"赶紧逃避。维多利亚生态诗歌就如同鹡鸰鸟的鸣叫,当时的诗人们在觉察到人类的生存环境出现危险的苗头时发出了警醒。在这个意义上,维多利亚生态诗歌是人类生态意识大爆发的载体,也是人类生态悲歌的第一次合唱,浓缩了维多利亚时代的政治、经济、社会、思想文化的基本面貌和质素,投射了那个时代的知识分子群体在面对自然环境和社会环境剧烈变化时所产生的心理震颤和精神苦痛曲线,也是 20 世纪后期开始的人类生存环境生态危机的文学预言。

第一节　生态批评溯源

生态批评(Ecocriticism)是近几十年在文学评论界不断走强且至

---

① 夏征农总主编:《辞海》第 4 卷,上海:上海辞书出版社,2000 年,第 4772 页。

今仍未显颓势的一股潮流。它产生的历史社会动因是工业化运动带来的自然环境、社会环境、生活生产方式、思想观念等方面的深刻变化,其心理动因是人类面对以上变化所产生的困惑、担忧、焦虑与恐惧,其思想观念动因是现代化进程中出现的各种新思潮、新理论、新观念的冲击,其道德伦理动因是自然伦理或大地伦理被越来越多的人接受。这一潮流的主体形成并勃兴于 20 世纪下半叶,但作为其本质基因的生态意识却古已有之,生生不息,到 19 世纪更是孳生蔓延,在英国维多利亚诗歌园地里遍地发芽,一百多年来引起世界文学界几多园丁和观赏者的侧目。

简单说,生态批评是以生态学的基本观念为指导、以跨学科的方法所进行的文学批评。欲知生态批评何为,需先简略了解生态学的基本内涵。

"生态学"(Ökologie→ecology)一词,源于古希腊语,是 oikos 与 -logia 的合成词;前者的意思是"住所"(house),后者的意思是"对……的研究"(study of),合成后的含义是:对生物体与其生活环境之间的相互作用进行科学分析和研究[1]。一般认为,生态学作为学科术语进入现代语库,最早是 1866 年出现在德国科学家厄恩斯特·黑克尔(Ernst Heckle,1834—1919)的著作《普通生物形态学》(Generelle Morphologie der Organismen)中,但生态学的意识源头可以追溯到古希腊的亚里士多德(Aristotle,前 384—前 322)和希波克拉底(Hippocrates,约前 460—前 377)[2],他们在对自然史的研究中提出,自然万物是人类观念的对应物,彼此呼应,有恒定性。在我国,生态意识则可以追溯到春秋战国,孔子学说中"天人合一"这一"最高的生态智慧"就是其体现[3]。在文艺复兴时期,欧洲就出现了生态意识的应用和实践,比如培根的实验科学,

---

[1] https://en.wikipedia.org/wiki/Ecology,检索日期 2015 年 6 月 27 日。
[2] https://en.wikipedia.org/wiki/Ecology,检索日期 2015 年 12 月 9 日。
[3] 方克立:《天人合一与中国古代的生态智慧》,《社会科学战线》,2003 年第 4 期,第 207—217 页。

但它的理论突破和观念集成是在工业革命出现以后。也就是说,生态学作为一个独立的学科直到19世纪至20世纪初才得以确立,因为到这一阶段它才拥有了自己较为全面和固定的研究对象、基本理论、基本概念、学术规范,具有较为完整的研究方法和评价标准;同时,也出现了一批生态学家,如德国的洪堡(Alexander Von Humboldt,1769—1859)、黑克尔,法国的拉马克(Chevalier de Lamarck,1744—1829),英国的达尔文(Charles Darwin,1809—1882),丹麦的尤金·沃明(Eugen Warming,1841—1924),美国的弗雷德里克·卡莱门斯(Frederic Clements,1874—1945)等。这时期,还出版了一批学术经典著作,如拉马克的《博物哲学》(*Philosophie zoologique*,1809)和《脊椎动物自然史》(*Histoire naturelle des animaux sans vertèbres, présentant les caractères généraux et particuliers de ces animaux*,1822),达尔文的《物种起源》(*The Origin of Species*,1859),沃明的《植物生态学》(*Ecology of Plants: An Introduction to the Study of Plant Communities*,1895),卡莱门斯的《生态学研究方法》(*Research Method of Ecology*,1905)。从此以后,生态学伴随着人类社会迅猛发展、科学技术日新月异、自然环境迅速变化、思想观念不断更新的步伐,在20世纪发展成为一门子学科门类多、研究对象几乎无所不包、研究方法灵活多样、研究范式不断更新的显学。

生态学研究对象广泛,学科门类众多,诸如植物生态学、动物生态学、人类生态学、个体生态学、种群生态学、群落生态学、陆地生态学、水域生态学、数学生态学、农业生态学、生态经济学、生态地理学等,与文学相关度更高的有人口生态学、行为生态学、认知生态学、社会生态学、城市生态学、环境生态学等。

根据生态学的基本理论和主要观念,地球上的所有生物都处在一个上至大气层、下至地下百余米的生物圈(ecosphere)内。这个生物圈里的所有生物(包括生物和微生物),以及人类社会(高级生物组织形态),与其生活和活动的环境比如水、空气、地面和地下、城市与乡村、海洋和天空、高山与河流、沙漠和森林等,构成了一个巨大而又自洽的生态系统(ecosystem)。这个生态系统里的所有生物及其环境都处于一个相互依存、相互支持、相互影响、相互竞争的整体之中。整体主义(holism)是生态主义的核心观念,它主张生态系统里所有的生物无论大小都在一个巨大、复杂、有序的生态系统里共存,各得其位;其相关性显而易见,但又不是一种简单的因果关系。生态主义认为,多样性(diversity)是这个系统里各种生物的基本特征,不仅体现在生物及其自然环境的种类上,还体现在其生活方式、习性等诸多方面。它还主张,生态系统里的生物始终处于进化或退化的进程中,这种进化或退化的趋势呈现动态变化的特征。人类社会是高级生物的组织形式,既具有生物进化的一般特征,也具有高级生物的组织形式即社会形态的独特特征;既遵循高级组织形态的独特规律,也遵循自然环境和生态系统的一般规律。文学活动是人类精神生活的一种形式,从创作到阅读到评论都会受这些规律的影响和制约。

第二节 生态批评的发展

生态批评的观念和理论支撑来自生态学,它依据生态主义观,采用生态学、地理学、文艺学的方法对文学与环境之间的关系进行研究,也就是以跨学科的方法来研究文学。美国批评家谢里尔·格洛特费尔蒂(Cheryll Glotfelty)给生态批评下了简短的定义。她在《生态批评读本》(*The Ecocriticism Reader*, 1996)一书中这样说:"简而言之,生态批评就是对文学与物质环境之间关系的研究。①"这个定义简洁明了,但也缺少丰富性。同年,另一位美国批评家劳伦斯·比尔(Lawrence Buell)这样定义生态批评,"生态批评是……在履行环保实践职责精神指导下进行的文学与环境关系研究。②"比尔的定义也很简洁,但显然要比前者更加包容,将生态批评与环保意识和职责联系起来,体现出生态批评的时代性和社会性。西蒙·埃斯托克(Simon Estok)在2001年对生态批评做了进一步的描述。他指出,"虽然仍有争论,但生态批评已经因为两个原因使其与其他流派区别开来:第一是它所采取的伦理立场,它亮明了自己对自然世界所要承担的责任,不是将其作为一个主题研究的对象,而是作为一个重要的客体;第二是它致力于建立(事物之间的)联系。③"

就生态批评的意识源头而论,古代我们可以追溯到亚里士多德和孔子时期,中代可以追溯到文艺复兴时期,现代可以追溯到19世纪的

---

① Cheryll Glotfelty and Harold Fromm, *Ecocriticism Reader: Landmarks in Literary Ecology*. Athens: The University of George Press, 1996, p.xviii.
② Lawrence Buell, *The Environmental Imagination—Thoreau, Nature Writing and the Formation of American Culture*. Cambridge: Harvard University Press, 1996, p.iv.
③ Simon Estok, "Bridging the Great Divide: Ecological Theory and the Great Unwashed," *English Studies in Canada*, 31, Issue 4, 2005, pp.197–209.

环境关注(environmental concern)或生态意识(ecological awareness)。这一时期的知识分子,尤其是有社会责任感的作家群,他们在作品中表达了对自然环境受到破坏的担忧和批评,其中,狄更斯(Charles Dickens,1812—1870)、爱略特(George Eliot,1819—1880)、特罗洛普(Anthony Trollope,1815—1882)、莫里斯(William Morris,1834—1896)、阿诺德(Matthew Arnold,1822—1888)等对社会生态的关注,哈代(Thomas Hardy,1840—1928)、吉普林(Rudyard Kipling,1865—1936)、杰勒德·霍普金斯(Gerard Manley Hopkins,1844—1889)、梅瑞狄斯(George Meredith,1828—1909)等对自然生态的关注,表现了那一代知识分子在面对自然环境遭受破坏、传统道德伦理受到动摇境况下的迷惑、彷徨、失望与愤怒,这些都是生态意识的群体性显示。

就社会动因而论,生态批评的历史社会源头可归结到自18世纪下半叶兴起、贯穿于整个19世纪的工业革命及其带来的工业化、城市化和殖民化运动。工业革命作为人类史上第一个最大规模的生产方式和生产手段的革命,带来了生产力水平的极大提升,物质产品的极大丰富,人类生活条件的极大改善,与此同时,也造成了对自然资源的极大掠夺,自然环境的极大破坏,社会群体贫富程度的极大分化,社会矛盾的凸显与激化。这样的社会环境催动着一大批知识分子积极思考,试图从理论和实践两个方面找到并开出诊疗和救治社会时弊的药方。在理论上,先后出现的(政治、文化、经济、社会)自由主义(Liberalism)、功利主义(Utilitarianism)、实证主义(Positivism)、费边主义(Fabianism)、工团主义(Syndicalism)等思潮都是这种努力的具体体现。在实践上,英国18世纪三次议会改革、欧文(Robert Owen,1771—1858)的空想社会主义实践、宪章运动(Chartist Movement)[①]、新模式

[①] 宪章运动是发生在英国19世纪上叶的一场工人运动,其高潮出现在1836年到1848年期间,运动主要目标是争取平等选举权。参见钱乘旦、许洁明:《英国通史》,上海:上海社会科学院出版社,2002年,第254—263页。

工会(New Model Union)①以及 80 年代的新工会活动为缓解社会矛盾、实现参政权的平等都做出了重要贡献。无论是理论上的开拓创新还是实践上的大胆尝试,从本质上说,其目标都是为实现人与人之间、人与社会之间以及人与自然之间的和谐共处,这些也构成后来生态批评的思想基础。后文将对生态批评产生的历史、社会、思想观念动因做进一步论述。

简而言之,在宽泛意义上,迄今为止的生态批评大体经历了三个时期:19 世纪到 20 世纪 40 年代的孕育期,20 世纪 50 年代到 80 年代的形成期,90 年代至今的高潮期。

(一)孕育期。所谓孕育期是指作为流派或方法的生态批评尚未出现,但它所研究和批评的对象已经出现甚至普遍存在的时期,这就像欧洲的原工业化(proto-industry)时代一样,它的出现要比工业时代早几百年②。19 世纪初到第一次世界大战之前是孕育期的第一阶段,这一时期的标志之一是,一批作家面对工业化所带来的自然环境受到污染、社会环境受到破坏的现象产生普遍而深重的怀疑、质疑,为之痛心,进而在他们的作品中明确表现出保护自然、保护环境的生态意识。换句话说,关注自然环境和社会环境的变化是 19 世纪英国文学主题的重要内容之一。有的是描画出自然环境和社会环境被破坏后的景象,比如 G.霍普金斯的《宾西的白杨》("Binsey Poplars"),G.爱略特的《米德尔马契》(Middlemarch);有的描写大自然的美丽与宁静,对比工业革命前后乡村的巨变,以唤起人们对环境的重视,比如 T.哈代的"威塞克斯系列"(Wessex Series)作品;有的直接批判或揭露工业化给自然和社会环境带来的种种伤害与弊端,比如 W.莫里斯的环境诗歌,盖斯凯尔

---

① 新模式工会指英国 19 世纪中期在宪章运动后出现的一种工会组织,它以行业为工会的组织框架,收取会费,成员都有一种技术能力,活动体现出排他性和非暴力性特征。参见钱乘旦、许洁明:《英国通史》,上海:上海社会科学院出版社,2002 年,第 280—282 页。
② 史学界通常将工业化实现之前的欧洲历史时期称为"原工业化时代",一般是指 15 世纪到 19 世纪。参见杨豫:《论原工业化的解体》,《世界历史》,1991 年第 1 期,第 24—35 页。

夫人(Elizabeth Cleghorn Gaskell,1810—1865)的《北与南》(*North and South*),R.斯蒂文森(Robert Louis Stevenson,1850—1894)的荒岛小说等,尽管表现形式多种多样,其主题指向是一致的。

从"一战"到20世纪40年代是孕育期的第二阶段。总体上说,文学创作中的生态意识表达基本上处于相对沉寂的状态。这一时期发生的两次世界大战和一次经济危机,将世界各国特别是欧洲及广大民众推入灾难深渊,英国更因作为两次大战的参与方而被深深拖入战争泥潭;即使是在战争和经济危机的间隙,人们的注意力总体上也都放在产品和武器的生产上,以解决基本生活和战争的需要,无暇或少暇顾及自然和社会环境的破坏与恶化。这一阶段英国作家的生态意识主要体现在对社会不公的忧虑和揭橥上,比如,J.乔伊斯(James Joyce,1882—1941)对都柏林沉闷、压抑、猥琐社会氛围的贬抑,A.赫胥黎(Aldous Leonard Huxley,1894—1963)在《旋律与对位》(*Point Counter Point*,1928)中对现代世界"充满道德堕落、性欲变态的人的疯人院"的描写[①],D.H.劳伦斯(David Herbert Lawrence,1885—1930)对破坏自然又摧残人性的工业文明的描写与鞭挞,T.S.艾略特(Thomas Stearns Eliot,1888—1965)在《荒原》(*The Waste Land*,1922)中将城市描写成"并无实体的城"[②](an unreal city)等。但总体而言,人们对于生存和经济生活的关注要远远甚于对自然环境和人与自然关系的关注。

(二) 形成期。第二次世界大战后,随着战后重建及经济建设高潮的兴起,随着大量化学制品和化石燃料在生产生活中的使用,对自然资源的利用与挥霍以几何级数的速度增长,与此相伴的是自然环境污染和破坏迅速加深,同时引起环境学者和很多有识之士的重视。他们一方面进行广泛的调查研究,收集证据;另一方面著书立说,试图引起广大民众、企业家和政治家对环境污染的重视。其中,美国环境主义者奥

[①] 侯维瑞主编:《英国文学通史》,上海:上海外语教育出版社,1999年,第636页。
[②] 艾略特:《荒原》,赵萝蕤、张子清译,北京:人民日报出版社,2000年,第4页。

尔多·利奥波德(Aldo Leopold,1887—1948)和蕾切尔·卡森(Rachel Carson,1907—1964)为此做出了卓越的贡献。利奥波德的著作《沙乡年鉴》(*A Sand County Almanac*)在他去世后的1949年出版,被看作是环境危机的当代预言。他在著作中提出了一系列具有极大启示意义的观点,比如"土地伦理"(land ethic),主张"一件事,只要乐于去保护生物群落的整体性、稳定性和美丽,那就是对的"[1]。卡森从20世纪40年代后期起就进行了一系列环境调查工作,在50年代发表了不少保护环境的文章。在环境主义者和作家的努力下,对自然环境的重视开始成为业内的共识。格洛特费尔蒂以及其他一些生态批评家都认为,生态批评产生的时代背景是自然环境的不断恶化及其出现的环境危机[2],他们借力生态学的基本概念,运用各自学科的研究方法,关注和探索人与自然、人与人以及人与社会之间的相互关系,试图为不断走入窘境的人类找到摆脱困境的办法。

历史学家、人类学家、哲学家、文学家等人文学者也都行动起来,加入了反思人类行为、检讨人与自然关系、探寻拯救之道的队伍中。法国年鉴学派(Annales School)从长时段的角度去梳理人类活动与自然地理变迁之间的关系,提出了整体历史观;英国马克思主义学派主张要用"从下向上"的视角来研究社会史和工人运动史,反对只关注"阁楼"上的历史;美国计量史学家采用实证和计量的方法去研究铁路发展、粮食产量、人口变迁等史实,注重考察经济活动在社会发展中的作用;新文化史学家则将研究对象放到那些被官方历史文本所忽略、忘记甚至歪曲的弱势群体身上;美国人类学家克利福德·格尔茨(Clifford Geertz,1926—2006)在巴厘岛进行田野考察并推出研究

---

[1] Aldo Leopold, *A Sand County Almanac*. Oxford: Oxford University Press, 1949, p.262;阿尔多·利奥波德:《沙乡年鉴》,杨蔚译,南昌:江西人民出版社,2018年,第182页。
[2] Cheryll Glotfelty and Harold Fromm, *Ecocriticism Reader: Landmarks in Literary Ecology*. Athens: The University of George Press, 1996, "Introduction", p.XV; Greg Garrard, *Ecocriticism*. London: Routledge, 2004, pp.1 - 15.

文本《文化的解释》(*The Interpretation of Cultures*,1972),提出了文化解释的"深描说"(thick description),将研究重点对准边缘群体;法国哲学家福柯(Michel Foucault,1926—1984)在《规训与惩罚》(*Discipline and Punish*,1975)等著作中考察了历史上作为权威体现与实现方式的权力从观念到技术的发展过程,解构了权力话语和权力实践的本质。

　　以上诸种学术实践的学科不同,研究对象各异,但在思想倾向和价值取向上有着共同的方面。首先是对传统学术观的挑战:以"从下向上"挑战"高大上"①,以"边缘"挑战"中心",以实证、深描挑战宏大理念,以街谈巷议挑战权力话语。其次是以"文化"这个人文和社会学科的共核,将不同学科的研究对象、研究方法和研究目标连接起来,推倒不同学科之间的壁垒或篱笆,打通学科之间的学术通道,建立起跨学科研究范式。这可以看作是 20 世纪 60 和 70 年代普遍发生于各人文社科领域文化转向的思想基础,同时也为以跨学科研究为主要方法的生态批评打下了学理基础。

　　文学研究领域的文化转向运动也为生态批评流派的出现提供了助力。20 世纪 50 年代兴起于英国的文化研究(Cultural Studies),如果不包括宽泛意义上由马修·阿诺德发端的社会文化批评视角,就是文化转向这一潮流在文学评论领域的集中体现。雷蒙德·威廉斯(Raymond Williams,1921—1988)虽然并不是后来文化研究重镇伯明翰学派的成员,但他作为英国《新左派评论》(*New Left Review*)的主要撰稿人,被看作是文化研究的发动者②,他的《文化与社会》(*Culture*

---

① "二战"以前的传统史学基本上以研究上层阶级的政治、军事、社会活动为对象,诸如宫廷生活、战争活动、外交、贸易等,这里用时下流行的"高大上"代指,取其外延并含揶揄之意。
② Catherine Gallegher, "Raymond Williams and Cultural Studies", *Social Text*, No.30, 1992, pp. 79 - 89; https://en.wikipedia.org/wiki/Stuart_Hall_(cultural_theorist), accessed 2015 - 12 - 13.

and Society，1958)通常被看作是文化研究潮流的启动器(initiator)之一①。他在著作中将"文化"与"工业""民主""阶级""艺术"并列为工业革命以后构成"生活思想变迁"这幅"特殊地图"的"关键词",梳理了"文化"内涵的变迁与发展,将其在新情境下的意义定义为"文化是一种物质、知识与精神构成的整个生活方式",并且指出,文化由指"心灵状态"和"知识与道德活动"到泛指"整个生活方式",是社会发展和变迁的结果②。文化转向潮流所采用的文化透视、文化分析和学科跨界研究方法为生态批评实践提供了借鉴。

20世纪60年代后,环境运动进入蓬勃发展的时期。1962年,美国生物学家蕾切尔·卡森出版了后来被称为"环境启示录"和"丰碑"的著作《寂静的春天》(Silent Spring)。"一般认为……《寂静的春天》就是激发生态批评的扳机③。"作者以文学想象的笔法,叙述了一个美国中心地带的美丽静谧村庄因为化学杀虫剂的滥用而变得万物萧疏凋敝的故事,"犹如旷野中的一声呼喊"④,引起了无数美国人对环境危机的警醒,也为环境保护运动以至后来的生态批评提供了极大的推动力。随后十余年又接连出现的几次影响巨大的环境事件,让人们的环境意识和生态意识迅速复苏并增长。1967年,托尼·卡尼翁号(Torrey Canyon)油船在英国西南海岸附近搁浅,引发了严重的环境污染事件;1969年美国加利福尼亚圣巴巴拉海峡的一口海上油井发生泄漏造成了严重的污染事件;1971年,日本一法院对长期受汞中毒居民的有利判决引起全世界的注意。正是在这一系列事件的催动下,也是在环境

---

① Stuart Hall, "The Emergence of Cultural Studies and the Crisis of Humanities", *The Humanities as Social Technology*, October 53, 1990, pp.11 - 23. 作者在这篇文章中将文化研究的起点推到1956年,并以三部著作为标志,分别是理查德·霍加特的《读写的用途》、威廉斯的《文化与社会》和爱德华·汤普森的《英国工人阶级的形成》。
② 雷蒙德·威廉斯:《文化与社会》,吴松江、张文定译,北京:北京大学出版社,1991年,第15—22页。
③ Greg Garrard, *Ecocriticism*. London: Routledge, 2004, p.1.
④ 蕾切尔·卡森:《寂静的春天》,许亮译,北京:北京理工大学出版社,2015年,第2页。

主义运动的推动下,1969 年由瑞典政府建议,联合国于 1972 年在斯德哥尔摩召开了首次人类环境大会,各国政府代表坐下来讨论人类面临的环境问题以及需要采取的措施。会议决定设立各国政府驻联合国环境机构,成立联合国环境项目。

从 20 世纪 60 年代末到 70 年代,与环境主义运动的勃兴呼应,生态批评文章和著作也开始成批出现,其中主要的有雷蒙德·威廉斯的《乡村与城市》(*The Country and the City*, 1973)、约瑟夫·米克(Joseph Meeker)的《生存的喜剧》(*The Comedy of Survival: Studies in Literary Ecology*, 1974)等。1978 年,美国文学批评家威廉·吕克特(William Rueckert)在《爱荷华评论》(*Iowa Review*)冬季号上发表了《文学与生态学:一种生态批评实验》("Literature and Ecology: An Experiment in Ecocriticism")一文。正是在这篇论文中,吕克特正式提出了生态批评这一术语,从而给已经兴起的批评流派一个名称,从此这一类批评的理论和实践都用生态批评来称谓,标志着生态批评潮流的兴起。作者在文章中不只是第一次提出了生态批评的概念,还就文学与生物体的关系、自然规律的控制力、能量与文学创作、文学教学和文学阅读之间的关系等论题,进行了较为全面的论述。其核心观点是:自然规律不仅制约着自然万物的运行,也深刻影响着文学相关的一切活动[①]。

进入 20 世纪 80 年代,批评家和环境主义学者们共同努力要将生态批评发展成为一个独立的批评流派,建立起独立的文学生态学学科。这样的努力在 1985 年弗雷德利克·瓦格(Frederick O. Waage)编辑出版的《环境文学讲稿:资料,方法和文献资源》(*Teaching Environmental Literature: Materials, Methods, Resources*)中得到很好的体现。该书收集了十九位生态环境文学课程教师写的课程简介(Course Descriptions),

---

① William Rueckert, "Literature and Ecology: An Experiment in Ecocriticism", *Iowa Review* 9.1, Winter, 1978, pp.71-86.

目的是在文学领域促进人们对生态文学更深的了解和认识①。

（三）高潮期。1990年取得的第一个成就是美国内华达大学设置了第一个文学与环境教授席位（Professor of Literature and Environment），谢里尔·格洛特费尔蒂被聘为首位教授。以格洛特费尔蒂出任首位文学与环境教授为开端，生态批评迎来了其发展的黄金时期。高潮时期的生态批评取得了举世瞩目的成就。

第一，成立了第一个专属学会——文学与环境研究学会（The Association for the Study of Literature and Environment，ASLE）。1992年，从事环境、生态和文学研究的学者聚集于美国内华达，召开了第一次文学与环境研讨会，并成立了第一个专门从事生态文学批评的研究会，旨在凝聚学术力量，团结批评人才，进一步构建生态文学研究与批评的组织基础。此后，这一学术组织每两年召开一次学术会议，为生态批评与环境研究者提供交流平台。

第二，也就在这次研讨会上，决定筹办第一个专门发表生态文学批评研究成果的学术期刊，期刊命名为《文学与环境跨学科研究》（Interdisciplinary Studies of Literature and Environment）。该期刊以季刊形式于1993年问世，成为生态文学与批评研究的重要平台。

第三，1996年，格洛特费尔蒂与哈罗德·弗洛姆（Harold Fromm）一起主编的第一本生态批评论文集问世，题名为《生态批评读本：文学生态学里程碑》（The Ecocriticism Reader：Landmarks in Literary Ecology），收入自生态批评兴起以来的部分著名论文24篇，该论文集全面多层次地呈现了生态批评的主要观点、批评方法和实践范本，被业内认为是生态批评的集大成之作。

第四，在《生态批评读本》出版的同一年，劳伦斯·比尔出版了他的《环境想象：梭罗、自然写作与美国文化的形成》（The Environmental Imagination：Thoreau，Nature Writing and the Formation of

---

① 朱新福：《美国生态文学批评述略》，《当代外国文学》，2003年第1期，第135—140页。

American Culture，1996）。这部著作以亨利·梭罗的自然写作及其影响为个案，将美国文化的形成纳入自然和环境的大背景下进行考察，是与《生态批评读本》齐名的生态批评经典。

第五，生态批评著作和论文呈现出一派欣欣向荣的景象。主要有劳伦斯·库帕（Lawrence Coupe）的《绿色研究读本》(*Green Studies Reader: From Romanticism to Ecocriticism*，2000)，从"绿色传统""绿色理论"和"绿色读物"三方面论述了生态文学批评的渊源与发展。此外，还有克瑞格·加拉德（Greg Garrard）的《生态批评》(*Ecocriticism*，2011)，迈克尔·布朗奇（Michael Branch）和司各特·斯洛维克（Scott Slovic）主编的《跨学科文学与环境研究读本》(*ISLE Reader：1993—2003*，2003)，格兰·洛夫（Glen Love）的《实用生态批评：文学、生物学与环境》(*Practical Ecocriticism: Literature, Biology and the Environment*，2003)，乔治·瑟申斯（George Sessions）的《21世纪的深层生态学》(*Deep Ecology for the 21st Century*，1995)，道格拉斯·沃克奇（Douglas Vakoch）的《女性主义生态批评》(*Feminist Ecocriticism: Environment, Women and Literature*，2012)等。这些著作多层次、多维度地进行生态批评的理论阐述和实践，推动着生态文学及其批评实践向纵深发展。

第三节 生态意识的演进

考察生态批评潮流的发展过程,分析其意识、思想、观念的演进,可以发现它也像其他的思想运动一样,沿着一条由浅入深、从点到面、从个别到全方位的路径渐次展开和深入。就内涵而言,它是层层递进,即从生态意识发展到生态思想和生态观念。这里,我们有必要对其发展过程做一个基本的梳理。

根据心理学基本原理,"意识是心理反应的最高形式,是人所特有的心理现象"[1],"是我们对日常生活中进行的各种认知过程的觉察","为了理解周围的复杂环境,我们会从身边发生的诸多事件中选择一些加以关注而忽略其他的事件"[2],所以意识具有主观性、目的性、自觉性和能动性,是对客观外界的存在和发生所产生的心理反应或觉察。意识表现出主观性,是因为个体的人的心理机制、认知能力、情感或情绪状态及其表现形式不一样,不同的个体就有不同的意识。由于意识是人在觉醒状态下的心理反应,是基于认知活动的心理现象,意识就具有目的性。由于意识是一种自觉的心理活动,人能够自觉地意识到自身的存在、客观外界的存在,以及自身与客观世界之间的关系,所以意识具有自觉性。还因为意识是一种以认知为基础、以语言为媒介、以经验经历为参照的心理现象,就会因意识者的认知和语言的能力与水平的变动而变化,会因其经验经历的变动而变动,会因其心理状态的变动而有所变化,当然也会因客观世界和社会存在的变化而发生变化,因此,意识具有能动性。意识的这些特征在生态意识中也都会体现出来。

---

[1] 黄希庭主编:《心理学导论》,北京:人民教育出版社,1991年,第81页。
[2] 查尔斯·莫里斯、阿尔伯托·梅斯托:《心理学导论》(第12版),张继明等译,北京:北京大学出版社,2007年,第158页。

生态意识具有哪些特征？生态意识属于意识的深层阶段，是人对发生于自然环境和社会环境中的那些明显变化所产生的心理反应和心理现象，是因外界变化而引起的情绪和情感的流露与表达，是因这些变化而出现的态度或价值判断上的变化，因此，它是意识对人的生存环境的人格化、观念化和社会化表达。因为个体人的差异和意识的主观性，生态意识表达的内涵和程度会因人而异；因为意识的能动性，不同的个体在相同的时空有不同的生态意识，同一个个体的生态意识会因外界时空的变化而变化；因为与生态意识紧密相关的是人生活的自然环境和社会环境，因此它直接受制于或影响自然环境和社会环境，具有更为鲜明的社会性、历史性、时代性和区域性；因为意识的自觉性，生态意识的呈现方式是情感表达和价值判断，它就具有明显的观念性、伦理性、道德性、情绪性特点。

生态意识的内涵有哪些？对此有很多不同的解释与概括。有研究者将生态意识的确立需要遵循的原则进行了总结，包括"抛弃征服自然、改造自然的观念"，"寻回并发扬中国古代生态思想"，"形成并强化对子孙后代生存发展的责任感，形成并强化生态伦理道德意识"，"抛弃物质主义人生观"，"彻底打消盲目的技术乐观主义，以生态意识对人类的科学研究和技术发展进行重新评价"[1]等。这些概括涵盖了生态意识的主要内容，在国内生态文学研究界产生了一定影响[2]。简单说，生态意识的内涵可以归纳为几个方面：首先是对自然的敬畏意识。生态意识的观念基础是自然神论（Deism）和生态主义，尽管这一观念在西方和东方有不同的内涵，但核心和基础是类似的，都主张自然万物或大千世界有着自己的生命力和运行规律，人类应该对自然环境和客观规律怀着一份敬畏和顺应，而不是相反。第二，有了这个基础，人类就应该与客观世界或自然万物保持一种共存或和谐相处的关系，这就是东

---

[1] 王诺：《欧美生态文学》，北京：北京大学出版社，2003年，第238—245页。
[2] 参见党圣元：《新世纪中国生态批评与生态美学的发展与问题域》，《中国社会科学院研究生院学报》，2010年第3期，第117—127页，脚注。

方观念中的天人合一,西方观念中的自然神论①,可以表述为理性的、与自然和平共处的意识。第三,基于自然世界是人类及其生活环境的共同基础,平等相待、良性互动、互为你我就是生态意识的必然内容,因此,它也就不主张统治与被统治、中心与附属、占有与奉献等不公正、不平等的关系状态或关系准则。第四,正因为生态意识主张世界万物之间的平等相待,自然也就包含了物爱或物哀意识,即人类对于自然世界发生的物体、物种、群体、环境的损坏、伤害、灾难、毁灭等现象会产生伤感、悲哀、痛苦、怨愤等心理现象,并将这些心理现象诉诸文字。

前已述及,生态意识由来已久,但它的发展是从零散到聚群,从模糊到清晰,从浅泛到深入。从古希腊到工业革命之前的几千年里,由于农耕文明的生产和生活方式与自然环境和社会环境之间大体处于相安无事状态,也由于自文艺复兴掀起的人类中心主义潮流还有一个渐次发展的过程,当然更由于人类掌握的征服自然剥夺自然的手段仍然有限,生态意识的生长和发展速度比较缓慢。只是到了19世纪,由于人类的生活环境发生了激烈变化,生态意识的生长和勃发的条件得到充分体现,它才得以像雨后春笋般勃然成长。国内有学者对英国浪漫主义诗歌中的生态意识进行专门研究,认为浪漫派大诗人都具有自觉的生态意识,从华兹华斯到雪莱、拜伦无一例外②。

生态意识在19世纪进入了蓬勃生长期的原因不言自明:工业化的逐步实现带来了自然环境的急剧变化,工厂化、机器化、化石燃料的大量使用使得空气污染不断加剧,圈地运动导致大量失地农民蜂拥流入城市成为贫民,同时使得森林植被锐减,水土流失严重,急剧的城市化使得居住环境恶化,水体污染;急剧变化的生产方式和社会制度带来了社会群体结构的急剧变化,阶级与阶层之间的社会关系迅速变动,不同

---

① 这里的自然神论主要指约翰·洛克、乔治·伯克利、大卫·休谟、托马斯·潘恩等英国经验主义哲学家的自然神论,主张人的信仰自由、天赋人权、宗教宽容和道德,崇尚理性,反对盲目神性。
② 鲁春芳:《神圣自然:英国浪漫主义诗歌的生态伦理思想》,杭州:浙江大学出版社,2009年。

阶级和阶层之间的政治、经济、社会地位发生剧烈变化,利益冲突不断升级,不同利益群体之间的对抗此起彼伏;伴随着工业化和生产生活方式巨大变革出现的科学技术浪潮,新思想、新理论、新观念层出不穷,给长期延续的思想文化传统带来巨大挑战,使得处于激烈转型之中的维多利亚人经受着心理、精神、道德、伦理、信仰等诸多方面的困惑、惶恐、茫然与煎熬。面对如此众多突然而激烈的变化,生态意识最先也最广泛地在知识分子群体中爆发和蔓延开来。

"春江水暖鸭先知",最先觉察到以上变化并在其作品中表达出生态意识的是浪漫主义诗人群体[1]。试看数例:R.彭斯(Robert Burns,1759—1796)在《我的心儿在高原》("My Heart's in the Highlands")、《写给小鼠》("To a Mouse")等诗歌中表现的"自然意识";W.布莱克(William Blake,1757—1827)在《病玫瑰》("The Sick Rose")、《爱的花园》("The Garden of Love")等诗中以哲理形式表达的生态意识;S.柯勒律治(Samuel Coleridge,1772—1834)在《老水手谣》("The Rime of the Ancient Mariner")中描述的是一位老水手在海上如何经历海难的惊心动魄的故事,但骨子里却是隐喻超自然神性掩盖下的生态关注;雪莱(Percy Shelley,1792—1822)在《西风颂》("Ode to the West Wind")中淋漓尽致渲染的横扫一切的西风,喻指一种摧枯拉朽的思想和精神力量,喻体却是能够给世界上的一切生命以生机和活力的自然之神;W.华兹华斯(William Wordsworth,1770—1850)的诗歌中几乎遍布了带有他独特自然神论内涵的生态意识:《写于早春》("Written in Early Spring")中将自然界的和谐快乐与社会上的压迫和互相残害进行了对比[2],《孤独的割麦女》("The Solitary Reaper")描画了与自然的音、色、光、像融为一体的割麦女形象[3],而在《丁登寺旁》("Lines

---

[1] 鲁春芳:《神圣自然:英国浪漫主义诗歌的生态伦理思想》,杭州:浙江大学出版社,2009年,第113—222页。
[2] 王佐良主编:《英国诗选》,上海:上海译文出版社,2011年,第212页"脚注"。
[3] 同上书,第219—220页。

Composed a Few Miles above Tintern Abbey")中,诗人从大自然中看清了"事物内在的生命","大自然成了我的一切"①。诚然,浪漫主义诗歌中的生态意识表达虽然也有雪莱式的"狂风暴雨",但总体上更多具有原真性、温和性和警示性特征。

　　维多利亚时代是生态意识的爆发期。之所以进入爆发期,自然是因为这一时期的社会条件满足或适应了生态意识急剧生长的需要。到底是哪些条件促成了这一状态的出现,我们将在后面具体讨论。总体来说,是自然环境、社会环境、思想文化环境发生的急剧变化促了生态意识的急剧生长。如前所述,知识分子群体由于其敏感的情感机制和敏锐的事物洞察力,总要比一般人更早更强地感受到环境的变化,也更快地将这些感受、感悟和反思表达出来。对于维多利亚时期的巨大变化,当时任何一个有社会责任感的人物都会做出相应的反应。比如,维多利亚前期、中期英国政坛上的风云人物本杰明·迪斯雷利(Benjamin Disraeli,1804—1881),他在小说《西比尔,或两个民族》(*Sybil, or the Two Nations*,1845)中提出的"两个民族"的说法,就是对社会不公现象的生态意识的集中体现。又如,一个名叫珍妮特·卡明(Jennet Kamin)的11岁小女孩向采访人讲述了自己在煤矿井里没日没夜背煤的经历②。再比如,像卡莱尔(Thomas Carlyle,1795—1881)、达尔文、密尔(John Stuart Mill,1806—1873)、李嘉图(David Ricardo,1772—1823)这些思想家、哲学家、生物学家都加入了加快社会改革、呼唤社会公平的队伍,像阿诺德、丁尼生(Alfred Tennyson,1809—1892)、纽曼(John Henry Newman,1801—1890)这些来自上层阶级的教育家、作家也在自己的写作中呼唤社会正义,像莫里斯、斯温伯恩(Algernon Charles Swinburne,1837—1909)这样一些激进派诗人更是直接加入批判社会丑恶现象、抗议社会不公的队伍。

---

① 王佐良主编:《英国诗选》,第222—228页。
② 罗伊斯顿·派克编著:《被遗忘的苦难:英国工业革命的人文实录》,蔡师雄等译,福州:福建人民出版社,1983年,第154页。

生态意识增长与深化的进程被两次世界大战阻遏,并在世界范围内被转移甚至打断,只是在美洲大陆还在环境主义运动中弱势延续,直到战后才再次进入发展和深化的轨道。

"二战"后,随着战后重建的大范围全面推开和工业化运动在各国的推进,自然环境加速退化,社会环境持续动荡,环境主义运动广泛展开,不断吸引民众尤其是环境主义者参与其中,并逐步引起各国政府和非政府组织的关注和重视,生态意识随着环境主义运动和各学科领域文化转向的深入开展而出现了新一轮的勃生与深化。概略地说,这一时期生态意识的增长与演化经历了以下阶段。

首先,生态意识的发展从分散走向群体,从专业人员走向大众,从民间走向官方,从国别走向世界。前已述及,19世纪尤其是维多利亚时期是生态意识蔓生增长的繁盛期,但这些生态意识还散见于哲学家、思想家、作家、政治家的著述中,并没有体现为一种组织行为:既没有专门论述生态环境变迁的著作出现,也没有专门机构去从事保护环境的宣传,更没有类似功能的官方机构出现。虽然也有争取民权的宪章运动和工会运动,但这些斗争的目标是政治权利和经济权利,如选举权、工作权、居住权等,并没有涉及生态环境。就是在环境主义运动开展走在世界前面的美国,对于自然环境的观察和研究在"二战"前后也局限于那些从事动植物研究的专门人员,如利奥波德和卡森这样一些博物学家、动物学家和生物学家。但到了20世纪70年代,随着环境主义运动的逐步推开和深入,还有前文说到的一个个环境灾难,尤其是有识之士发现人类生活的自然环境在一点点退化和恶化,活生生的现实给生态意识完成上述四个"走向"提供了强大的推动力。以1972年在斯德哥尔摩召开的联合国首次环境大会为标志,生态意识的发展逐渐走上了大众化、组织化、全球化的道路,当然,这个过程是漫长的,至今仍然在路上。

随后,生态意识在上述"三化"的道路上进入其发展的第二阶段,即深化与提升阶段;在这个阶段,生态意识逐渐深化为生态思想和生态观念,也就是对生态意识的条理化、概念化和理论化。如前所述的前生态批评时期,人们对自然环境和社会环境中诸多不当行为和不堪现象的觉察和表现,都可以归纳为生态意识,因为这些还没有深化为一种理论。这里有必要强调,意识、思想和观念之间并没有一条可以像江河切开地域、赤道分开南北那样明确的划分线。它们之间既相互交织,又可以从大的方面区分;诚然,意识中间也蕴含了思想,蕴含了观念的基因,思想总是以意识为基础。生态意识与生态思想观念也是如此,尽管我们很难在生态意识和生态思想观念之间划出一条确定的分界线,但有一点可以确定,意识是思想观念的前奏,思想观念是意识的提升或凝练。至于说在什么时候生态意识深化成了生态思想观念,这与任何一种思想体系的形成一样,都是一个持续积累的过程,而不同于物理化学活动,会有一个不同物质或状态转变的临界点。也许可以这样认为,20世纪50至70年代是生态意识向生态思想深化的时期,上述提到的以卡森为代表的环境主义运动,联合国第一次人类环境大会的召开,以及《人类环境宣言》的通过,乃至1973年联合国环境规划署的成立,1978年生态批评术语的提出等,都是生态意识概念化、组织化、全球化的标志,也是生态思想与观念被广泛接受的标志。从那个时期开始,随着环境主义运动、生态批评实践、生态科学研究等活动的推进,更因为工业化在全球范围内的急速推进以及由此带来的自然环境的迅速恶化,生态思想和观念或者称为生态主义思想观念[1]逐渐被世界各国政府和普通民众广泛接受。2015年12月12日联合国气候变化大会通过了《联合国气候变化框架公约》,缔约方承诺将按照《公约》的条款去指导本国本地区的各种生产生活活动,这是生态共识广泛达成、生态主义思想观念被普遍接受的例证。

此后,生态意识的发展将进入第三阶段,也就是它发展的最高阶

---

[1] 在哲学上,思想和观念一般被看作同义语,可以互换,也可以并列使用。思想是指思维活动的结果,观念指看法、思想,也是思维活动的结果。参见夏征农主编:《辞海》,第606、2026页。

段,是生态社会、生态文化或生态文明的建设阶段。这就是全世界各国政府及其人民正在进行和将要进行的工作。在这个阶段,生态意识将会成为每一个公民的原生性意识,也就是个体的人在进入意识生长期后就会接受的意识,每一个公民在成长过程中都会接受生态思想和生态观念,每一个人都会自觉履行生态规则与规范。在这个阶段,各种社会群体、团体、组织、党派,无论规模大小,数量多寡,历史长短,成分复杂或简单,宗旨宏伟或具体,纲领繁复或简洁,诸如家庭、群组、社区、街道、城市、村镇、族群、政党、国家、政府、跨政府跨国家组织如联合国,都会自觉按照生态思想观念和生态法则去开展活动。在这个阶段,生态关注、生态考量、生态利益、生态前景将会成为优先选项进入各国民众、各国政府和跨国组织的日常工作和生产生活的计划与实践之中。当然,这或许是一个遥远的目标,但却应该是人类社会努力实现目标的不二选择。

[上 编]

语境篇

第一章 历史坐标

人类脱离蛮荒进入群体以来的任何活动都被打上历史的烙印,不管这种烙印是以实物状态留存,比如"奥茨人"[1]或山顶洞人[2]这样的遗迹,还是以文字形式留存,比如甲骨文或楔形文字泥板[3]。因此,研究人类活动就离不开对历史烙印的考察与细究,否则可能会见木不见林。对维多利亚文学及其生态诗歌的研究当然不能例外。正如奥尔蒂克(Richard Daniel Altick)在《维多利亚人及其思想观念》(*Victorian People and Ideas—A Companion for the Modern Reader of Victorian Literature*,1973)一书中所指出的那样,要理解一个时代的文学,就要将其置于它的社会思想背景之下。而对一个时代文学的准确理解,在或大或小程度上就依赖于对其历史背景语境的理解[4]。另

---

[1] 奥茨人(Ötzi)又称为冰人(The Iceman),是自然保存状态的木乃伊,于1991年9月19日在奥地利和意大利交界的阿尔卑斯山奥茨台尔(Otzital)被发现,因此命名为奥茨人。据科学测定,该木乃伊原体生活于公元前3345—前3300年期间。

[2] 山顶洞人是1930年由中国地质调查所在北京周口店龙骨山北京人遗址顶部的山顶洞里的人类化石,因而命名为山顶洞人。山顶洞人在地质历史上属于晚期智人,生活于旧石器时代晚期,距今约3万年。

[3] 楔形文字(Cuneiform)是古亚述帝国苏美尔人发明的记载文字,被刻记在泥板上,出现和使用于公元前3000—前4000年之间,现发现有50万到200万块泥板,其中有3—10块泥板上的文字被认读和出版;英国大英博物馆保存有13万块泥板,据https://en.wikipedia.org/wiki/Cuneiform,检索日期2018年11月17日。

[4] Richard D. Altick, *Victorian People and Ideas—A Companion for the Modern Reader of Victorian Literature*. New York: W. W. Norton & Company, 1973, Preface.

一位维多利亚文学研究学者卡宁汉（Valentine Cunningham）也持同样的观点，他在一本讨论维多利亚诗歌的专著中有更为明确的论断：

> 诗歌是由诗人们来写的，是由一些实实在在的男人和女人写的，他们生活在现实世界里，有自己的思维和情感，通过写作来表达自己满意和不满意，这些都集中体现于诗歌中。创作诗歌的是诗人而不是写作本身，这与罗兰·巴特的著名论断相左。因此，在这本书中，作者不仅没有死，而且是不断以其传记信息出现以供检索，同时不断以文本解读来表现他们的关注。因此，我的目的就是要解释，诗人还有他们的诗歌是如何浸染于那个时代的政治、经济，以及关于战争的观念之中，他们又是如何去认知和意识到时代特征。这些作家假如离开读者，离开与他们那个时代的关联，离开他们与绘画、文本的交互实践和媒介间性，就什么都不是。①

因此，研究英国维多利亚生态诗歌，就要将其放到它的历史坐标上去，放到它的社会语境中去，放到它的思想文化背景中去，放到它的文学潮流里去，总之，放到产生它、培育它、滋润它、成就它的维多利亚时代环境中去扫描，去考察，去透视，去辨析。

本书讨论的维多利亚生态诗歌的历史语境参考19世纪英国历史研究的一般方法，起止时间不限于维多利亚时代，可以说是19世纪的英国，具体而言，是18世纪后期到"一战"这一历史阶段，也可以说是英国工业化运动的历史时期。这一历史时期有哪些主要特征，或者说有哪些对维多利亚生态诗歌产生重要影响的事件和事实呢？

---

① Valentine Cunningham, *Victorian Poetry Now: Poets, Poems, Poetics*. Oxford: Blackwell Publishing Ltd., 2011, pp.i - xii.

第一节　鸠占鹊巢：工业挤走了农业

学界认同工业革命兴起于18世纪的英国。经过了近一百年的酝酿和积累，工业革命洪流在18世纪后半期奔涌而出。实际上，这是政治条件、思想条件和社会环境水到渠成的结果。历史学家们把珍妮机、水力纺纱机、精纺机、蒸汽机的发明以及搅拌炼铁法的采用看作是工业革命的触点。是的，任何重大历史事件的发生总会有一个引爆点或触发点。但是，工业革命并不是突发事件，而是一个社会进程。它是在英国18世纪上半期不断发生的"农业革命"基础上悄悄来临的，甚至身在其中的很多英国人都没有意识到不知不觉中社会就发生了改变。按照英国历史学家霍布斯鲍姆的说法，"乍看之下，工业革命的起点令人捉摸不定。在1830年以前，人们肯定不曾明确无误地感受到工业革命的影响，至少在英国以外的地区是如此。在1840年前后，它的影响可能也不太明显，一直要到我们所论述的这段历史（1789—1848——摘注）的较晚时期，人们才实实在在地感受到工业革命所带来的影响。[①]"也就是说，直到19世纪三四十年代，人们才明显地感觉到工业革命已经发生了。尽管如此，作为一种全新的社会历史运动，它的到来及推进不可避免地给英国社会带来全方位的冲击和影响。正如布里格斯（Asa Briggs，1921—2016）所言，"工业革命对人们的生活方式、想法和感受所起的影响，要大于大多数政治革命在这方面的影响，对于这种影响的反应，从来不是也不可能是单一的。[②]"探讨这一前所未有的社会变革

[①] 艾瑞克·霍布斯鲍姆：《革命的年代》，王章辉等译，北京：国际文化出版社，2006年，第28—29页。

[②] 阿萨·布里格斯：《英国社会史》，陈叔平译，北京：中国人民大学出版社，1991年，第232页。

给维多利亚文学尤其是诗歌创作带来的影响和变化,正是本研究的内容之一。

工业革命的上升和高潮无疑是在19世纪上半期到中期,也就是以1851年伦敦万国博览会(Great Exhibition)为标志的全盛时期。这一时期的英国社会如同处于快速转动的车轮之上,向着工业化国家的目标急速前进。无论是制造业、采矿业、冶金业、造船业、航海业等重工业部门,还是纺织业、陶瓷业、交通业、邮电业、通讯业、金融业等轻工业和服务部门,都在以成倍的速度提高其生产水平或扩大其规模,并将英国带入工业化社会。

如果说1851年是英国工业化的一个标志性高点,接下来的四分之一个世纪就是工业化的顶峰阶段。这一阶段英国的综合国力和生产能力都达到了前所未有的高度,英国成为名副其实的"世界工厂",君临于世界其他各国总和之上。

或许正是这种君临天下、"高处不胜寒"的绝佳状态满足且又麻醉了自己,激发且又促进了美、德、法等国加速发展迎头赶上,反过来使得日不落帝国在19世纪末陷入停滞不前的泥淖,走上相对落后的下降通道,美、德、法等国步入发展的快车道,终于导致争夺领地和资源的第一次世界大战爆发。大英帝国在"一战"后进一步衰退,以至于在"二战"之后不得不退出超级大国的行列。

工业化浪潮在席卷英伦大地的一百多年中,如同冰河纪的冰川,渐次覆盖了英伦三岛的河流山川、乡村城镇,涤荡了英国社会的各个角落,将英国皇家贵族、中等阶层、普通老百姓等所有国人都卷入其中,给整个社会都带来千姿百态的巨大变化。

工业革命首先冲击的是延续了上千年的农业社会结构及其生产生活方式。

英国自威廉征服以后直到18世纪中期都沿袭了分封制的农业社会制度。威廉一世完成征服后打破了盎格鲁-撒克逊时期的塞恩制①，带来在大陆实行的骑士分封制，将土地和效忠捆绑在一起建立了带有契约性质的领主占有土地制度。这种制度经历了一次次国王与贵族之间的权力冲突甚至战争，也经历了从条田制到敞田制②的变化，但国王所有、贵族和乡绅及部分约曼农占有、约曼农和佃农耕种的生产方式都没有发生根本改变。随着"光荣革命"带来的政治稳定、思想稳定、社会稳定，18世纪上半期的英国出现了政通人和的社会氛围。这一宽松有利的社会氛围促进了社会生产和人口出生的双重增长，进而激发了工业革命的产生。工业革命所带来的土地需求、人力需求、资金需求首先就向原本僵化和封闭的乡村索要土地，争夺人力，同时，迅速增长的工业生产和迅速扩大的城市也为失地农民源源不断地流入城市带来了吸引力。迅速发展的毛纺织业和棉纺织业加速了圈地运动的推进，将农村的土地一块块蚕食，也将农业工人推向城市。纺纱机、织布机、炼铁炉等机器的采用也剥夺了广大手工艺人的谋生手段。结果是，工厂制取代了家庭制和手工作坊，工资收入代替了零工钱，轮班时间制代替了日出而作日落而息的工作作息制度。

其次，工业革命不声不响地排挤掉了"快乐的英格兰"，将英国社会逐步带入一个蒸汽时代、机器时代、烟囱时代和喧嚣时代。《第一个工业化社会》里有这样的描述：

> 就在这一年(1784)，瓦特成功地制造出双向联动蒸汽机，蒸汽的时代到来了。突然间，英国好像找到了阿拉丁的神灯，千百个工

---

① 塞恩是英国盎格鲁-撒克逊时期的9世纪出现的一个称谓，指的是对王有军事义务和依附关系的贵族，相当于跟随王征战和服役的武士或骑士，王通过授予其土地的方式来回报。塞恩对其租佃依附农具有司法权，也可以在郡法庭和百户区法庭担任公职。参见钱乘旦、许洁明：《英国通史》，上海：上海社会科学院出版社，2002年，第30—31页。
② 条田制是形成于中世纪西欧的一种土地分封管理制度，指的是一块土地由不同的封建主或约曼农占有，形成一块块条田；敞田制则是在农田休耕期间或者圈地运动中将那些分隔田地的田埂或栅栏去除后供所在地农人或居民公用。参见吉喆：《论近代早期英国农民产权的变革》，《河南师范大学学报（哲学社会科学版）》，2016年第4期，第136—143页；向荣：《敞田制与英国的传统农业》，《中国社会科学》，2014年第1期，第181—203页。

厂、千百根烟囱雾时拔地而起,机器的轰鸣声震动大地,汽笛的尖啸声划破长空。……几十年间,英国的棉布像流水般涌向世界,英国的煤和铁滚滚地征服全球。……蒸汽迅速地占领一个又一个生产部门,终于扩展到每一个领域。①

蒸汽的广泛使用、机器的轰鸣、汽笛的尖啸给英国社会带来了一系列巨大变化:交通发达,运输繁忙,人口流动,商业兴旺,经济繁荣,其直接效果就是工业产品源源不断地从"世界工厂"里产出,除了满足英国人的消费以外,还被运往世界各地。

  到18世纪晚期,已经有了跃进的感觉。人力和畜力已经被机器和其他非动物的能源所代替或补充;产品的数字不断上升。煤的产量先是在1750年到1800年间翻了一番,然后在19世纪期间增加了20倍(期间在1800到1830年又翻了一番,在1830到1845年间再翻了一番)。生铁的产量在1740年到1788年间增加了4倍,而在随后的20年间又增加了4倍,在19世纪期间增加了30多倍。原棉的进口在1780年到1800年间增加了5倍,而在19世纪期间则增加了30倍。②

还有,工业产品大幅增加甚至成倍增长所产生的社会效应是多方面甚至全方位的。从最直接的经济效益看,它从根本上改变了农业和工业产值在社会总收入中的比重,农林渔这些传统产业在国民生产总值中的比重逐年下降,在国民经济中的传统强势地位被削弱,工业产品的收入直线上升,在国民经济中取代农业成为龙头老大。从下表中主

---

① 钱乘旦:《第一个工业化社会》,成都:四川人民出版社,1988年,第43—44页。
② 阿萨·布里格斯:《英国社会史》,陈叔平译,北京:中国人民大学出版社,1991年,第226页。

要行业产值在国民收入中的变化可以清楚地看出这一点①。

类别 地区 年份	农林渔		工矿建筑		商业运输		房租		国民总收入
	万镑	%	万镑	%	万镑	%	万镑	%	万镑
英格兰威尔士 1688	1 930	40.2	990	20.6	560	11.7	260	5.2	4 800
大不列颠 1801	7 650	32.6	5 430	23.4	4 050	17.5	1 220	5.3	23 200
1811	10 750	35.7	6 250	20.8	5 010	16.6	1 720	5.7	30 110
1821	7 600	26.1	9 300	31.9	4 640	16.9	1 790	6.2	29 100
1831	7 050	23.4	11 710	34.4	5 900	17.4	2 200	6.5	34 000
1841	9 990	22.1	15 550	34.4	8 330	18.4	3 700	8.2	45 230

资料来源:钱乘旦:《第一个工业化社会》,第60页。

据我国历史学家研究,工业与农业产值在英国国民收入中的比例随着工业化程度的提高而不断拉开,1861年工业产值占比36.5%,农业产值占比17.8%,而到了1901年两者占比分别上升到40.2%和下降至6.4%②。与这种趋势相对应的是国民生产总值迅速增长,国家的综合实力不断增强,英国成为压倒所有强国的超强帝国。"1780年它的铁产量还比不上法国,1848年已超过世界上所有国家的总和。它的煤占世界总产量的2/3,棉布占1/2以上。1801—1851年,英国国民总产值增长125.6%。1851—1901年又增长213.9%。③"强大和富裕的最好体现就是1851年在伦敦海德公园举行的万国博览会。

1851年,英国在伦敦市中心举办世界博览会,为此专门修建一个"水晶宫",长560多米,高20多米,全部用玻璃钢架搭成,占

---

① 表转引自钱乘旦:《第一个工业化社会》,成都:四川人民出版社,1988年,第60页。
② 同上书,第61页。
③ 钱乘旦、许洁明:《英国通史》,上海:上海社会科学院出版社,2002年,第221页。

地 37 000 多平方米,造价 8 万英镑(这在当时是一个天文数字)。博览会中陈列着 7 000 多家英国厂商的产品和大约同样数目的外国商家展品。英国商家几乎全都陈列工业品,外国商家则几乎全都陈列农产品或手工产品。展览厅一进门,迎面一块巨大的重 24 吨的整体煤块,象征着工业的巨大力量,庞大的汽锤、运行的机车,无不显示着工业的雄伟命脉。博览会向全世界宣告英国已进入工业时代,英国是世界上第一个工业国家,也是最强的国家。[①]

就在这个最强的工业化国家里,被工厂化、机械化、城市化剥夺了生计手段和资料的广大民众被驱赶进城市及其郊区,成为挣扎在社会底层的城市贫民,他们的恶劣工作和生活环境成为社会生态诗歌的土壤。

[①] 钱乘旦、许洁明:《英国通史》,上海:上海社会科学院出版社,2002 年,第 221 页。

第二节 此消彼长:城市吞噬着乡村

城市吞噬着乡村当然不是空间意义上的,而是我们谚语中"蛇吞象"的意思,是社会学层面上的喻指。伴随着工业革命的步伐,城市以两种方式吞噬着乡村:在区域上,城市像无数不断膨胀的巨人不断地向周边推进,乡村就像面对巨人的小个子,胆怯地一步步后退;在人口上,城市又像一个个膂力过人、食量同样巨大的大力士,张开大口,将无数的农民工都塞进他的口中。

诚然,工业革命加速推进带来了产值不断攀升,同时还带来了一系列看得见的变化。蒸汽机的发明带来了蒸汽机车的问世,催生了交通革命。蒸汽机车带来了铁路和火车的问世,铁路火车将城市内部各地连接得更紧密,将城市边缘不断向乡村推进,又将远离彼此的城市连得更近。工业化催生了许多新的职业,诸如运输业、采矿业、机械制造业、冶炼业等,也加快了许多前工业门类职业的发展,如纺织业、交通业、邮政业、服装制作业、印刷业等。不断提升速度的交通将城市不断向周围扩展,吞噬着周围的乡村;不断新增的职业一方面无情地将一些传统工业挤出职业行列,比如,珍妮机的发明让大量摇动纺车的纺纱女失去谋生的手段,制鞋业的发展让手工业鞋工丢掉了饭碗,另一方面又将大量因圈地运动和生产方式改变而失业的农业工人驱赶或是吸引到城里来。这两种情况的直接结果就是城镇的扩大和城镇人口的大幅增长,从事工业门类工作的人显著增加,而从事传统农业生产的人数不断减少。从下面钱乘旦先生的研究中可以清楚地看出这种变化。

很明显,农业劳动力的比例急剧下降,工业劳动力的比例迅速上升。1851年以后,农业劳动力不仅相对数字减少,绝对数字也在减少,1851年农业劳动力有205.4万人,1861年198.2万,1871年181.7万,1901年只有147.6万①。

英国19世纪各部门就业人员在劳动总数中所占比例表

	1811	1821	1831	1841	1851	1861	1871	1901
农业	35.2	33.3	28.1	22.3	22.0	18.8	15.3	9.0
工商运输业	44.4	45.9	42.1	48.5	53.8	55.7	54.6	64.1
其他	20.4	20.8	29.2	29.2	24.2	25.5	30.1	28.9

资料来源:钱乘旦:《第一个工业化社会》,第66页。

  同样根据《第一个工业化社会》中的研究,工业化完全改变了英国在18世纪中期以前的社会结构,也就是以乡村作为执政基础和中心而城市作为乡村的附属地或财产的集散地的结构,而成了另一种样子:"城市的作用越来越大,渐渐成为财富和地位的发源地。城市随着经济地位的上升,逐渐起着领导作用。城市的价值成为全社会的价值,城市的生活方式为全社会所模仿。农村以城市为榜样,现代文明在城市中发生。农村的领导地位消失了,城市成为国家的支柱。"②"城市压倒农村,主要靠优势的城市文明来实现,城市文明则靠大工业来传播。大工业用前所未有的新动力、新工具、新的组织形式和经济体系进行经营和管理,结果就带来新的经济思想,以及由此引起的整个观念和生活方式的变化。③"

  城市的急剧扩张和工业工人与农业工人数量的翻转给维多利亚人带去了观念和生活方式的变化,也给后世的历史学家带来了不同的观点。布里格斯指出,在有些历史学家看来,这是进步和发展的标志,而另一些历史学家却认为是一种警钟的鸣响④。

---

① 见钱乘旦:《第一个工业化社会》,成都:四川人民出版社,1988年,第74页。
② 同上书,第81—82页。
③ 同上书,第82页。
④ Asa Briggs, *Victorian Cities: A Brilliant and Absorbing History of Their Development*. London: Penguin Books, 1968, p.19.

第三节　资本主宰了社会

随着工业化达到高潮,工厂化生产逐渐普及,工业产品像江河流水,源源不断地流向四面八方,流向世界各地。第一次万国博览会隆重举行,水晶宫的灯光就像照耀着地球的太阳,吸引了全世界的目光。在斯密自由经济学说鼓动下,在边沁功利主义谋利观催动下,英国人一个个如同马力充足的蒸汽机或铆足了劲的运动员,在追求财富、追求利润、追求舒适、追求价值、追求地位的道路上,围绕一个目标——钱或资本——向前奔跑。钱或资本成了主宰政治、经济、社会、军事、教育、贸易乃至人生、人际关系的决定力量。在政治上,因为逐渐富裕起来的中等阶级底气足了,腰杆硬了,不断提出权力诉求,推动了19世纪接二连三的议会改革。资本的力量在经济活动中的显示更是十分明显。不断扩大的社会规模和生产规模需要大量的资金:政府需要资金进行基础建设和社会公共设施建设,去满足不断增长的需求;工厂主需要资金扩大生产和扩充劳动力队伍;商人需要资金去组织进出口贸易。迅速扩张的城市和迅速增长的人口都需要资金去购买土地,兴建住宅,提供生活保障。军事上,殖民地不断扩大,产品市场不断扩大,利益冲突日渐增多,争夺市场和扩大势力范围都需要扩充军队来维持。18世纪中后期开展的教育改革催逼着政府去兴建公共教育体系,更是需要大量资金。资本的力量在劳资两个阶级的斗争中贯穿始终。因为工业化而失去土地、失去工作的农民被驱赶进城市,大部分成为失去生产技能的贫民,生活在城市社会的底层,成为最早被资本剥削、剥夺和蹂躏的阶层,也成为马克思、恩格斯最先关注的阶级之一,而马克思廓清的劳动价值论也抓住了资本家剥削工人阶级的牛鼻子①。在资本家方面，为了赚取更多更大的利润，一方面想方设法压低劳动价值，榨取劳动的剩余价值，另一方面也不断投入资金进行技术革新和机器更新以提高生产率。

资本的力量培植出了一个不断壮大的中产阶级，中产阶级或中等阶层成为资本显示其力量的主要载体。"光荣革命"确立的君主立宪制奠定了英国18世纪乃至以后三百多年的政治体制的稳定性和延续性，更为幸运或巧合的是，18世纪的贵族寡头政治体制又遇到了三个乔治王（George Ⅰ、Ⅱ、Ⅲ），尤其是前两个乔治王的无为而治确立了国王放手、议会监督、内阁管理的责任制政府体制，逐渐形成了政治昌明、法制健全、思想活跃、文化宽松的社会氛围。在政通人和的社会环境里，政府推行了一系列重商主义的法律法规，发动了一波又一波的圈地运动来推动农业革命和商业革命，农业生产获得高水平的大发展，农业利润不断提高，农副产品高度丰富，丰富的农副产品和繁荣的手工业及其产品为商业革命输送着源源不断的动力，为跨国贸易和殖民拓展提供充足的货源，迅速增长的跨国贸易和商品需求给生产工艺改造、技术革新和生产工具的发明提出了旺盛的内在要求，催生着工业革命顺势而生。宽松的政治环境、自由放任的经济环境、鼓励创新的思想环境、宽容的文化氛围，给中等阶层的出现和兴起提供了肥沃的社会土壤，中产阶级应运而生，成为一个楔入以贵族为主体的上层阶级和以农民和工人为主体的下层阶级之间的独立阶层。从此，英国社会从原来的两层结构变成了三层结构，而且中间这一层不断膨胀，经过一百多年的演变，逐渐发展成橄榄形的社会结构。

根据劳伦斯·詹姆斯（Lawrence James, or Edwin James Lawrence）

---

① 马克思在《剩余价值理论》中批判地继承了古典政治经济学中的劳动理论，一方面肯定了斯密对生产劳动和非生产劳动的区分，另一方面又批判了他混淆这两种劳动的做法，他把这两种劳动纳入资本主义发展的历史背景和进程逻辑中加以区分，分离出其剩余价值，揭开了资本剥削工人阶级的奥秘，也揭示了资本的本质。参见马克思：《剩余价值理论》，北京：人民出版社，1975年，第148、165、301页。

在《中产阶级史》(*The Middle Class：A History*，2009，2015)一书中的研究,英国中产阶级出现并形成于1720年到1832年这段时间。在这一时期,随着农业革命和工业革命的浪潮,以小地主、工业家、金融家、律师、医生、出版家、商人、教师、公职人员等知识分子为主体的中等阶层不断扩大,成为推动社会变化最为积极活跃的群体。他们以自己的知识、智慧、勤劳和创新精神不断创造和积累着财富,到1832年,其中的一部分人终于获得了选举权,进入国家层面的政治生活当中,为下一步的崛起铺就了法制基础。1832年到1914年,是中产阶级走向胜利的阶段。这一时期,中产阶级的价值观被广泛接受,比如辛勤工作、自力更生、勤俭持家、自尊自重、守望相助等美德,成为社会的主流价值观。不仅在价值观上中产阶级取得了胜利,他们还通过一系列社会改革,将其理念付诸基础设施的建设当中,这一时期也是公共设施遍地开花的时期:

> 那个时代为我们提供了公园、图书馆、博物馆、市政厅、医院、大学、学校、教堂、泳池、公厕、马槽和现在已被遗弃不用的配备黄铜制勺的饮用水喷泉。这些便利设施完美地展示了维多利亚时代将感性与实用性相融合的理念。一旦有了随时能饮用的干净的水,口渴的人们就不会把工资浪费在啤酒上。在消除疲劳恢复清醒后,他会回家和家人团聚,或许将他省下的钱存入当地的邮政储蓄银行——另一项维多利亚时代的创新。①

詹姆斯认为,中产阶级群体不只是数量在迅速增长,在社会管理上的影响力也与日俱增。无论是城市还是村镇,几乎所有公共设施的管理权都掌握在中产阶级手中。"人口统计表明,中产阶级能够发挥出非凡的社会、文化和政治影响力。它的成员统治着城市和村镇,截至

---

① 劳伦斯·詹姆斯:《中产阶级史》,李春玲、杨典译,北京:中国社会科学出版社,2015年。

1901年,全国有五分之四的人口在这些地方定居。①"

中产阶级的崛起是全方位的,原因也是多方面的,但其中一个更为重要或更为关键性的因素就是他们手中的财富越来越多。"与1800年相比,1900年大量的中产阶级财富已经与贵族财产相匹敌,甚至超过了后者。②"毋庸置疑,在物质主义成为重要价值标准的维多利亚时代,财富或者资本就成了决定一个人或一个家庭或一个群体社会地位的重要砝码,在关键时刻和关键场合发挥着关键作用,这样的例子无论是在社会现实还是虚构现实里都存在着。

1832年那次险些酿成第二次英国国内战争但最后取得成功的第一次议会改革,在关键时刻起扭转作用的就是资本的力量。在改革与反改革力量进入白热化胶着的1832年5月,在"威灵顿受命组阁的当晚,普雷斯提出'取黄金、阻公爵'的口号,一夜之间这个口号贴满伦敦城,并传遍全国。到5月18日,已经有150万英镑的黄金从银行兑走,占英格兰黄金储备的将近一半。银行代表紧急通知国王:若再不结束危机,英国的黄金将在4天中告罄。③"面对危机,国王只好出面干预,反改革派不得不放弃抵抗,改革法案得以通过。试想一下,如果不是被发动起来的包括商人、金融家、工厂主、资本家等在内的中产阶级手中握有巨额财富,可以成批成批地到银行取黄金来给当局施压,这次改革的结果到底如何还很难预料。

相似的例子在特罗洛普的《如今世道》(*The Way We Live Now*,1875)中就有形象的叙述。来自美国的伪冒资本大亨梅尔莫特与一家杂志主编竞争参选威斯敏斯特选区的议员,尽管选民中有很多怀疑梅尔莫特的身份和人品,但就因为他手中有雄厚的资本,后面还跟上了一

---

① 劳伦斯·詹姆斯:《中产阶级史》,李春玲、杨典译,北京:中国社会科学出版社,2015年,第206页。
② 裴亚琴、张宇:《19世纪英国中产阶级的社会属性分析》,《理论导刊》,2018年第7期,第101—107页。
③ 钱乘旦、许洁明:《英国通史》,上海:上海社会科学院出版社,2002年,第248页。

大批想从他那里获得利益的贵族,可以给选民带来好处,最后顺利当选①。

随着资本或者财富上升到决定性的地位,中产阶级在改变了英国的社会结构以后进而改变了英国社会的政治结构,延续了几百年的贵族阶级一统天下的专制体制被打破,由劳工联盟和自由党组合的选举联盟在1906年夺取了组阁权,而主要由中产阶级组成的工党在1924年获得了执政权。

与此相反,贵族阶级从19世纪80年代开始就走上了不可逆转的衰落道路。英国历史学家坎纳丁(David Cannadine)在其《英国贵族的衰败与没落》(*The Decline and Fall of British Aristocracy*,1990)一书中这样记叙:

> 英伦三岛上的乡绅和显要、名人和贵族,在19世纪80年代之前的一百年里,都在自在和集体状态下生活着,至迟到19世纪70年代,这些显贵们仍然都是这个国度里最为富有、最有权势和最为耀眼的群体。无论是他们共同感觉也好还是外界理解也好,他们都认为自己是上帝选中的群体。可是在随后的一百来年,他们的财富在缩水,他们的权势在式微,他们的光泽在褪色,他们对身份和依归的集体认同感都在渐渐却无情地消退。②

面对迅速崛起的中产阶级,眼看着权势不断式微,贵族阶级并没有放弃要保住几百年地位和权势的努力,他们在从里到外改变着自己,试图适应新的情势,跟上迅速变化的形势。"在19世纪的最后二十五年,贵族阶层有史以来第一次要迫使自己去适应那个陌生而又难以对付的

---

① 安东尼·特罗洛普:《如今世道》,秭佩译,重庆:重庆出版社,2008年,第552—561页。
② David Cannadine. *The Decline and Fall of British Aristocracy*. New Haven and London: Yale University Press, 1990, p.2.

新世界:民主政治和大众选举。①"但不管贵族阶层如何不愿意,历史还是无情地翻开了它新的一页,1884 年第三次议会改革后不到三十年,贵族控制的上院就被剥夺了实际权力。1910 年通过的《议会法》(*Parliament Act*),几乎完全剥夺了上院对下院财政预算案的否决权,上院失去了对国家政府执政的监督和干预权,维持了几百年的上院变成了没有实际权力的清谈馆。1999 年,工党掌权的布莱尔政府推动议会改革,通过了《上院法案》,一次褫夺了 600 多名世袭贵族的上院议员资格,并启动了上院的第二阶段改革,从宪政体制上切断了世袭贵族留占上院舞台的根基,敲响了这个阶层作为一股政治力量退出权力舞台的丧钟。尽管由于种种原因这一改革至今仍然没有完全实现,但这一趋势恐也不会改变。同样,贵族阶层之所以从 19 世纪末就开始了无可奈何花落去的衰落之途,而且无论他们如何抵抗都不能改变其颓势,这固然有历史、社会等诸多因素,但其中有一条硬道理,那就是随着工业化的实现,他们原本赖以聚集、保障和升值财富的土地价值不可阻挡地被工业资本和金融资本取代,随着工业化时代向后工业化时代推进,作为土地资本拥有者的英国贵族阶层走向不可逆转的衰落就成为历史的必然。

---

① David Cannadine, *The Decline and Fall of British Aristocracy*. New Haven and London: Yale University Press, 1990, p.36.

第二章　社会环境

维多利亚生态诗歌的社会语境是处在工业化运动中的英国社会。具体来说,是英国从前工业社会向工业社会、从传统乡村社会向现代城市社会、从上下两层结构社会向上中下三层结构社会的转型过渡时期。概略地说,这一时期的社会特点大体上是由上面说到的三种社会转型而决定的。工业革命及其伴随的圈地运动和城市化导致人口快速增长,城市迅速扩张,工业,尤其是重工业城市环境恶化,城市贫民区的居住环境因为无法跟上居住人口的增长速度而迅速恶化。伴随着工业化进程、商品贸易急剧增长和服务行业兴旺而出现的工厂主、商业大亨、银行业主、印刷业主、知识分子等富人阶层的人数不断增长,他们填补曾经存在但在农业革命中消亡的以乡绅和约曼农为代表的中等阶层[①]而成长为中产阶级,其经济地位的上升催动了其政治上的欲望,加入了要求在政治上分享权利的抗议队伍。工业化带来了经济的高度繁荣,但社会财富的分配机制却没有跟上生产方式和生产关系变化的步伐,社会保障机制建构尚未提上日程,社会财富越来越集中到少数人手中,从而导致富人越富、穷人越穷的局面。再次,贫富沟壑引来激烈的社会矛盾,广大处于社会底层的民众为解决生存问题和改善生存状况而奋起抗争,进而引起社会激烈动

---

① 钱乘旦:《第一个工业化社会》,成都:四川人民出版社,1988年,第6—8页。

荡,争取政治权利和社会权益的工人运动此起彼伏。面对越来越激烈的社会矛盾,社会上层和中层出于维持社会稳定和维护自身利益的目的,开展了一系列政治和社会改革,因此,维多利亚时期被历史学家称为"竞相改革的年代"①。

第一节　人口剧增　城市膨胀

　　工业化浪潮,尤其是伴随着珍妮机和瓦特蒸汽机的发明和改良,在英伦大地催生了如雨后春笋般涌现的纺纱厂、纺织厂、服装厂、制鞋厂、皮革鞣制厂、机械制造厂、冶炼厂、造船厂等各类工厂。如前所述,千百个工厂、千百根烟囱霎时拔地而起,机器的轰鸣声震动大地,汽笛的尖啸声划破长空。数不清的工厂,不计其数的车间和工场,就像一个个张开巨大嘴巴的利维坦②,一边吸食着无数来自全国各地的人流,一边往外吐出成千上万吨的工业产品。这一情势在都柏林大学学院教授尼克拉斯·戴利看来,就如同吞没庞贝古城的火山岩浆,迅速吞噬着伦敦的大街小巷③。配合着工业产品如洪流般汹涌而出和人口如火山般爆发的情势,殖民贸易获得急速发展,"不仅展示了广阔的前景,而且还指望获得迅速、无法估量的发展,它鼓励企业家采用革命性的技术以满足它的发展需要。从 1750 到 1769 年,英国棉纺织品的出口增长了 10 倍以

---

① 钱乘旦、许洁明:《英国通史》,上海:上海社会科学院出版社,2002 年,第 263 页。
② 利维坦(Leviathan)是希伯来《圣经》中的海中怪兽,体型庞大,类似于我国古代传说中的龙。英国 17 世纪政治学家托马斯·霍布斯曾用它来命名其政治学著作《利维坦》,他将国家及其政府比喻为利维坦这个海中怪兽。
③ Nicholas Daly, *The Demographic Imagination and the Nineteenth-Century City: Paris, London, New York*. Cambridge: Cambridge University Press, 2015.

上。①"工业产品源源不断地销往世界各地的殖民地和后发工业化国家,各种工厂的生产规模不断扩大,工人需求量还在不断增加,这种种需求对劳动力人口提出了迫切需求。顺应着这种社会需要,人口增长在 19 世纪出现了一个又一个高峰。1801 年,英国开始进行第一次人口普查。从下表的普查相关数据可以看出人口的增长情况。

英国在 1801—1901 年间人口增长态势

年份	1801	1811	1821	1831	1841	1851	1861	1871	1881	1891	1901
人口/百万	10.60	11.97	14.09	16.26	18.53	20.81	23.13	26.07	29.71	33.03	37.00
与前比增加%	/	14	17.7	15.4	14.0	12.3	11.1	12.7	14.0	11.2	12.0

资料来源:钱乘旦:《第一个工业化社会》,第 66 页②。

从上表可以看出以下几点:第一,100 年间,英国的人口增加了 3.49 倍,当然,这时期的人口总数中包括了苏格兰的在内,但这一增长还是要远远大于 1700 到 1800 年这一百年内的速度。据估测,英格兰和威尔士一起在 1700 年时有人口 547 万,到 1801 年为 1 060 万,增长率为 52%,或 1.93 倍③。第二,人口增长的高峰出现在 19 世纪上半叶,其中顶峰又出现在 19 世纪前三十年,可以看出这一时期是英国工业化的鼎盛时期。第三,1851 年为人口增长的转折点,这一年伦敦举办了世界上第一次博览会,标志着英国已经建成了工业社会,人口增长进入了相对稳定的状态。

随着人口的快速增长,城市化也在加快步伐,虽然城市发展的脚步总是赶不上人口增长的步伐。在 1837 年维多利亚女王登基时,英国除了伦敦以外超过 10 万人口的城市只有五座,但到 1891 年,10 万人口

---

① 埃里克·霍布斯鲍姆:《革命的年代——1789—1848》,王章辉等译,北京:国际文化出版公司,2006 年,第 38 页。
② 钱乘旦:《第一个工业化社会》,成都:四川人民出版社,1988 年,第 66 页。
③ 同上书。

以上的城市已经有 23 座了[1]。增长的人口一开始还散居在工业城市的周围乡村,成为早晚或周末流动的劳动大军,但随着工业化进程的加快,城市生活配套的改善,工业人口不断朝城市聚集,其中又以工业化程度高的城市为主要聚居区。以伦敦为例,下表可以清楚地看出在 1801 到 1911 年的 110 年间的人口增长情况。

1801—1911 年间伦敦人口变化表

年份	伦敦郡	与前数增长%	大伦敦	与前数增长%
1801	959 310	/	1 096 784	/
1811	1 139 355	18.77	1 303 564	18.85
1821	1 379 543	21.08	1 573 210	20.69
1831	1 655 582	20.00	1 878 229	19.39
1841	1 949 277	17.74	2 207 653	17.54
1851	2 363 341	21.24	2 651 939	20.12
1861	2 848 494	20.53	3 188 485	20.23
1871	3 261 396	14.50	3 840 595	20.45
1881	3 830 297	17.44	4 731 441	23.20
1891	4 227 954	10.67	5 571 963	17.76
1901	4 536 267	7.29	6 506 889	16.78
1911	4 521 685	−0.32	7 160 441	10.04

注:人口数据引自 Michael Ball & David Sunderland. *An Economical History of London. 1800—1914*.[2]

从上表可以看出,伦敦郡的人口增长峰值与前表中英国的人口变化相似,峰顶出现在 19 世纪前期,但峰巅要迟于全国;伦敦郡和大伦敦的人口变化有所不同:前者的增长高峰出现于 1851 年,然后逐步下降,

---

[1] Asa Briggs, *Victorian Cities*. London: Penguin Books, 1968, p.59.
[2] Michael Ball & David Sunderland, *An Economical History of London*. London: Routledge, 2001, p.42.

甚至到20世纪后还出现了负增长，后者的峰顶出现在1881年，要迟于伦敦郡的人口峰顶。从这种变化可以尝鼎一脔地看出英国城市化的进程，伴随着工业化的推进，人口逐步甚至迅速地向城市尤其是大城市聚集，这种趋势在工业化进程中都没有改变。下面这组数字或可以证明这一点。在1841年，只有17.27%的人口居住在伦敦和10万以上的城市里，但到1891年，居住在10万人以上城市的人口就上涨到31.82%。像格拉斯哥这样的工业城市，人口聚集程度更高。在1801年时格拉斯哥的居住人口只占苏格兰总人口的5.1%，到1831年就上升到8.6%，1851年又上升到11.5%，到1891年已升至19.4%了[1]。在90年的时间里，格拉斯哥就吸附了苏格兰五分之一的人口。

关于人口快速增加，有的历史学家认为是因为从18世纪后期开始的医疗条件改善降低了死亡率，但更多的人认为是由于工业化的需求促使出生率迅速增长[2]。笔者认为，卫生医疗条件的改善降低了人口的死亡率，这对于人口的增长固然起到了一定的作用，但刺激和促使人口迅速增长的根本原因还是工业化进程及随之而来的城市化，当然，以维多利亚女王为首的上层阶级率先垂范并带动中等阶层紧紧跟上所形成的以多子女大家庭为荣的社会风尚也不无关系。

---

[1] Asa Briggs, *Victorian Cities*. London: Penguin Books, 1968, p.60.
[2] Kitson Clark. *The Making of Victorian England*. Bristol: J. A. Arrowsmith Ltd., 1962, rep.1985, pp.66-70.

第二节　工业化的社会病

如上述,工业革命给维多利亚时代带来了一系列好处:生产力急速提高,工业产品极大丰富,贸易活动空前活跃,社会财富急剧增长,城镇化或城市化迅速推进,城市人口急剧膨胀等,但是,工业化带来的并不都是好东西。

从社会公平角度来看,贫富不均带来的社会矛盾也许是进入现代社会以后最为显豁也最容易引发社会冲突的因素。曾经两度出任英国首相的迪斯雷利在其小说《西比尔,或两个民族》中指出,在英国这个最大的民族里存在着富人和穷人两个民族,相互之间没有交集也没有同情,彼此不理睬各自的习惯、各自的思想、各自的情感,就像是居住在两个不同的地平线上,甚至是居住在两个不同的星球上;他们受着完全不同的教育,也有着不同饮食,被不同的法律制度管辖着[1]。"新的工业主义带来的肮脏与悲惨与摄政时期的奢华同时存在。[2]"的确,维多利亚时代的英国社会存在着"两个族群"(two nations)[3]:一边是掌握着工业革命创造的巨大财富以及动产和不动产的贵族、地主、工厂主、大商人等富人上层阶级,一边是一无所有流离失所的农业工人、产业工人和城市贫民。

以贵族、地主为代表的上层阶级不仅在政治上控制着统治权、立法权和治理权,也占有了国家和社会的绝大部分财富。"维多利亚时代早

---

[1]　转引自:D. Richard Altick. *Victorian People and Ideas—A Companion for the Modern Reader of Victorian Literature*. New York: W. W. Norton & Company, 1973, p.11.
[2]　Ibid., p.11.
[3]　"两个民族"的说法是当时的保守党领袖本杰明·迪斯雷利在他的小说《西比尔》中提出来的。他有一句名言解释了"两个民族"的内涵:当茅屋不舒服时,宫殿是不安全的。

期,每个贵族地主的土地拥有量不少于1万英亩,但到1883年,有28个贵族地主每人的田地占有都在10万英亩以上。"①有研究认为,土地贵族和乡绅凭借占有土地上的房产及其农场收入,一直是英国的上层阶级。他们的政治地位和经济地位都非常牢固,实际上一直到第一次世界大战之时他们都是英国社会的主要支柱;尽管从19世纪80年代开始他们的社会领导地位受到挑战,但并没有受到很大威胁。原有的社会秩序还保留着,维多利亚社会的顶层没有变动,尽管城市化和工业化在塑造一种新的社会秩序,但它还只是在形成过程中②。

上层阶级生活在优裕、富足、闲适的生活环境中,享受着不断提升的丰富物质和精神满足,与此相反,广大农业工人、失地农民、城市贫民和流浪汉没有享受到工业革命带来的物阜业丰,生活在肮脏、疾病、拥挤、贫困之中。"工业革命却使英国城市成为欧洲最糟的居住地区。原先小城市尚可忍耐的缺陷,如地方狭小、没有排水设备等,现在都变得难以忍受了。特别是在贫民窟,这些缺陷发展到极点……贫民窟就成了疾病流行的滋生地,人们称之为'霍乱流行的巢穴'"③。

> 有些织布机的主人雇用了许许多多不幸的人。在棉纺工厂,这些人不分冬夏,每天十四小时被禁锢在八十至八十四度的高温之下。他们受到各种规定束缚,连黑人也未曾遭遇过……
>
> 在酷热的工厂里,除了半小时吃茶点外,他们工作地点的门一直是锁着的,还不准工人叫人送水给他们喝;甚至雨水也被锁了起来,这是主人的命令,不然他们连雨水也喜欢喝。如果发现哪个工人把窗子打开的话,就要处罚他一个先令!

---

① Richard D. Altick, *Victorian People and Ideas—A Companion for the Modern Reader of Victorian Literature*. New York: W. W. Norton & Company, 1973. p.20.
② F.M.L. Thompson, *The Rise of Respectable Society—A Social History of Victorian Britain: 1830—1900*. Waukegan: Fontana Press, 1988, p.153.
③ 见钱乘旦:《第一个工业化社会》,成都:四川人民出版社,1988年,第112页。

> 这些确实像地狱般的场所毫无新鲜空气,而且大部分时间内还有令人恶心的煤气毒臭,使热气更伤人。除了和蒸汽混合的煤气毒臭以外,还有尘埃,以及叫作棉飞毛或者微毛的东西,可怜的人不得不吸进去。事实是,尽人皆知的事实是,体格强健的人变老了,四十岁就不能劳动;儿童也变得衰老畸形,未满十六岁就数以千计地被结核病残害死了……
>
> 一千个英国人当中就有九百九十九个丝毫不了解,在一个自称自由的国家里,在一个其外交大臣喋喋不休地嘲笑其他大国,要他们仿效"英国人性",仿效英国废除黑奴买卖的国家里,竟然发生这种事情。被带往西印度群岛的黑人,比起兰开夏以及北郡其他工厂的这些可怜的白人,算是进了天堂了……①

我们不妨从当时一位上层人士在上议院作证时的陈述来看一看他们眼中下层贫民居住的环境是什么样子。

> 在市场街附近有一个粪堆——但是它太大了,不能叫作粪堆。此地收集了市区各地的污物,说它有一百立方码并不是虚报。粪堆从来没有清除过,它是粪商的存货。粪商一车车地零卖出去。……这粪堆面对着大街,前面有堵墙围着,墙的高度将近十二英尺,粪比墙高。污浊的水从墙里渗出,流遍人行道。
>
> 夏天,这一带的臭气是可怕的。附近有几栋房子,都是四层高。一到夏天,所有的房子都有无数的苍蝇,吃喝的东西样样都要盖起来,否则,稍有暴露,苍蝇就立即扑来,就不能食用了,因为苍蝇会留下粪堆的强烈气味。②

---

① 罗伊斯顿·派克编著:《被遗忘的苦难:英国工业革命的人文实录》,蔡师雄等译,福州:福建人民出版社,1983年,第37—40页。
② 同上书,第301页。

这一段文字记载在1842年《上院文件》第26卷上,出自一位博士之口,是描述他亲眼所见。可以肯定的是,他应该不会违背事实或夸大其词来给自己所属的占统治地位的阶级抹黑,而他的叙述在一个半世纪后的《伦敦传》(*London: A Biography*,2016)里得到了旁证,作者对伦敦东区是这样描述的:

> 人们早已认识到,西区拥有金钱,而东区拥有尘土;西边可享闲情,东边劳力辛苦。然而在19世纪前几十年,东区还没有被单独划为最为绝望的贫穷和暴力源头。它主要因船运和工业闻名,所以是贫穷工人的住地。事实上,工业愈加密集,贫穷也稳步加剧;染坊和化工作坊、粪肥厂和灯烟子厂都簇拥在堡区、老福特和斯特拉特福德区。几个世纪以来,利河都是工业和运输集中地,但是整个19世纪它被进一步滥用,每况愈下。一家火柴厂给河水增添了一股尿液的味道和成色,同时整个区域的气味都变得令人讨厌。①

这样的社会状态引起很多有识之士的焦虑和担忧。1843年,面对大量工厂关闭、工资下调和150万工人失业、生活无着的社会现实,托马斯·卡莱尔放下对克伦威尔的研究,撰写《过去与现在》("Past and Present")一文,为扩大民主、改善民生而呼吁②。从1837年2月到1839年4月,《宾利杂志》(*Bentley's Miscellany*)连载的狄更斯的《雾都孤儿》(*Oliver Twist*),揭橥了根据新《济贫法》(*Poor Law Amendment Act 1834*)而建立起来的济贫院里恶劣的生活环境和孤儿们遭受的非人待遇,引起广大读者的极大关注。1844到1845年,恩格斯根据他在英国居住两年的亲身经历写出了《英国工人阶级状况》

---

① 彼得·阿克罗伊德:《伦敦传》,翁海贞等译,南京:译林出版社,2016年,第573页。
② 参见 Stephen Greenblatt, *The Norton Anthology of English Literature*, 8th ed. New York: W.W. Norton & Company, 2006, 20, p.1024, Notes 1.

(The Condition of the Working Class in England，1845)一书,对英国工人阶级的精神、物质生活状况及导致这种状况的根源进行了全方位的描述:他们穿的是破烂衣衫,吃的是土豆皮、菜帮子、烂水果这一类食物,居住在狭小、简陋、肮脏、黑暗的房子里,周围是弥漫着黑烟的空气和恶臭乌黑的河水。他们的精神生活极其贫乏,没有娱乐方式,只能堕入酗酒、纵欲甚至犯罪之中①。工人阶级的悲惨生活状况在100多年后英国著名马克思主义历史学家汤普森(Edward Palmer Thompson)的经典研究《英国工人阶级的形成》(The Making of the English Working Class，1963)一书中得到了证实。他指出,无论1795年的《斯品汉姆兰救济法》(Speenhamland System or Removal Act)，还是1834年的《新济贫法》都没有解决工业化带来的工人阶级贫困问题,既没有像马尔萨斯(Thomas Robert Malthus,1766—1834)说的那样"斯品汉姆兰救济制度和工厂就业的机会增多(包括童工)提高了出生率",也不能假定"父母在有意地决定多生子女以便增加赚钱的人数或有理由领取济贫金",反倒是"新济贫法以其与马尔萨斯和查德威克式的条款激怒了每个'自然人和社会人的本能',迫使少数激进的托利党人"站到了反对《谷物法》(Corn Law, 1815)②这一边③。

---

① 恩格斯:《马克思恩格斯全集》(第2卷),北京:人民出版社,1974年,第342—345页。
② 这里的《谷物法》指的是1815年英国议会为了保护国内谷物价格进而保护土地所有者阶层的经济利益而通过的一项贸易法令。法令规定:国外粮食只有在国内谷物价格超过每夸特80先令时才允许进口,否则就要征收关税。这一旨在保护地主阶层利益而伤害普通老百姓的法令自出台后就遭受中下层民众的普遍反对,抗议运动一直不断,终于到1846年被废除。
③ E.P.汤普森:《英国工人阶级的形成》(上),钱乘旦等译,南京:译林出版社,2001年,第372、397页。

第三节 宪章运动

不断恶化的社会环境和生活状况触发大量因工业大生产而失去谋生手段的手工业工人和小生产者发动持续不断的宪章运动。1836年，伦敦工匠成立了主要由手工业者和业主参加的"伦敦工人协会"。1837年，协会正式提出后来被称为《人民宪章》(People's Charter)的六条改革纲领，要求议会进行改革，由此开始了前后延续近20年的宪章运动。这六条改革纲领是：1.实行男子普选权；2.每年举行一次议会选举；3.实行平均的选区，每个选区的选民数应该相等；4.议员领取薪金；5.取消议员的财产资格限制；6.实行无记名投票。这些诉求在19世纪上半叶的英国这个有着强大保守传统的国度无疑是非常激进的，以这些纲领为目标的社会运动在当时遭受失败也是必然的结果。

宪章运动起自1836年成立的"伦敦工人协会"，其社会远因是工业化使得庞大的手工业工人失业和生活无着，近因是1832年议会改革没有给工人阶级任何权利，直接诱因是1836年因工业产品过剩导致的经济危机。按照其发展过程，宪章运动可以分为三个阶段：从1836年6月16日成立"伦敦工人协会"开始到1839年11月新港起义失败为止为第一阶段，这一阶段制定了《人民宪章》，向议会递交了请愿书，期间也发生了数次武装暴动和失败的劫狱；从1840年成立"首都宪章同盟"和"全国宪章协会"开始到1842年伦敦和英格兰各地的骚动被以威灵顿指挥的警察镇压为止为第二阶段，这一阶段宪章派组织了第二次递交请愿书运动，也在各地发动和组织了破坏和捣毁机器的运动，但运动的领导层在斗争目标和采取的策略等方面存在着明显矛盾；从1843年到1848年政府以武力镇压和解散宪章派集会并逮捕宪章派领导人为止是第三阶段，这一阶段经历了1843到1846年的反《谷物法》运动，经历了与工人运动的结合与分裂,经历了多次大型集会、示威和政府的镇压,也经历了运动内部的分裂和最后的失败[①]。

宪章运动由于超前的激进改革要求,参与人员的社会广泛性不足,因为运动的主要参加者是手工业工人,领导力量的软弱以及内部的矛盾、斗争策略和手段僵固等原因导致失败,但它却产生了巨大的社会影响,也留下了一些有益的遗产。

首先,它直接策应和推动了反《谷物法》运动。1836年,以反对并取消《谷物法》为目标的"反《谷物法》同盟"成立,提出了废除《谷物法》的要求,同时提出了实行自由贸易的诉求。1838年,曼彻斯特工业家协会加入反《谷物法》运动,鼓吹自由资本主义经济理论,发动城市市民参与运动,给政府施加政治压力。1841年,同盟领导人之一的理查德·科布登(Richard Cobden,1804—1865)当选议员,成为反《谷物法》运动的领导人,给运动以极大推动。1846年,以保守党领袖罗伯特·皮尔(Robert Peel,1788—1850)为首相的政府废止了《谷物法》,反《谷物法》运动取得了最后的胜利。同期发生的宪章运动无疑在声势和参与度上给反《谷物法》运动提供了推动力。

其次,《人民宪章》以法律文书的形式向统治阶级提出了底层民众的政治、法律、经济诉求,虽然这些要求都没有得到答复和满足,但为后世的工人运动留下了指引,它提出的六条纲领除第二条"每年举行一次议会选举"严重缺少可操作性而被摒弃外,其他五条都在20世纪逐步得以实现。

再次,如列宁所说,"宪章运动是第一次广泛的、群众性的、政治性的无产阶级革命运动"[②],其前后20余年的组织活动,为后来的工人运动提供了人力资源、思想观念、组织发动等多方面的经验,对英国乃至国际工人运动都产生了重要而深远的影响。

---

① 蒋孟引主编:《英国史》,北京:中国社会科学出版社,1988年,第502—519页。
② 《列宁全集》(第29卷),北京:人民出版社,1985年,第276页。

第四节　社会改革的浪潮

面对不断激化的社会矛盾、不断扩大的贫富差距和不断恶化的社会环境,英国统治阶级内部出现了分化:一部分具有开明意识的统治者主张采取局部和渐进的改革来应对中下阶层的诉求,解决这些社会问题;一部分人则主张坚守既定的统治格局,坚决反对任何改革;还有一部分人则站在中间位置,看哪边力量强大就往哪边倒。毫不夸张地说,伴随着工业革命脚步的一百余年是英国政坛风云最为诡异而且变幻无穷的时期,与此同时,此时期社会改革的力度和幅度最为巨大,其成效也最为显著。

要了解维多利亚时期的社会改革有必要回溯一下它的背景,也就是18世纪后期和19世纪前期的社会动态。18世纪后期发生的重大政治事件首要就有威尔克斯事件(Wilkes's Case)[1]和伦敦通讯会事件[2]。

威尔克斯事件具有重大的历史意义和现实意义。首先,威尔克斯的几次当选议员,不仅显示出伦敦市民的政治自觉,也显示出团结起来的民众具有的强大政治动员力量,在当时起到了鼓舞人心的作

---

[1] 威尔克斯事件(Wilkes's Case)是指1763—1768年间围绕议员约翰·威尔克斯因批评国王乔治三世而被判刑的事件。威尔克斯系议会议员,于1763年在《苏格兰人》报上发表文章指责国王的议会演讲,国王下令逮捕他,但被伦敦法庭宣布豁免,无罪释放。乔治三世指示议会剥夺其议员资格,威尔克斯逃亡法国,但在1768年回国竞选议员成功,受到伦敦市民欢呼,并以议员身份服刑。国王再次指令议会剥夺其议员资格,但威尔克斯又在议员补选中成功当选。
[2] 伦敦通讯会事件:伦敦通讯会是由手工工人组成的工会组织,1792年在伦敦成立,创始人是鞋匠托马斯·哈迪。该组织致力于议会改革,争取普选权,通过议会改革制定对劳动者有利的政策;组织了一系列活动:召开群众大会,征集签名,向议会递交请愿书等。政府对该组织一直采取镇压措施,先后多次逮捕其领导人,后于1799年取缔了该组织。

用。其次，它击退了乔治三世试图恢复专制统治的企图，打退了封建专制的复辟努力，从根本上巩固了"光荣革命"确立的寡头政治体制。再次，为以非暴力形式表达政治诉求并取得胜利提供了实证，并为后世同类政治斗争提供了范式。虽然很难说它已成为一种模板，但在促进非暴力的英国式政治反抗与妥协模式的形成上起到了不小的作用。伦敦通讯会事件没有像威尔克斯事件那样达到目标取得胜利，根本原因是运动的参与主体以及矛盾涉入方不同。威尔克斯事件的主要参与者是贵族及上升的中产阶级，伦敦市民也是那些资产拥有者，主要目标是抵制或狙击乔治三世恢复专制统治的企图，而伦敦通讯会的主要参与者是以手工业主为主的工人，目标也是为广大工人、特别是手工业主争取利益。换句话说，前者是统治阶级内部围绕各自利益的争斗，后者却是被统治者向统治者的争权挑战。两个事件的不同结果实际上在开始发生时就已经大体确定了，即由权力集团发动或支持的改革可以或有可能取得成功，而发自底层向当权集团声索权利的运动在没有获得足够社会和统治集团部分支持的情况下很难达到目标。这也许就是历史的必然性。

伦敦通讯会发端的工人运动被打压下去，但在19世纪初期又以不同形式表现出来。以破坏织布机为目标的卢德运动[①]，以议会改革为目标的汉普顿俱乐部运动[②]，1819年8月在曼彻斯特集会要求议会承

[①] 卢德运动(the Luddites Movement)又称卢德革命，是19世纪10年代(1811—1816)发生在英格兰北方诺丁汉郡、兰开郡等地的手工业织布工人破坏织布机的活动。参加活动的人自称卢德派，自发而秘密地组织起来，夜间成群结伙地去捣毁织布机，目的是破坏织布机并阻止织布厂的生产活动。该运动在1816年被政府以武力镇压下去。

[②] 汉普顿俱乐部运动是19世纪初期在英格兰北中部工业革命兴盛地区开展的一场以推动议会改革、争取政治权利的群众运动。运动主要发起人约翰·卡特莱特少校帮助工人改革派建立起汉普顿俱乐部来领导运动，运动因此而得名。该运动以向议会请愿为主要手段，但仍然被政府镇压下去。

认"立法代理人",最后演变成血腥镇压的彼得卢事件(Peterloo Massacre)①,都是群众性政治诉求的大规模体现。这些运动给1832年的议会改革打下了有利的社会基础。

自从工业革命开始以来,一方面,贵族包括农村地主阶层无论是经济地位还是政治地位总体上都在走下坡路;另一方面,迅速推进的工业化及其工厂化、机器化、商业化、贸易化、城市化使得以工厂主、发明家、技术骨干、商人、资本家、银行家等为主体的中产阶级迅速壮大,巨大的生产、商业和贸易利润使得这些人腰缠万贯,经济实力急剧膨胀,使得原本以土地利润、地租利润、粮食利润等为主要经济利益来源的贵族们的经济实力相对下降。从这个层面来看,1832年的议会改革既是延续了一个半世纪的寡头政治体制的第一次松动,打破了贵族阶层对国家政治舞台的垄断,也是上层阶级顺应社会发展潮流做出自我更新的第一次巨大努力,还是中产阶级借助工人运动压力实现自己诉求的成功范例,它打开了中产阶级通向政治舞台的大门。但是,受制于英国长期的封建传统,更受制于"光荣革命"确立的君主立宪制所保留的贵族寡头政治体制,还受制于英国整个社会长期形成的"向上看"的社会风尚②,当然也因为英国贵族所具有的灵活、变通、实用的处世原则,即使在工业革命的洪流冲击下,作为整体的上层阶级在19世纪的政治舞台上的地位仍然没有被动摇。这也许就是英国渐进式改革道路的历史和文化成因③。

虽然第一次议会改革对于上层阶级统治地位的触动非常有限,但它毕竟撬动了寡头政治的铁板,其松动效应是巨大的,随后几十年的政

---

① 1819年8月16日曼彻斯特及其周边工业城镇6—8万工人参加的聚会被军队镇压,导致11人丧生,400多人受伤。因为参加镇压的军队中有一部分是1815年参加过滑铁卢战役的军团,因此而得名为彼得卢事件。
② 钱乘旦、陈晓律:《在传统与变革之间——英国文化模式溯源》,杭州:浙江人民出版社,1991年,第362—428页。
③ 同上书,第172—278页。

治改革与社会改革实践及其成果充分证实了这一点。

随着自由经济和自由贸易成为国策,随着中等阶级实力的不断增长,走上政治舞台的中等阶级逐渐成为一支重要力量显示出其作用。同时,作为统治集团的上层阶级内部出现了前所未有的分化组合,这两支力量的纵横捭阖,推动着英国政坛掀起一波又一波的改革浪潮。其中更具历史意义的是两次议会改革。

1865年,信奉自由主义学说的格拉斯顿(William Ewart Gladstone, 1809—1898)加入自由党,成为该党在下议院的领袖,扛起了自由主义改革的大旗。他借助中等阶级的力量,利用工会运动公开要求和支持的有利形势,在1866年3月提出了改革选举制度的《人民代表权法》,提出降低公民参选议员条件,扩大选民人数。1867年,执政的保守党政府在迪斯雷利的领导下,接过改革口号,联合自由党内的改革派,通过了改革法案。经过这次改革,英国选民大幅度向中产阶级和工人阶级扩大,选民人数由原来的120来万增加到200余万,工人阶级中的大部分男性都获得了选举权。1884年,第二次组阁的格拉斯顿政府进行了第三次议会改革,进一步降低选民资格要求,扩大选民范围,剔除或合并衰败选区,合法选民扩大到570余万,男性公民基本上都获得了选民资格。

两次议会改革的历史意义巨大。第一,其直接结果是使得男性公民获得了选举资格,成为合法选民,从法律上保障了大部分公民的选举权;第二,这也极大地改变了英国选民的组成结构,为现代性的公民政治社会的形成奠定了基础,为公民参与国家政治活动提供了法律保障和合法渠道;第三,为深入广泛的工人运动补充了动力,为20世纪初期最终形成的两党政治模式提供了组织基础;第四,改革中所坚持的眼光下移取向为20世纪初期尝试并在中期建成福利社会打下了思想基础,也为后工业化社会的发展开了方向上的先例。

与政治改革同步的是一系列社会改革。1853年提出了文官制度改革设想,到1870年建立起了文官选拔与任用制度,规定必须以考试和业绩作为文官录用和晋升的依据,打破了世袭与裙带的人才使用传统,为现代管理机制的建立与形成打下了基础。在 1868 到 1874 年间,陆军大臣爱德华·卡德维尔(Edward Cardwell,1813—1886)在时任首相格拉斯顿的支持下对军队进行了一系列改革,包括 1870 年颁行的《兵役征募法》(Army Enlistment Act),1871 年通过的《军队管理法》(Regulation of the Forces Act)等。这些法令的颁行从征募到管理都给英国军队改革提供了立法的依据,不仅彻底改变了贵族及其上层阶级对军队兵员来源的控制,也极大提高了军队的战斗力。此外,1873 年颁行的《司法权法》(Judicature Acts),1870 年通过实施的《基础教育法》(Elementary Education Act),1875 年通过的《公共卫生法》(Public Health Act)和《工人住宅法》(Labour Housing Act),都为缓解维多利亚时代的社会矛盾、缩小贫富差别、提升社会公平度、促进公民教育、提高人口素质起到了极大的推动作用。

第三章　思想文化语境

18世纪上半叶培植的宽松和鼓励创新的社会氛围不仅促使工业革命首先在英国发生,也激发起一系列新思想、新观念、新理论如春潮般奔涌,冲击着处在工业化运动中的维多利亚人,让他们目不暇接,眼花缭乱,也产生了润物无声的效果,渐次而又曲折地将英国人在思想观念上带进工业化时代。

第一节　合理谋利

首先进入维多利亚人思想视野的是被称为现代经济学之父的亚当·斯密(Adam Smith,1723—1790)。斯密在他的两部著作中给英国人带去了既现代而又传统的观念。他在1759年出版的《道德情操论》》(*The Theory of Moral Sentiments*),从社会与个人的关系角度论述人的尊严感、道德感、荣誉感、责任感的心理形成机制。他认为,作为社会中的人,总是有一种寻求他人承认、同情、理解、尊重、赞赏、羡慕等肯定性评价的心理冲动。正是在这样的心理推动与制约下,人们注意自己行为的道德伦理内涵和社会效应,建立起在相互怜悯基础上的良心或良知,从而导引人成为懂伦常、守规则、有修养、有情操的现代文明人。

很显然,斯密从社会心理学角度提出的纲常伦理,对帮助处于工业化进程中的英国人乃至后代人约束物质欲望、制约心理冲动、规范社会行为起到了巨大的导引指向作用,它在助推和塑造维多利亚时代社会风尚过程中所发挥的作用不可低估,对推动世界各国的道德伦理建设过程中的启示和借鉴作用同样不可低估。美国经济学教授丹尼尔·克莱因(Daniel B. Klein)对 1765 到 1949 年期间西方主要英语国家 26 位批评家的《道德情操论》研究进行了梳理和举证,以许多第一手资料论证了斯密的《道德情操论》为何在问世的当时受到热评,在作者去世之后的近两百年之内却备受冷落,到 20 世纪后期至今又再一次被各国学者奉为经典加以追捧①。

1776 年,斯密推出了他的另一部重要著述《国富论》(*An Enquiry in the Nature and Causes of the Wealth of Nations*)。《国富论》面世之时,正是工业化运动兴起之际,钢铁冶炼业、煤炭业、采矿业、纺织业都在蓬勃发展之中,商业贸易也呈现一片兴旺景象,但绝大部分英国人仍然处于"快乐的英格兰"的氛围中洋洋自得,仍然在重商主义②思想的禁锢中陶醉,仍然在从农业向手工业再向大工业的转变中摸索。尽管他们已经开始享受到工业运动的推进,也就是不断出现技术革新成果带来的效率和利益,比如纺纱机的改良和机器的应用,但很少有人清醒地意识到悄悄来临的革命即将带来社会的巨大变化。总之,英国的工业化运动及其衍生的资本主义作为一种社会运动还处在少年时期。但就是在这样的朦胧中,亚当·斯密以他特有的知识分子敏锐,在《道德情操论》中提出以人们相互之间的怜悯来培植

---

① Daniel B. Klein, Dissing the Theory of Moral Sentiments: Twenty-six Critics, from 1765 to 1949, *Econ Journal Watch* 15,2,May 2018, pp.201 – 254.
② 重商主义是 15—18 世纪流行于欧洲的经济学理论。其主要观点是:一国财富以占有资本(主要是重金属)的数量来决定,世界贸易总量是不变的,因此各国之间的贸易就是一种零和博弈;国家要富强就要尽力积累财富,鼓励出口,追求出口大于进口,扩大重金属总量,鼓励商品生产,管制农业;国家应该控制经济活动,保护国内市场,促进贸易和出口。

良知的道德理想后，又根据当时社会不断涌现的工厂车间、工业生产、商品交换、商业贸易、技术革新等新现象，在《国富论》中提出了一系列完全区别于重商主义的新思想、新观点和新原则，诸如"看不见的手"、流水生产、劳动分工、工资价值、合理谋利、自由贸易、国民收入、资本与利润等观念，这些新理念廓清了那个时代经济活动中的许多困扰，为自由资本主义在19世纪的大发展奠定了理论基础，也为后世边沁的功利主义奠定了观念基础。

《国富论》的问世对于处在工业化运动推进进程中的英国如何构建工厂制度、工业生产管理制度、劳工雇佣制度、工业产品销售与贸易制度、资本经营与管理制度等一系列资本主义制度具有重大的历史和现实意义。汉译本译者这样谈论该书出版的意义和影响：

> 处在青年时期的英国资产阶级，为了清除它前进路上的障碍，正迫切需要一个自由的经济学说，为它鸣锣开道。亚当·斯密的《国民财富的性质和原因研究》就是在这个历史时期，负有这样的阶级历史任务而问世的。……此书出版以后，不但对于英国资本主义的发展，直接产生了重大的促进作用，而且对世界的资本主义的发展来说，恐怕也没有过任何其他一部资产阶级的经济学著作，曾产生那么广泛的影响。[①]

这样的评价虽然带有译著出版年代的历史烙印，其中关于《国富论》中提出的自由资本主义经济学说对于自由主义经济的开拓作用及其影响却是被历史所证明了的事实；其作为经济学里程碑的学术意义，对作为后世近一个半世纪社会经济活动指导原则的现实意义更不可低估。即使是在《国富论》问世的两个半世纪后的当下，它的学术价值和思想意

[①] 亚当·斯密：《国民财富的性质和原因研究》，郭大力、王亚南译，北京：商务印书馆，1983年，"改订译本序言"。

义对于处在工业化进程甚至后工业化进程中的国家仍然具有不可替代的指导意义。但是,《国富论》提出的劳动分工和谋利原则却被资本家阶层利用来无限制地追求利润,榨取工人的剩余价值,降低工厂和劳动场所的生产环境条件,使得"贫富之间的鸿沟越拉越大,试图缩小贫富差距的努力成为时代的巨大挑战[①]",加剧了资产阶级和工人阶级之间的利益冲突,自然环境和工业城市的生活环境受到极大破坏。

---

① Richard D. Altick, *Victorian People and Ideas—A Companion for the Modern Reader of Victorian Literature*. New York: W. W. Norton & Company, 1973. p.11.

第二节　渐进的保守主义

1791年,埃德蒙·伯克(Edmund Burke,1729—1797)发表了被称为英国保守主义宣言的长篇论文《法国革命沉思录》("Reflections on the Revolution in France")。这篇论文原本是要反驳理查德·普莱斯(Richard Price,1723—1791)牧师有关"光荣革命"给英国国民带来了自由选择政府的权利的观点①,却系统地批评了"天赋人权"的自然权论,论证了英国人拥有的权利来自世代的传承,因此他们珍视传统,珍视习俗,珍视现存的制度和思想。他明确声称:

> 我们的自由乃是我们传承自先辈并且要传给后代的一项遗产,就像是一项专属于本王国人民的产业;没有任何别的权利会比这一权利更为普遍或优先。我们的宪政就是以这种形式让其各个组成部分在如此不同的情况下保持了统一性。我们有一个世袭的王位,有一个世袭的贵族制,有一个下院,有一个享有优先权、公民权和自由权的民族;这些都是从一个漫长的先辈序列那里继承而来的。
>
> 但凡从不向后回顾自己祖先的人,也不会向前去瞻望子孙后代。此外,英格兰人民深知,世代相传的观念确立了一条确凿的保守原则,一条确凿的传递原则,一条根本就不排除改进的原则。这

---

① 理查德·普莱斯博士是英国18世纪非国教牧师和政治评论家。他在1789年11月4日"光荣革命"纪念大会上发表的演讲中提出了这样的观点:光荣革命让英国人具有了自己选择政府、政府治理不当则可以换选政府的权利。这一观点引起了一场激烈的争论。埃德蒙·伯克专门撰写长文于次年予以反驳,而托马斯·潘恩又著文《人权论》(1791)反驳伯克的观点。参与反驳的还有克里斯托弗·威弗尔,他撰写专文《为普莱斯博士和英国改革者辩护》批驳伯克的观点,该文于1792年发表。

一观念不限制进取,却珍视已经获得的东西。①

伯克说得很明白:英国现有的自由,包括君主立宪制及其政体,民众享有的自由,都是世世代代传承而来,值得珍惜并且传承下去。传承并不排除改进,但改进并不是要否定掉过去,相反,是以珍视现有的优秀遗产为基础。如果你不懂得珍惜过去,也不可能会有美好未来。他认为这是一条"遵循自然法则"的原则。他还明确指出:"在国家治理中遵循自然法则,我们就会改进但又绝不会全盘翻新,我们就会保留却又绝不会完全过时。"②伯克这一观点成为英国保守主义的核心概念:改进但绝不会全盘翻新,保留但绝不会完全过时。这一观念后来成为英国政治治理、经济建设、社会递进、文化传承过程中一直坚持的国家观念和民族观念,被她的广大国民,包括上层、中层和下层阶级中的大多数人广泛接受。

在维多利亚时代,伯克的渐进而又传统的保守主义也受到上至女王皇族、中到资产阶级和知识分子、下至劳工阶层的普遍认可,并在政治生活和社会生活中成为指导和约束他们行为的观念。J.阿尔梅达(Joseph Almeida)认为,宪政主义(constitutionalism)是《法国革命沉思录》里的核心理念之一。宪政主义所指的也就是宪政契约,即宪政机构按照宪政理念和宪政秩序与公民在宪政框架下履行各自的宪政责任,它包含两层内涵:一层意思是,宪政契约应该成为一个国家的宪政审议和行为的根本而持续的原则;另一层意思是,宪政契约的原则是一种约束原则,其约束性是指对那些明辨事理、有约束力的宪政执行者产生作用,是靠道德责任来施行,而不是靠契约来约束。比如在"光荣革命"中所显示出来的道德约束力,就是那些议会里的宪政执行者们的理

---

① Edmund Burke, *Reflections on the Revolution in France*. http://www.constitution.org/eb/rev_fran.htm,检索日期 2013 - 10 - 27。该译文系本书作者根据以上网页提供的原文翻译。
② 同上注。

性约束力发挥了作用①。因此,我们可以认为,这种宪政主义里所包含的理性或道德约束力在19世纪历次政治改革中起到了重要的调谐和缓冲作用,尤其是在1832年那次围绕议会选举方式的改革,双方的博弈到了白热化的程度,快要达到爆炸的临界点,但还是在爆炸之前摁下了止爆阀门,就是这种理性道德约束力起到了关键作用。这种革新而有所保留,前进但不求冒进,创新又不一定非得取代的社会渐进与变革形式成为英国历史和社会前进的独特模式,得到当代中外英国史专家的普遍认同和推重②。

---

① Joseph Almeida, "Constitutionalism in Burke's Reflections as Critique of Enlightenment Ideas of Originative Political Consent and Social Compact", *Catholic Social Science Review*, 2012, 17: 197-219.
② 当代英国著名史学家,剑桥大学伊曼纽尔学院终身研究员彼得·伯克(Peter Burke)教授在《每下愈况——新文化史学与彼得·伯克研究》(译林出版社,2012年)一书的序言中指出:就一般意义上的文化变化而言,在历史和思想史上,一般来说,并不一定要通过一场成功的革命将旧的驱逐走,而是与之共存,实际上是与之相互作用,产生出杂交的形式。这里说的"与之共存","与之相互作用"就包含了埃德蒙·伯克的"保守"观。我国世界史专家钱乘旦和陈晓律两位先生在他们的《在传统与变革之间——英国文化模式溯源》一书中将介于"传统与变革"之间看作是英国文化的模式,将"渐进"看作是英国独特的发展道路,将"斗争与和谐"看作是英国社会前进的表现特征。这些观点体现出我国专家学者对埃德蒙·伯克"保守"观在英国历史思想史上的作用和影响的认可。

第三节　激进的平等观

然而,伯克的保守主义理论在当时所面对的并非都是鼓掌欢呼。就在《法国革命沉思录》发表后不到一年,针锋相对的长篇论文《人权论》("The Rights of Man")就由当时的激进主义代言人托马斯·潘恩(Thomas Paine,1737—1809)推出。《人权论》以直截了当并斩钉截铁的态度和口吻驳斥了伯克"人赋人权"(inherited rights)的观点,捍卫"天赋人权"(natural rights)或"自然神权"观。伯克认为,英国人享有的自由和权利来自长期的宪政保障,来自世代的传承,来自稳定的社会不断进步。这也就是英国史上经常说到的辉格派史学观点,但潘恩认为,人的权利是上帝所给,与生俱来,谁都不能剥夺和侵占。因此,每一代人有每一代人的权利,并非从前辈那里继承而来;每一代人有每一代人的权利实现方式,不能由任何前辈或权威来安排。他明确地宣称:

> 我是为生者的权利辩护,反对这些权利被死者一纸空文规定的权威所断送、控制和缩小;柏克先生却为死者的权威压倒生者的权利和自由辩护。
>
> 所有的人生来就是平等的,并具有平等的天赋权利,恰像后代始终是造物主创造出来而不是当代生殖出来,虽然生殖是人类代代相传的唯一方式;结果每个孩子的出生,都必须认为是从上帝那里获得生存。世界对他就像对第一个人一样新奇,他在世界上的天赋权利也是完全一样的。①

---

① 托马斯·潘恩:《人权论》,转引自《潘恩选集》,吴运楠、武友任译,北京:商务印书馆,1981年,第25、64—65页。

正因此，我们不能依据祖上的福荫来决定我们自己的社会地位，也不能躺在前辈的遗产上安于享受，更不能以此为藉口拒绝社会的改革和进步。每一代人都是上帝的创造物，在上帝面前都是平等的；既拥有平等的权利，也拥有同样的责任和天职，因此，就没有人可以任何理由剥夺另外一些人履行天职和享受平等的权利。也因此，每一代人的命运就掌握在自己手中。上帝赋予每个人的权利要靠自己去实践。如果有人限制这种天赋权利的实现，每一个个人就有责任和义务站起来自己去努力，去争取，去斗争。潘恩进一步指出，即使是政府享有的权力，也是每一个公民出于更好享受天赋人权的目的而让渡出来的，在执行公权过程中必须遵守不损害公民天赋人权这一基本原则。

但是，基于或循于英国深厚的保守传统，尤其是"光荣革命"后近百年的政治宽松、社会和谐所形成的"快乐的英格兰"氛围，潘恩的激进主义主张并未受到英国国人的接纳和肯定，无论是掌权的贵族寡头，还是正在兴起的中等阶级，都加入了抵制激进的队伍。潘恩在英国不受欢迎，最后还被驱逐出国，他所主张和倡导的激进主义，只在美国独立战争和法国革命中起到了鼓动群众参与武装斗争和暴力革命的作用，在美国建国后被统治阶层丢到一边，在法国革命进入专制时期以后也再不受欢迎了。

第四节　功利主义

　　进入 19 世纪,英国思想界进入了自由主义的天堂。自由主义政治学、自由主义经济学、自由主义哲学、自由主义伦理学,此起彼伏,先后走上英国思想大舞台。有的直接标上自由主义名称,比如约翰·密尔的自由主义哲学,有的虽未标明但实质信奉自由主义信条,比如密尔的老师边沁提出的功利主义。

　　1789 年,英国功利主义集大成者杰瑞米·边沁(Jeremy Bentham, 1748—1832)完成于 1780 年的专著《道德与立法原则导论》(*An Introduction to the Principles of Morals and Legislations*)终于面世。这本后来被称为功利主义理论里程碑的著作第一次对后来照亮和指引资本主义发展道路的基本理念进行了充分的论证和界说。"边沁一辈子的宏愿就是要独创出一部功利主义百科全书,也就是一部完整的功利主义法典。他为此不只是提出了一系列如何进行法律和社会改革的建议,还详细解释了这些法律和社会条款所赖以发挥作用的道德原则。这一功利主义哲学的基准核心就是'以最大多数人的最大幸福作为判断是非的标准'。"[①]他认为,"最大幸福"是建立于人趋利避害或者说追求快乐逃避痛苦这一天性之上。正因为受这一天性的支配和驱动,人就有了逐利的本能;反过来,逐利和寻求快乐是一种合乎天性顺乎自然的行为,而不是一种自私自利的行为。同时,边沁又强调了功利的社会性,最大幸福是发生于最大多数人身上,而不是一个人或一小群人身上。要达到让最大多数人获得最大幸福的目标,政府就要运用法律和道德两种手段去鼓励"善"和正义的行为。为了让政府和民众都能

[①] 参见 http://en.wikipedia.org/wiki/Jeremy_Bentham,检索日期 2013 年 10 月 29 日。

遵守法律条款,效仿和鼓励行善造福,边沁还首倡编撰民法典,让功利主义哲学和经济学成为国家的意志。

紧跟边沁执掌自由功利主义大旗的是他的得意门生约翰·密尔。实际上,密尔父子都是边沁功利主义的门徒。约翰·密尔的父亲詹姆斯·密尔(James Mill,1773—1836)担任过边沁的秘书,约翰小时候起就受到边沁的指教。密尔一向被认为是19世纪英语哲学界影响最大的哲学家,但在英国思想界的影响还在于他对自由主义政治学和经济学不遗余力的鼓吹和宣传。

密尔的自由主义观点主要见于他1859年出版的《论自由》(*On Liberty*)。他认为,个人的行为只要不损害别人或社会的利益就应该得到最大的尊重,因为个人具有趋利避害追求利益最大化的天性,也享有自由选择、自由排斥、自由行动的权利。同时,社会也有责任和义务去保护每一个个体的行为,包括个体对自身利益的追求和坚持;只有在个体行为明显伤害别人和社会利益的情况下社会才能去干涉,并依据法律给予惩罚。同理,个人对于别人和社会提供的帮助、支持、保护等行为也应该给予回报。基于这样的自由观,密尔明确反对政府对个人行为及其选择乃至一个经济活动主体的干涉干预。因此,他主张政府应最大限度地放任个人和经济主体的活动,给他们以充分的自由发展、自由选择、自由竞争的空间,因为个体行为的效率要高于政府行为的效率,个体的行为选择要比政府的选择更明智,更切合实际。密尔这种带有绝对色彩的自由主义观可以从他下面这句话里看出其特征:"如果整个人类,除一人之外,意见都一致,而只有那一个人持相反意见,人类也没有理由不让那个人说话。正如那个人一旦大权在握,也没有理由不让人类说话一样。"①一种理论或体制,如果走到了极端或绝对的地步,离它退出历史的舞台也就不远了。英国后来的历史印证了这一点,自由主义和功利主义昌盛了一个世纪,在一战后就走向没落,被集体主义取而代之。

---

① 约翰·斯图亚特·密尔:《论自由》,许宝骙译,北京:商务印书馆,1959年初版,2013年重印,第19页。

第五节 进化论冲击波

也是在1859年,另一本让英国人振聋发聩的著作问世了,那就是在人类认识史上带来颠覆性变化的巨著《物种起源》。这本划时代著作在面世的当时显然面对着巨大的学术名誉、职业前途、社会地位的风险,达尔文显然深知这一点,所以在出版前,他附上了一篇长长的关于物种起源的种种观点的介绍,将"自然界的一切变化都是有法则的"这一观点的提出归功于法国博物学家,以此来说明他并不是第一个冒天下之大不韪者。然而,达尔文毕竟是一位信守科学法则的博物学家,他用了15章550多页的篇幅来论证自然界所有物种的起源都是来自远古时代,经过自然选择过程中漫长的变化与变异,留存到现在的种类和形状,还会根据环境的变化,缓慢而不断地演化下去。演变和进化始终遵循着最适者生存(survival for the fittest)的自然法则。人类作为一种动物自然也是如此。这位严谨、博学而又谨慎的博物学家长篇大论地论证上面的观点,但从来没有直接否定上帝创世说,不过还是在相当于前言的对物种起源各种观点的介绍中借法国博物学家拉马克之口说,"有机界以及无机界的一切变化都是根据法则发生的,而不是神灵干预的结果。"[①]很明显,这位堪称19世纪大智者的博物学家以无可辩驳的事实向维多利亚人提出了这样一个回避不了的问题:我们这个世界是上帝创造的吗?

《物种起源》激发起的怀疑和诘问在蔓延,尤其是在知识分子群体中形成一股质疑的新潮。之所以说新潮,是因为对传统基督教教义的

[①] 查尔斯·达尔文:《物种起源》,周建人、叶笃庄、方宗熙译,叶笃庄修订,北京:商务印书馆,1997年,第2页。

质疑并非自《物种起源》面世之后才有。且不说非国教派长期以来对英国国教教义和仪式的抵制,从 40 年代兴起的牛津运动更是以恢复某些天主教教规和礼仪的理由来表达对国教的怀疑与疏离。此外,卡莱尔提出的一系列英雄崇拜观和伟人理论(Theory of Great Man),实际上也是这种质疑浪潮的反映。卡莱尔在《论英雄、英雄崇拜和历史上的英雄业绩》(*On Heroes, Hero-Worship, and the Heroic in History*, 1841)一书中举论了历史上像克伦威尔、莎士比亚、拿破仑、约翰逊等许多英雄人物的英雄业绩及其英雄品德,认为他所处的时代是一个缺少英雄和英雄气质的年代。他在《腓特烈大帝》(*Frederick the Great*, 1858—1865)长卷中更是倾注了晚年的心血,也寄托了他对腓特烈大帝雄伟业绩的缅怀,发出了英雄不再的浩叹。可以说,他的这些浩叹和对历史上英雄的敬仰就是基于对当时社会乱象和信仰破裂现实的怀疑与失望,而这种怀疑与失望是遍布于生态诗歌中的主题之一。

进化论动摇了延续一千多年来上帝创世的信仰根基,为近现代科学运动的发展提供了观念助力,张扬了以斗争和竞争求生存求发展的斗争学说,给实现工业化的英国人以极大的自信力量,但同时也助长了英国从政府到民众的帝国情结的形成,并在巨大的经济成就中志得意满,陶醉于进步学说的自恋中,给 20 世纪英国的衰落埋下了思想观念的种子。

第六节　文化救世

　　与卡莱尔悲观历史主义甚至有些虚无主义色彩的观点不同,被称为维多利亚时代思想意识代言人的马修·阿诺德一辈子都在做着思想政治教育工作,几乎是竭尽全力地想要给日下的世风来个拨乱反正。他连篇累牍地发表文章,试图以批评为武器,以文化审视为药方,去解剖时代的病灶,唤醒民众的良知,激活沉睡的理性,重建道德秩序和文化传统。有论者认为,他一生都在进行批评,但"所有的批评都可以落实到广义的教育和转变人的内心这个问题上[①]"。他在《文化与无政府状态:政治与社会批评》(Culture and Anarchy, 1869)中几乎是不厌其烦地反复解释了他的广义文化的内涵及其作用,给文化以几乎济世良药的地位。他认为,只有人们认识到文化的安神、慰心、益智、济世的作用,才会在物质泛滥和精神混乱的乱世维持道德人心。在他看来,文化不是知识的,不是功利的,不是物质的,不是激情的,不是工具理性的,而是道德的、心智的、神性的,是对心灵的净化,品性的陶冶,境界的提升。用他的话来说,就是"对完美的追求"。他相信:"文化之信仰,是让天道和神的意旨通行天下,是完美。文化即探讨、追寻完美,既然时世已不再顽梗不化地抵挡新鲜事物,那文化所传播的思想也就不再因其新而不为人所接受了。""一旦认清文化并非只是努力地认识和学习神之道,并且还要努力付诸实践,使之通行天下,那么文化之道德的、社会的、慈善的品格就显现出来了。"[②]他在《当今批评的功用》("The Function of Criticism at the Present Time", 1865)一文中提出了"人

[①] 马修·阿诺德:《文化与无政府状态:政治与社会批评》,韩敏中译,北京:生活·读书·新知三联书店,2002 年,译序第 6 页。

[②] 同上书,第 9 页。

生批评"的概念,强调批评是一种可以激发创造、探索真理、焕发生命力的力量,可以帮助社会建立思想秩序。他指出,"批评总是试图去建构一种思想秩序。……换句话说,就是要让优秀的思想大行其道。一旦这些优秀的思想进入社会,也就是让真理接触到生活,全社会就会出现躁动和生机。在这一片躁动和生机中就会产生出文学的创造性时代。[①]"

阿诺德对文化救世的信心不是没有理由的。英国18世纪上半期稳定的社会环境和宽松的政治生态,准确说是乔治一世和乔治二世在位46年时段确立的名副其实的集体领导体制,即贵族寡头内阁制,给工业革命的发生培植了有利的社会和思想土壤。这块适宜的土壤给英国加快向海外扩展殖民地,输出人才、产品、商品提供了极为有利的政策环境和社会环境,同时极大地促进和加快了纺织、冶炼、机械、航运运输等行业的技术革新,被释放和激发起来的创造热情空前高涨,促使工业革命应运而生。工业革命不仅得到开明而灵活的贵族阶层及其政府的支持,也得到走在时代思想前沿的知识分子阶层以及在工业革命中壮大起来的中等阶层的支持。一些具有先知先觉般敏锐与睿智的知识分子从哲学、经济学、政治学、伦理学、动物学、植物学、地质学、人文地理学等各个角度,为工业革命所引起的社会、思想文化、伦理道德的与时俱进和更新提供解释和指引,他们同时也最先感觉和发现剧烈社会变革,尤其是生产和生活方式的变化带来的全方位阵痛:思想混乱,信仰动摇,道德滑坡,环境恶化,社会动荡,阶级矛盾冲突频发。急速变化的社会现实,更新和进步的观念又不断促进当权集团在19世纪并不情愿而又缓慢地完成了一系列的政治和社会改革。这些社会和政治改革又将包括劳工阶层在内的底层民众裹挟进来,参与到吁求政治权利、加快政治改革的社会运动中。上层阶级的顺势而为,中等阶级的推动,下

[①] http://www.gutenberg.org/cache/epub/12628/pg12628.html,检索日期2013年10月31日。本段译文是本书作者根据上述网页提供的原文翻译。

层民众的广泛参与所带来的巨大社会压力,进步知识分子阶层的推动与指引,这种种力量汇合在一起,形成了一股巨大的社会潮流,推动着英国社会在19世纪与20世纪交汇时期启动了以社会福利为取向的社会变革,在第一个完成工业革命后又成为第一个启动福利社会建设的国家。各种新思潮、新观念、新理论的冲击夹杂着急剧变化的自然和社会环境,将维多利亚人推进困惑、彷徨、疑问、反思的观念更新蜕变之中,推动并加速了这个时代思想文化的现代转型之路。这些给身在其中的阿诺德以前所未有的忧虑和忧患,同时对以文化来整饬世风、重整道德充满信心。因此,他一方面为文化救世大声疾呼,另一方面利用自己担任的公职不遗余力地身体力行,代表了那个时期有责任有担当知识分子的社会良知。

第四章 文学背景

"那是最美好的时代,那是最糟糕的时代;那是智慧的年头,那是愚昧的年头;那是信仰的时期,那是怀疑的时期;那是光明的季节,那是黑暗的季节;那是希望的春天,那是失望的冬天;我们拥有一切,我们一无所有;我们全都在直奔天堂,我们全都在直奔相反的方向。"[①]用《双城记》(*A Tale of Two Cities*,1859)开头这段文字来形容英国19世纪这一百来年的情景是很恰当的,因为如上所述的种种景象,诸如贫富沟壑并存,价值观相左,城乡繁荣萧条互见,思想观念五花八门,都是那么突兀分明地呈现在我们面前。正是人类历史从未有过的波澜壮阔、丰富多彩的社会运动造就了百年未有之大变局,又正是这从未有过之大变局成就了维多利亚时代文学的多姿多彩,风光无限,给维多利亚生态诗歌创作提供了丰饶的土壤。只要对以上这些事件稍做梳理我们就会看出它们之间相互关联、起承转合的脉络。

就是在这样的历史、社会和思想文化背景下,以卡莱尔、拉斯金、阿诺德、狄更斯、爱略特等为代表的维多利亚时代作家和批评家踩着时代的步伐,把握着社会的脉搏,呼应着民众的诉求,担当起了摹写现实、针砭流弊、整饬世俗、引领风尚、疗救心灵、重建道德的历史和时代重任。他们或以自己的才华与睿智,丰富的想象力和表现力,将

---

① 查尔斯·狄更斯:《双城记》,孙法理译,南京:译林出版社,2012年,第3页。

那个风起云涌变化无穷的社会艺术地呈现在读者面前,给后世留下丰富独特的文学遗产;或为那个时代的风尚重建与观念廓清而大声疾呼,试图以优秀的思想和文化去引领社会,教化人民[①];或者利用手中的笔去评点和解读文学作品,普及文学知识,指导日常和文学阅读,竭力要将"大众"(populace,阿诺德语)、"民众"(mob,拉斯金语)和"群众"(horde,爱略特语)逐渐变成有知识、有阅读能力、有文化的阶层[②]。前者构成维多利亚时代的文学创作,后者构成那个时期的文学批评。

第一节　批评与创作

关于维多利亚文学批评与创作,国内外学术界有各种观点,这里择其要者介绍。

《英国文学批评史》将维多利亚时期的文学批评分为三类:以托马斯·德·昆西(Thomas De Quincey,1785—1859)、约翰·罗斯金(John Ruskin,1819—1900)和马修·阿诺德为代表的社会文化批评;以佩特(Walter Pater,1839—1894)和王尔德(Oscar Wilde,1854—1900)为代表的唯美主义批评;以雷利(Walter Alexander Raleigh,1861—1922)和布雷德利(Andrew Cecil Bradley,1851—1935)为代表的学院派批评。著作者认为,维多利亚文学批评是位于浪漫主义和现代主义之间的"过渡期",实现了批评上的两个转变:一个是在体裁上从诗歌、戏剧扩展到小说,另一个是文学批评走向职业化和理论化[③]。

---

① 马修·阿诺德:《当今批评的功能》,载《文化与无政府状态:政治与社会批评》,韩敏中译,北京:生活·读书·新知三联书店,2002年。
② M. A. R. Habib, (ed.), *The Cambridge History of Literary Criticism: The Nineteenth Century*, c. 1830—1914. Vol. 6. Cambridge: Cambridge University Press, 2013, pp.172-180.
③ 王守仁、胡宝平:《英国文学批评史》,南京:南京大学出版社,2013年,第149—220页。

《剑桥文学批评史》(Cambridge History of Literary Criticism)第 6 卷将这一时期的批评家大体分为两类:一类包括卡莱尔、罗斯金、阿诺德、佩特、莫里斯、萧伯纳等,另一类包括狄更斯、爱略特、梅瑞狄斯、特罗洛普、萨克雷等。前一类是从文化建构和文化更新的角度进行批评活动:卡莱尔从文学批评转向社会批评;罗斯金从事宽泛意义上的艺术批评,将文学作为其中的分支;萧伯纳从音乐批评和小说家起步后来成为戏剧家和社会批评家;阿诺德从诗歌批评扩展到文学批评和社会批评,最后落脚在宗教批评。论者将这一类归入社会文化批评之下。后一类是基于自身文学创作的批评,论者将他们归入现实主义文学的项下。论者认为,这些小说家的创作倾向是相近的,他们都坚持作品要最大限度地真实反映客观现实,再现社会生活的图景,试图通过这些真实的描写去警醒当权阶层意识到这些社会问题,同时也启迪广大民众意识到这些社会现实的根源。狄更斯、爱略特、萨克雷、盖斯凯尔夫人、勃朗特、哈代等作家的小说都归入这一类[1]。

詹姆斯·亚当斯(James Adams)将这一时期的文学按照时间先后顺序划分为三个阶段:从 1830 到 1850 年的"机器时代文学"阶段;从 1851 到 1873 年的"扩张与混乱:从水晶宫到荒凉山庄"阶段;从 1873 年到 1901 年的"大众文化的兴起与衰落的幽灵"阶段。根据作者在导论中的论述,他将维多利亚文学潮流和创作放到这一时期的政治、社会、思想文化与社会发展,尤其是工业革命带来的社会转型这一大背景之下来考察。他认为,只有在工业化进程中来考察维多利亚文学,只有在社会转型的背景下来研究维多利亚文学,才能理解以卡莱尔、阿诺德等为代表的上层阶级和中等阶级的文学,为什么会与以狄更斯等为代表的中下层文学共生共荣。他还认为,考察这一时期的文学成因,应该包括那些在一般的文学史里不太会被重视的因素,诸如工厂里的工具

---

[1] M. A. R. Habib, (ed.), *The Cambridge History of Literary Criticism: The Nineteenth Century*, *c. 1830—1914*. Vol. 6. Cambridge: Cambridge University Press, 2013, pp.172 - 187,325 - 330.

发明与技术更新,这些发明和更新引起的失业、印刷技术的进步、金融危机、政府在拿破仑战争之后对新闻出版的控制等;这些因素都是不显山不露水却实实在在影响维多利亚文学创作和传播的原因①。

本研究将这一时期的文学思潮大体列为三类,即以阿诺德为首的文化教化派,以爱略特为首的现实主义派,以王尔德、佩特为首的唯美主义派。

阿诺德无疑是维多利亚时期最为著名、成果也最为丰硕的批评家。"他在赋予批评以文化中心作用方面比任何一个批评家都做得更好,并因此而享誉整个英语世界。"②他"去世时,已经被公认为维多利亚英国的文化主将","被誉为统领英国批评界那片荒芜之地的、最出色的批评家,后人也认为其是英国文学学术批评的奠基人";他"主张的'文化'应是包括文学、艺术在内的人类一切最优秀的思想、文化之积淀,这种宽阔的思想、文化根基应成为变革时代凝聚人心的力量"③。通观阿诺德的批评文字可以发现,他从文学批评到社会批评,再到教育批评,再到宗教批评,再回到文学批评,众多的著述文字中都贯穿了一个中心概念就是文化,也就是有宽泛指向的,包含艺术、文学、宗教、传统伦理习俗的大文化,是英国在几百年的发展和传承中留存下来的文化精华。按照他自己在《文化与无政府状态》第一章里的说法,"文化可以恰切地表述为根源于对完美的热爱,而非根源于好奇;它是对完美的追求。它的动力并不只是或者并不首先来自追寻纯粹知识的科学热情,同样也来自要行善向美的道德热情与社会热情。④"阿诺德终其一生所追求不舍的行善向美,并不是将它作为抵挡或抵消社会上无政府状态或乱象的

---

① James Eli Adams, *A History of Victorian Literature*. Oxford: Wiley-Blackwell, 2009, pp.1 – 14.
② Matthew Arnold, *Culture and Anarchy and Other Writings*, Stefan Collini (ed.). Cambridge: Cambridge University Press, 1993, p.ix.
③ 马修·阿诺德:《文化与无政府状态:政治与社会批评》,韩敏中译,北京:生活·读书·新知三联书店,2002年,译本序,第2—3页。
④ Matthew Arnold, *Culture and Anarchy and Other Writings*, p.59.

对冲器(antithesis)，而是融合各种紧张对立情绪的调和器或缓冲剂(mediator)①。

与阿诺德一样主张以文学和文化来教育、教化、教养普通民众的还有卡莱尔、莫里斯、斯温伯恩等知识分子。卡莱尔以传记式的、历史的和道德的方式来研究历史上著名人物的文化观念，试图找到这些人的思想观念和道德观念与他们著作之间的关系，从而发现个人的文化观与其人生经历和思想经历之间的演化规律。他认为，歌德的诗歌与他的整个品行是一个和谐的整体，即所谓文如其人，是他的优秀人品成就了他杰出的诗歌②。因此，要创作出优秀作品，就要养成优秀人品；而要成就优秀人品，就要通过优良的教育、文学、艺术和公序良俗来教化人民。他认为，不能接受基本的教育，就难以形成理性的价值判断；如果我们一边要给民众以自由，一边却不让他们具备基本的判断能力，那样的自由是施舍的，或者规定好的甚至强制的自由，而不是真正的自由。他坚定地说，"如果是那样的自由，我宁可不要。"③

斯温伯恩同样主张基于自由基础上的公正社会环境是文学创作应该追求的目标，他指出：

> 文学若是要值得人们喜爱，它就应该宏大、自由和真诚；如果它假装正经就不值得人们去追求。清纯和假正经放不到一个屋子里。要是言论自由和公平精神被禁止了，愚蠢的暗示和恶意的建议就会孳生为恶臭的生活。如果文学真的不是展示人们的全部生活和事物的所有本质，那它就只能当作是儿童的玩耍和吵闹搁到

---

① Ted Striphas, "Known-unknowns: Matthew Arnold, F. R. Leavis, and the Government of Culture", *Cultural Studies* 31, No.1, 2017, pp.143 – 163.
② M.A.R.Habib, (ed.), *The Cambridge History of Literary Criticism: The Nineteenth Century*, c. *1830 – 1914*. Vol.6. Cambridge: Cambridge University Press, 2013, p.174.
③ Thomas Carlyle, "Democracy", in *Norton Anthology of English Literature*, Vol.2, 8th ed. Stephen Greenblatt (ed.). New York: W. W. Norton & Company, 2006, pp.1026 – 1027.

一边去;不管它是为了教育还是娱乐,对我们来说都是等同于无足轻重可以忽略不计,甚至比那些伤风败俗之事还要糟糕。①

这段话是他在1866年发表的一篇文章中写下的。就在那之前的几年里,他因为一些主张唯美主义的观点及其作品受到如罗伯特·布坎南(Robert William Buchannan,1841—1901)等作家和批评家的猛烈批评和攻击,有的说他主张异教邪说,亵渎神明,有的攻击他鼓动伤风败俗和道德低下的行为,这篇文章就是反击这些观点,认为那些人都是站在卫道士的立场上死守一些过时的观念,对当时兴起的新思潮和新观点比如唯美主义群起而攻之,必欲除之而后快。他在文中对这些攻击进行了反驳,并毫不含糊地说,他不会为了迎合别人的口味和态度而去改变自己的创作,而对于那些优秀的作品,他会毫不吝啬地给予掌声②。

爱略特被称为现实主义创作之首自然不在于她的作品,而在于她有着坚持现实主义创作的社会自觉和艺术自觉;若单从现实主义作品数量而确定领头人,自然非狄更斯莫属。在社会自觉上,爱略特对运用现实主义写作方式为读者真实再现社会现实有着坚定的态度。她在《亚当·比德》(*Adam Bede*,1959)的后记中指出:"我竭尽全力……是要将我头脑里镜像的人和事真实地描写下来。镜像无疑也会有缺陷;其轮廓有时候会走形,映射会模糊或者错乱;但我觉得,只要我尽最大可能准确地去告诉你映射的内容就行了,就好像我是处在一个目击者位置上来叙述故事。③"她还将准确描写现实看作是一种艺术良心。在《女小说家的可笑小说》("Silly Novels by Lady Novelists",1856)一文中,她批评那些女作家极度缺乏实证性的准确感,说那些人的脑子里似

---

① Algernon Swinburne, "Notes on Poems and Reviews", in Josephine M. Guy (ed.), *The Victorian Age: An Anthology of Sources and Documents*. London: Routledge, 2002, pp.380 - 381.
② Ibid, pp.369 - 382.
③ George Eliot, *Adam Bede*. Harmondsworth: Penguin Books, 1982, p.221.

乎有着一种极致的不偏不倚,能够以一种等量的不真实,既能再现出她们的所见所闻,还能再现出她们的未见未闻①。

在维多利亚时代,尤其是中后期,坚持现实主义创作方法的作家很多,除了狄更斯以外,萨克雷、盖斯凯尔夫人、丁尼生、哈代、斯蒂文森、康拉德等都是这一类创作的中坚。值得提出的还有那个长期站在爱略特背后的男人——乔治·刘易斯(George Henry Lewes, 1817—1878)。正是他持续、热情、坚定的支持,才让爱略特的创作才能得以充分发挥;也是他长期、科学的指导,才让爱略特的创作在现实主义的道路上获得如此丰硕的成果。他利用创办期刊和撰写评论的机会,不仅支持了现实主义的文学创作,还参与和推动了进化论、实证主义和宗教怀疑主义的讨论,尤其是对戏剧的大量评论,极大地推进了英国戏剧的现代转型②。有评家认为,爱略特的小说叙事从主题到情节设置都受到刘易斯的全面影响,《弗洛斯河上的磨坊》(*The Mill on the Floss*, 1860)的情节构架,就是根据刘易斯有关自然界存在着相互寄生关系的观点来设计的,稍有不同的是,爱略特认为在人类社会里存在的寄生关系并不像自然界里的生物那么简单和对等,是复杂且不对称的③。

维多利亚中晚期在文学、艺术、美学等领域出现了一股后来被称为唯美主义的思潮。佩特充当了这股潮流的领路人,他在牛津的学生王尔德紧步他的后尘。佩特反对罗斯金的文学道德观,也反对阿诺德的文化教化理论,认为文学、艺术、美学都不应该是宗教、道德、伦理的侍女或先驱,而应该是能给人带来独特美感和快感、让人感知到愉悦的美的对象。佩特的学生王尔德在唯美主义的道路上比他的老师走得更

---

① George Eliot, "Silly Novels by Lady Novelists", in *The Norton Anthology of English Literature*. Vol.2, 8th ed. New York: Stephen Greenblatt (ed.). New York: W. W. Norton & Company, 2006, pp.1342 - 49.
② https://en.wikipedia.org/wiki/George_Henry_Lewes,检索日期:2016年1月28日。
③ Jeanette Samyn. "George Eliot, George Henry Louis, and Parasitic Form", *Studies in English Literature*, 58, Issue 4, (Autumn 2018): 919 - 938.

远。他不仅提出了激进得多的观点,还在诗歌和小说创作中实践了这些观点,更为激进的是,他以自己的生活方式践行他提倡的艺术观,并因此而被判入狱。王尔德否认艺术、文学的道德性,这一点与他的导师一样,但更为彻底。他在《道林·格雷的画像》(*The Picture of Dorian Gray*,1890)序言里指出,书籍没有道德与不道德之分,只有写得好与不好的区别。他否认自然是艺术和文学的来源,相反,自然是艺术和文学的创造物[1]。他指出,"自然不是生育我们的伟大母亲。它是我们的创造物,正是在我们脑子里,它获得了生命。"[2]他否认艺术要去表现自然的美,假如表现了自然中的什么内容,也是那些不协调、不开化,甚至于丑恶的东西。艺术需要表现的就是艺术本身。

  这三类创作整体上贯穿了整个维多利亚时代,但在不同时期不同的创作表现有强弱之分,在当时所发挥的作用和艺术成就有大小之别,对后世的影响也有不同。文化教化和现实主义延续了整个时代,唯美主义是在中后期兴起,其势头和影响也远不及另外两类。就成就而言,现实主义文学创作最为显著,不仅造就了狄更斯这样能与莎士比亚比肩的大师级作家,也成就了爱略特、丁尼生、哈代这样一些一流作家,给世界文学宝库留下了《远大前程》《弗洛斯河上的磨坊》《悼念》《无名的裘德》等精品。文化教化派的创作成就虽然不及现实主义,但在文学批评实践上却是三类创作中最为出色的。阿诺德的《当代批评的功用》和《文化与无政府状态》成为这一时期批评领域的扛鼎之作。唯美主义创作虽然在人数和社会接受度上都不及另外两类,尤其到19世纪90年代后更是因为滑向颓废主义而被主流社会围剿,但它从观念到行为的反主流、反传统取向及其创作实践却为维多利亚文学向现代主义文学的转型发挥了重要桥梁作用。

---

[1] Oscar Wilde, *The Picture of Dorian Gray*. Marblehead: Trajectory Inc., 2014, The Preface.
[2] 王尔德:《王尔德全集》,第4卷,杨东霞、杨烈等译,北京:中国文学出版社,2000年,第349页。

第二节　主要特征

对以上三类创作从思想倾向、价值取向和表现手法几个方面来概括维多利亚文学,显然这也是从大处着眼或宏观角度的归纳,如果我们将维多利亚文学纳入英国文学发展史的框架之内,从接受美学的角度来考察维多利亚文学的内容和形式,就可以发现它具有以下五个主要特征。

第一个特征是繁荣。相比于前一时期的浪漫主义和后一时期的现代主义,维多利亚文学堪称繁荣,而且无论是西方学界还是我国学界都将维多利亚文学看作是与文艺复兴时期文学并列的两大高峰。首先是各种体裁的文学形式都呈现繁荣景象。最为繁荣的自然首推小说。根据菲利普·戴维斯提供的数据,维多利亚时期有数千位小说家,出版了40 000部小说,到1880年,年均出版小说380部[1]。根据《朗文维多利亚小说指南》,这一时期出现了约7 000位小说作者,出版过约60 000部小说[2]。小说的繁荣还体现在作品的质量上。具体来说,这一时期出现了能够与莎士比亚并肩的大师,人们常将狄更斯与莎翁相提并论,因他给我们留下了一大批像《雾都孤儿》《远大前程》《匹克威克外传》这样的经典。诗歌创作的成就也堪称丰硕,这将在下一章详细讨论。在散文方面也造就了一批像卡莱尔、罗斯金、密尔、阿诺德、纽曼等著名散文家。卡莱尔的哲理散文、密尔的政论散文、阿诺德的文化散文、纽曼的论辩散文、佩特的思辨散文,都是散文

---

[1] Philip Davis, *The Oxford English Literary History: The Victorians*. Beijing: Foreign Language Teaching and Research Press, 2007, pp.201–203.
[2] John Sutherland, *The Longman Companion to Victorian Fiction*, 2nd ed. London: Routledge, 2009, p.vii.

中的传世精品。戏剧方面虽然在维多利亚前中期延续了一百多年的凋敝景象,但萧伯纳(George Bernard Shaw,1856—1950)的出现,却成就了社会剧在世纪交替时期的复兴。戏剧复兴的另一个常常被忽略的方面是戏剧评论,如前所述,刘易斯对戏剧从剧本到舞台演出的评论使其被看作是现代剧评的奠基人。值得一提的是,随着摄像术的问世和印刷业的兴盛,插图本作品在维多利亚中后期极一时之盛:插图本小说、插图本诗歌、插图本散文、插图本儿童文学读本,成为急剧增长的中下层读者手边案头的首选读物,为普及和提高英国教育水平做出了贡献。

市场化是维多利亚文学的第二个特征。这一特征是基于文学作品接受和文学作品生产而得出的结论,它也可以说是文学的工业化或者功利化。文学自古以来无论在中西都被看作是高高在上的精神产品,通常都掌握在那些学富五车的人士手中,供他们把玩和欣赏,与世俗世界和物质世界离得很远。维多利亚时期却第一次让文学作品也成为普通民众闲暇时间或饭前茶后的读品。达至这一形势有多重因素,上文第二节已经有所涉及,总结一下有这些方面:首先,工业化生产方式及其创造的效益或效率标准,将物质生产都纳入这个价值体系之内,进而逐渐影响到精神生产过程及其产品的评价。其次,1832年议会改革推动成长起来的中产阶级读者群,维多利亚后期教育改革培植起来的下层民众读者群,对文学产品的需求急剧增长,为文学作品从创作到销售的市场化创造了条件。再次,工业化让出版业实现了机械化,机械化出版给不断攀升的书籍、期刊、报纸需求提供了保障,与此同时,出版商将文学作品的创作和销售作为他们赚钱的有用途径,包括向作家预订创作,并采取连载形式来出版小说,以吸引读者的兴趣。狄更斯的很多作品,包括早年的《匹克威克外传》和晚期的《远大前程》都是采用连载形式,发表在文学期刊上[①]。此外,随着功利主义被广泛接受而兴起的经

---

① Louis James, *The Victorian Novel*. Oxford: Blackwell Publishing, 2006, pp.199 - 200.

济利益至上价值观也成为文学市场化的观念动力,当时在作家中流行着与出版商和版画家或雕刻师合作来出版插图作品的潮流,萨克雷(William Thackeray,1811—1863)、梅瑞狄斯、哈代、柯林斯(Wilkie Collins,1824—1889)等都积极效仿狄更斯,给自己的作品配上插图[1]。维多利亚文学创作和批评所体现出来的市场化倾向在21世纪的一些文学批评中得到更多的关注,英国利维斯研究专家G.戴(Gary Day)就注意到了这一点[2]。

说教性是维多利亚文学的第三个特征。这个特征主要是从作品内容的角度出发来考察的。维多利亚时代在历史上是一个和平的时代,尤其是前有拿破仑战争而后有"一战",处在两次大规模战争之间的年代就显得格外凸显。这期间英国虽然也卷入了克里米亚战争,也发动了两次布尔战争,但总体上没有经历大规模战事。很自然,和平时代更为注重思想、观念、道德、伦理、风尚的建设。维多利亚女王以身示范,倡导和睦亲密的家庭关系,礼让克制的邻里关系,敬业友好的同事关系,尊老爱幼的人际关系。维多利亚风尚成为那个时代的社会价值取向。阿诺德、卡莱尔、罗斯金、丁尼生等作家都积极投身于这一社会风尚的建设,并带动起一大批知识分子为新风尚的建设鼓与呼。阿诺德利用他担任教育督导的身份,深入学校、政府部门、工厂、贫困地区去了解社会。他还连篇累牍地撰写专著和文章,极力主张以"完善""美""光明"来教化民众,引领风尚,以发展和推广教育来提高普通民众的识读水平。他在《民主》("Democracy")一文中提出,埃德蒙·伯克所捍卫的英国民主政体和政府管理体制在新的社会条件下应该进行改革,以适应新的社会环境的需要[3]。在《平等》("Equality")这篇演讲稿中,阿

---

[1] Louis James, *The Victorian Novel*. Oxford: Blackwell Publishing, 2006, pp.199-201.
[2] Gary Day, *Literary Criticism: A New History*. Edinburgh: Edinburgh University Press, 2008, pp.1-8.
[3] Matthew Arnold, "Democracy", in *Culture and the Anarchy and Other Writings*. Cambridge: Cambridge University Press, 1993, pp.1-25.

诺德从历史、现实、政治、经济、社会等各个角度去论证了"放弃贪婪选择平等"(choose equality and flee greed)的重要性和必要性①。卡莱尔极力主张以英雄主义来引领和塑造英国民族的气质,因为在他看来,"我们所见到的世界上存在的一切成就,本是来到世上的伟人的内在思想转化为外部物质的结果,也是他们思想的实际体现和具体化。可以恰当地认为,整个世界历史的精华,就是伟人的历史。"②罗斯金在《现代画家》(Modern Painters,1843—1860)这一五卷本著作中提出了一系列具有开拓性和引领性的艺术观念,诸如艺术求真实、艺术持美德、艺术秉实用、艺术求高雅也融通俗等,为英国艺术理论的现代化奠定了基础,也为以实用主义为基点的英国艺术思想确立了方向。丁尼生作为桂冠诗人,在他的中晚年也不遗余力地为维多利亚风尚的推行和实践鼓吹③。

  维多利亚文学的第四个特征是它的转型性。转型性体现在多个方面。首先是文学观念的转型。在这之前,从古代一直到19世纪中期,文学作为人文学科都是精神活动的一部分,供上层阶级用于消闲生活、宣泄情感、宣扬道理、启迪人生。但到了维多利亚时代,随着工业化的实现,随着资本主义制度的推进,随着功利主义的传布与接受,写作和出版走向市场化。作家从19世纪二三十年代开始觉醒,到50年代文学写作就成为一种职业,成为谋生的手段④。从此,文学创作的动机逐渐从单纯的精神层面转向精神和物质的双重层面,已经不只是为了释放、教益、启迪、分享,还包括物质利益和利润的追求。这种观念到维多

---

① Matthew Arnold, "Democracy", in *Culture and the Anarchy and Other Writings*. Cambridge: Cambridge University Press, 1993, pp.212 - 239.
② 托马斯·卡莱尔:《论英雄、英雄崇拜和历史上的英雄业绩》,周祖达译,北京:商务印书馆,2005年,第1页。
③ Cathryn Ledbetter, *Tennyson and Victorian Periodicals*. London: Ashgate Publishing, 2007.
④ Richard Salmon, *The Formation of Victorian Literary Profession*. Cambridge: Cambridge University Press, 2013, pp.iii - viii.

利亚后期已经被普遍接受①。

转型还体现在表现内容上。18世纪和19世纪前期的文学作品基本上聚焦或局限于上层阶级的生活，表现贵族或至少中等阶层的情趣与情感。即使有个别来自下等阶层的人物，比如《帕美拉》(Pamela; or Virtue Rewarded, 1740)中的同名主人公，那也是生活于上层阶级中间的下等人。到了维多利亚时代，中下阶层的人物开始成为文学作品的表现对象，并逐渐成为人物画廊里的主力。这在狄更斯、盖斯凯尔夫人、爱略特、哈代等作家的作品中都得到充分体现。

转型还体现在表现手段上。表现手法的转型体现于各种体裁的作品中。在小说上，转型主要体现为情节安排的细节化和图文并茂的文本表达。从18世纪兴起的小说直到19世纪司各特(Walter Scott, 1771—1832)的历史小说，都注重情节的构架，尤其是情节的巧置以增强其真实性，这种传统到维多利亚小说中被发展到极致。小说家追求细节的真实，从构架到描写都要求像真实生活一样。上文提到的爱略特主张细节描写要像头脑的镜像一样就是这样的例证。这样的追求到这个时代后期走向偏激，出现了带有自然主义倾向的写作。小说表达方式的另一个转型是文本的图文化，即出现了兼有文字和图像合一的小说。为小说插图的风尚出现在18世纪，尤其是一些哥特小说经常会给文本附上插图。这一表现形式到维多利亚时期变得越来越普遍。自从狄更斯推出插图本的《匹克威克外传》(Pickwick Papers, 1836)后，这种形式逐渐受到作家和出版商的青睐，萨克雷、特罗洛普等都纷纷仿效。杰勒德·霍普金斯一家就出现了三个插图画家②。此外，小说发表也更多采用在期刊连载的方式，以呼应文学创作市场化的要求。值得重视的是，图文并举的文本表达方式不仅为文学生产的市场化提供

---

① Richard Salmon, *The Formation of Victorian Literary Profession*. Cambridge: Cambridge University Press, 2013, pp.iii - viii.
② Catherine Phillips, *Gerard Manley Hopkins and the Victorian Visual World*. Oxford: Oxford University Press, 2007, pp.v - xiii.

了合适的途径,也为维多利亚文学的现代转型提供了桥梁。

在诗歌上,转型体现于诗歌表现手段的戏剧化和诗歌韵律的口语化。戏剧化体现于戏剧独白技巧的广泛采用与成熟。这一本来应用于文艺复兴时期戏剧中的技巧在维多利亚时期的诗歌中得到广泛使用,布朗宁(Robert Browning,1812—1889)、丁尼生、阿诺德、但丁·罗塞蒂(Dante Rossetti,1828—1882)、克里斯蒂娜·罗塞蒂(Christina Rossetti,1830—1894)、奥古斯塔·韦伯斯特(Augusta Webster,1837—1894)、艾米·列维(Amy Levy,1861—1889)、费莉西娅·赫门兹(Felicia Hemans,1793—1835)等诗人都采用这一技巧进行创作。其中,布朗宁的《我的前公爵夫人》(My Last Duchess)和丁尼生的《尤利西斯》(Ulysses)成为千古名唱,使这一技巧达到了完美的程度,至今无后者超越。

诗歌韵律的口语化主要体现于霍普金斯、哈代、吉普林等诗人的创作实践中。霍普金斯创造性地采用"跳跃节奏"(sprung rhythm)来取代"跑步节奏"(running rhythm)。霍普金斯认为,跳跃节奏不追求音节的整齐或数量对等,同一首诗歌中,音步既可以是抑扬格,也可以是抑抑扬格,还可以是抑抑抑扬格。这样的音韵与散文和口语最接近,最少造作,因此是最接近自然与本真的音调[1]。他的诗歌集在1918年出版,很快受到伍尔芙等现代派诗人和利维斯等批评家的重视和高度评价,显然对现代主义诗歌产生了重要影响。跳跃节奏的成功实践,"既丰富了维多利亚诗歌的创作技巧,也推动了英语诗歌的现代变革[2]"。霍普金斯将古英语中以头韵为主要手段的韵律与维多利亚时期口语的节奏结合起来加以创新应用的成就,也得到批评家坎贝尔(Matthew

---

[1] Gerard Manley Hopkins: *The Major Works*, *Including All the Poems and Selected Prose*. Catherine Phillips (ed.). Oxford: Oxford University Press, 2002, pp.228, 235 - 237, 241 - 244.
[2] 蔡玉辉:《杰勒德·霍普金斯的"黑色十四行"析论》,《外语研究》,2014年第6期,第98—103页。

Campbell)的赞许①。

  哈代的一千来首诗大多是短诗,且韵律比较松散,其中有两个特点与口语接近。一方面是有着明显的情节性,即使是短诗,似乎都是在叙述一个故事;无论是描写人的《挤奶姑娘》("The Milkmaid"),还是描写鸟的《向晚的画眉》("The Darkling Thrush"),诗行里都包含有一个或短小或完整的情节。另一方面是语言的浅显和韵律的流畅。诗人很少采用书面化的语言,很少使用大词,具有一般熟读能力的读者都可以不借助词典读懂他的诗。关于这些特点,有批评家指出,他的诗歌具有小说叙事的特色,而且多采用日常语言,已经具有某些现代诗的特征②。

  如前所述,维多利亚文学的这些特征决定于它的产生环境,即它的历史环境、社会环境和思想文化环境,同理,这些特征又决定了维多利亚诗歌的创作、接受和评论,下一章将就此展开论述。

---

① Matthew Campbell, *Rhythm and Will in Victorian Poetry*. Cambridge: Cambridge University Press, 1999, pp.187-209.
② 蓝仁哲:《诗人哈代和他的诗》,载哈代《哈代诗选》,蓝仁哲译,成都:四川文艺出版社, 1987 年,译本序。

第五章 维多利亚诗歌批评与创作

维多利亚诗歌是一个值得研究却有待挖掘的领域。

从学术史角度看,维多利亚诗歌进入 20 世纪后就长期受到冷落,一般认为是以艾略特为首的现代派对它的低估导致了近半个世纪的冷藏。著名英国维多利亚文学研究专家阿姆斯特朗(Isobel Armstrong)在她的专著《维多利亚诗歌:诗歌、诗学与政治》(*Victorian Poetry: Poetry, Poetics and Politics*, 1993)的《绪论》里指出,维多利亚诗歌处在浪漫主义诗歌和现代主义诗歌这两座高峰之间,与前后都不沾边,处在人们的视界之外,

> 因此,20 世纪前期的批评和理论运动中有关维多利亚诗歌的研究基本上处于失语状态。艾略特说丁尼生和布朗宁不过都是些沉思派,新批评派就受他的影响,将维多利亚诗歌排除在他们的研究范围之外。在雷蒙德·威廉斯的文化批评理论重要著作《文化与社会》里,研究的中心是维多利亚小说。女性主义研究对准的也是小说。解构主义研究聚焦于浪漫主义诗歌。没有哪一个欧洲的重量级批评家将维多利亚诗歌作为他们的研究对象。[①]

---

① Isobel Armstrong, *Victorian Poetry: Poetry, Poetics and Politics*. London: Routledge, 1993, pp.1 - 2.

的确，虽然在维多利亚时期有的期刊登载过一些当代人的评论，但没有专著出现。第一本专门研究它的期刊《维多利亚诗歌》(*Victorian Poetry*)开办于1963年，第一本系统研究维多利亚诗歌的专著应该是上面提到的《维多利亚诗歌：诗歌、诗学与政治》，它问世于1993年，尽管阿姆斯特朗早在1972年就推出了《维多利亚观察：1830—1870年间诗歌批评》(*Victorian Scrutinies: Reviews of Poetry, 1830—1870*)，但后者主要是对维多利亚早中期诗歌评论的介绍，缺少独创性研究。从传播接受史角度看，维多利亚诗歌也还处于差强人意的水平上。评判一种文学的传播广度、速度和频度通常有三个维度：作品的印刷出版数量，读者阅读数量，批评研究数量。当然这三个维度又可以从国内和国外两个方面来加以讨论或研究。

从第一个维度看，国外出版了不少维多利亚诗歌研究专著，也出版了不少诗歌选集。阿姆斯特朗以系列专著《维多利亚诗人再评价》[①]《维多利亚诗歌：诗歌、诗学与政治》[②]和《维多利亚观察：1830—1870年间诗歌批评》[③]，对维多利亚诗歌进行了系统研究，可谓这一领域执牛耳者之一。瓦伦丁·坎宁安(Valentine Cunningham)的《今日维多利亚诗歌：诗人、诗歌、诗学》(*Victorian Poetry Now: Poets, Poem, Poetics*)[④]也对维多利亚诗歌做了全方位研究。鲍姆(Paul Franklin Baum)的论文集《维多利亚诗人》(*Victorian Poets*)[⑤]，弗吉尼亚·布莱恩

[①] Isobel Armstrong (ed.), *The Major Victorian Poets: Reconsiderations*. London: Routledge, 1969, rep.2011.

[②] Isobel Armstrong, *Victorian Poetry: Poetry, Poetics and Politics*. London: Routledge, 1993.

[③] Isobel Armstrong, *Victorian Scrutinies: Reviews of Poetry, 1830—1870*. London: The Athlone Press of University of London, 1972.

[④] Valentine Cunningham, *Victorian Poetry Now: Poets, Poems, Poetics*. Oxford: Blackwell Publishing, 2011.

[⑤] Paul Franklin Baum, et al. (eds.), *The Victorian Poets: A Guide to Research*. Cambridge: Harvard University Press, 1956.

(Virginia Blain)的《维多利亚女诗人》(*Victorian Women Poets*)①,则集中研究女诗人的创作。科斯蒂·布莱尔(Kirstie Blair)的《维多利亚诗歌与心的文化》(*Victorian Poetry and the Culture of the Heart*,2006)②,克林顿·马汉(Clinton Machann)的《维多利亚四史诗中的男性书写》(*Masculinity in Four Victorian Epics*),前者从19世纪心理医学新发现入手,论析了阿诺德、布朗宁夫人(Elizabeth Barrett Browning,1806—1861)、丁尼生等诗人作品中的宗教、性别和民族主义内涵,后者从达尔文主义视角分析丁尼生的《国王叙事诗》(*Idylls of the King*)、E. 布朗宁的《奥罗拉利》(*Aurora Leigh*)、克拉夫(Arthur Clough,1819—1861)的《出航》(*Amours de Voyage*)和罗伯特·布朗宁的《环与书》(*The Ring and the Book*)。罗茜·迈尔斯(Rosie Miles)的《语境中的维多利亚诗歌》(*Victorian Poetry in the Context*)将诗歌分别放到社会语境、文化语境、文学语境和批评语境下进行研究。G. 泰特(Gregroy Tate)结合维多利亚时期的脑科学和心理学新发现,对布朗宁、丁尼生、阿诺德、克拉夫、爱略特等诗歌创作中表现的脑活动和心理活动以诗歌文本为对象,进行了细致的具体分析和举证③。瓦格纳-劳勒(Jennifer Wagner-Lawlor)主编的论文集《维多利亚喜剧精神:新视野》(*The Victorian Comic Spirit: New Perspectives*)则聚焦以莫里斯为代表的维多利亚诗人诗作中的喜剧内涵。作者将维多利亚诗歌中的喜剧精神放在时代思想观念和价值体系急剧变化的背景下进行考察,区别于自己此前对传统喜剧中的幽默与急智所做的修辞性研究。编著者认为,维多利亚诗歌中的喜剧再现(comic representation)不同于文艺复兴时代以来的幽默与急智传统,

---

① Virginia Blain, *Victorian Women Poets: A New Annotated Anthology*. London: Longman, 2001.
② Kirstie Blair, *Victorian Poetry and the Culture of the Heart*. Oxford: Oxford University Press, 2006.
③ Gregory Tate, *The Poet's Mind*. Oxford: Oxford University Press, 2012.

具有更多的讽刺、谵妄、荒诞、鞭挞多态性特征,具有更多社会批判属性[1]。

维多利亚诗歌选集有瓦伦丁·坎宁安编选的《维多利亚人:诗歌与诗评选集》(*The Victorians：An Anthology of Poetry and Poetics*,2000)[2],还有不少诗人的全集或选集,如《丁尼生诗歌全集》(*The Complete Works of Alfred, Lord Tennyson*,1991)[3]、《布朗宁诗歌全集》(*The Complete Works of Robert Browning*,2011)[4]、《杰勒德·霍普金斯主要作品集》(*Gerard Manley Hopkins：The Major Works, Including All the Poems and Selected Prose*,2002)[5]等,但至今也未见维多利亚诗歌全集出版。

国内对维多利亚诗歌的译介也很有限。迄今有的诗人作品选限于《丁尼生诗选》(上海译文出版社,1995)、《布朗宁诗选》(外语教学与研究出版社,2013)《布朗宁夫人诗选》(花山文艺出版社,1995)、《王尔德诗选》(福建教育出版社,2010)、罗塞蒂的《生命殿堂》(台北书林出版社,2009)、《托马斯·哈代诗选》(四川文艺出版社,1987)等;综合性诗选有《英国宪章派诗选》(上海译文出版社,1984)、《英国维多利亚时代诗选》(湖南人民出版社,1985),但没有全集或者收录较为充分的选集出版。

从第二个维度来看,维多利亚诗歌的阅读量不及小说的阅读量应该是没有争议的。前文提供了小说家和小说作品研究的数字,从中我

---

[1] Jennifer Wagner-Lawlor, *The Victorian Comic Spirit: New Perspectives*. London：Ashgate Publishing, 2000.

[2] Valentine Cunningham, *The Victorians: An Anthology of Poetry and Poetics*. Oxford：Blackwell Publishing, 2000.

[3] Charles Howard Johnson (ed. & illustrated), *The Complete Works of Alfred, Lord Tennyson*. New York：Fredrick A. Stokes Company, 1991.

[4] Ashby Bland Crowder and Allen S. Dooley (eds.), *The Complete Works of Robert Browning*. Athens：Ohio University Press, 2011.

[5] Catherine Phillips (ed.), *Gerard Manley Hopkins: The Major Works, Including All the Poems and Selected Prose*. Oxford：Oxford University Press, 2002.

们可以得出在维多利亚时期小说家多于诗人、小说产量多于诗歌数量的结论。但是,我们说诗歌产量少于小说并不是说诗歌创作总量下降了,而是相对于小说出版数量的爆发式增长而言。根据理查德·克罗宁(Richard Cronin)等主编的《维多利亚诗歌指南》(*A Companion to Victorian Poetry*, 2002)上的索引,自 1827 年到 1901 年间,共出版诗集 215 部[①]。

从第三个维度来看,对维多利亚诗歌的研究无论是在 19 世纪还是在 20 世纪前期乃至中期都可以用"萧条"二字来形容,只是从 20 世纪 60 年代开始才慢慢兴起,迄今为止的研究成果也远谈不上丰富、系统、完备。近年被广泛引用的《剑桥维多利亚诗歌指南》(*The Cambridge Companion to Victorian Poetry*, 2000)[②]到 2000 年才面世,上文提到的另一本《维多利亚诗歌指南》于 2002 年出版。其他一些重要的研究专著,如上文提到的阿姆斯特朗的开创性专著到 20 世纪 90 年代初才问世。她的另一本开拓性著作《维多利亚主要诗人再评价》(*The Major Victorian Poets: Reconsiderations*)出版于 1969 年,但这是她编辑的一本诗人评论论文集。还有其他一些重要著作,如邓肯·吴(Duncan Wu)的《维多利亚诗歌》(*Victorian Poetry*),约塞夫·布里斯托(Joseph Bristow)的《维多利亚女诗人》(*Victorian Women Poets*),吉尔·穆勒的(Jill Muller)《霍普金斯与维多利亚时期天主教》(*Gerard Manley Hopkins and Victorian Catholicism*)等,都是 21 世纪以后才面世。因此可以说,维多利亚诗歌这只英国文学丑小鸭在经过近一个世纪的冷落后终于摆脱"冷宫"遭遇,成为英国文学研究领域的热点之一,近二十年来更是成为英国出版界的热门选题之一。

---

① Richard Cronin, Alison Chapman and Anthony H. Harrison (eds.), *A Companion to Victorian Poetry*. Oxford: Blackwell Publishing Company, 2002.
② Joseph Bristow (ed.), *The Cambridge Companion to Victorian Poetry*. Cambridge: Cambridge University Press, 2000.

第一节　维多利亚诗歌批评概观

维多利亚诗歌的学术地位与成就在英国文学史上几经沉浮。如果套用维多利亚诗歌普遍采用的抑扬格来做个比喻，180余年来对维多利亚诗歌的批评经历了先抑后扬、逐步爬高的过程。迄今还难以下结论说这个领域的研究已经到达或走过顶峰。

一、维多利亚人眼中的诗歌

在维多利亚人眼里，诗歌的价值和作用高低殊相。有人不再将诗歌看作是文学皇冠上的珍珠，甚至有人认为，他们那个年代从本质来说是一个"毫无诗意的"(unpoetical)年代[1]；但诗歌在维多利亚女王看来却是极好的精神食粮，她就当面对丁尼生说，《悼念集》对她来说仅次于《圣经》，能够给她极大的慰藉[2]。但是，在哲学家约翰·密尔看来，丁尼生的诗歌虽然在景观描写上堪称大师，但要与柯勒律治相比，仍然有一些差距：前者可称为栩栩如生(picturesque)，而后者只是轮廓分明(statuesque)[3]。

阿瑟·哈莱姆(Arthur Hallam，1811—1833)可以算得上维多利亚时期最早的诗歌评论家之一，他于1831年在《英国人期刊》(*Englishmen's Magazine*)上发表了《论现代诗的特征：兼论丁尼生的抒情诗》("On Some Characteristics of Modern Poetry, and on Lyrical

---

[1] Philip Davis, *The Oxford English Literary History: The Victorians*. Beijing: Foreign Language Teaching and Research Press, 2007, p.456.
[2] Duncan Wu (ed.), *Introduction to Victorian Poetry*. Oxford: Blackwell Publishing Company, 2002, p.1.
[3] Robert Hill (ed.), *Tennyson's Poetry*. 2nd ed. New York: W. W. Norton & Company, 1999, p.598.

Poems of Alfred Tennyson")的专题论文,对这一时期的诗歌批评产生不小的影响。他首先讨论了以华兹华斯为首的浪漫主义诗歌与以丁尼生为代表的新时期诗歌之间的区别。他使用了两个词"情感"(sensation)和"思索"(reflective)来概括前者和后者之间的差异,认为从华兹华斯到雪莱到济慈,诗歌中都贯透了对于自然的想象和情感寄托,但他们都沉湎于对自然和自我的陶醉中。到了丁尼生时代,自然在风光中嬉戏,自由自在地释放着青春美丽这样的时代已经过去,而且一去不复返。因此,忧郁就显而易见地成为现代诗歌精神的明显特征,也因此,诗歌就转向思索,寻求在个人心理特质上释放自己。他认为,丁尼生的诗歌就是这样的现代诗歌,概括起来,具有五个方面的特征:丰富的想象力以及对想象力的把控;将情绪和观念投射到描写对象身上并与之高度契合;栩栩如生的描写并广泛采用各种技巧甚至包括科学意象;抒情方式的多样性;高尚的思想内涵和高雅的品味与优美的语言。[1] 应该注意到,哈莱姆得出上述结论所依赖的文本非常有限,是丁尼生在1830年出版的《抒情诗集》,而且因为他们之间挚友的关系难免带有太多的情感偏向,但其中关于浪漫主义诗歌与维多利亚诗歌的差异以及丁尼生诗歌的思索性特征这些看法都是颇有见地的。

　　阿尔杰农·斯温伯恩一般被归入唯美主义批评家之列,但也有学者持不同观点[2]。不过有一个事实可以说明他的观点富争议性,他的不少作品(尤其是戏剧)和批评文字的确受到当时不少批评家和出版家的抵制,比如1866年出版的《诗歌与民谣》(*Poems and Ballads*)就曾受到著名出版商莫克森(Edward Moxon,1801—1858)的抵制,只好改

---

[1] Arthur Hallam, "On Some of the Characteristics of Modern Poetry, and on the Lyrical Poems of Alfred Tennyson", *Englishman's Magazine*, August 31, 1831, pp.616 - 628.
[2] 分别见:Josephine M. Guy, *The Victorian Age: An Anthology of Sources and Documents*. London: Routledge, 2002, pp.369 - 382;王守仁、胡宝平:《英国文学批评史》,南京:南京大学出版社,2013年,第185页。

以《诗歌与评论札记》(Notes on Poems and Reviews)为名的小册子出版①。在这篇一半为自己的诗作辩护、一半谈论诗歌的功能与特色的论文中,斯温伯恩将这两个方面紧密地结合在一起,或者说通过讨论自己的诗歌来论述他的诗学观。在文章开头,他还是一如既往地对各种各样的批评表示了不屑一顾的态度:"不管是出自内心的还是不怀好意的,傲慢轻侮的还是表达钦佩的,这些攻击者想说什么就说什么,我一概充耳不闻。"他还说,自己之所以写下这些文字,既不是要道歉,也不是要证明,既不是要回答,也不是要恳求;对待批评,他就像莎士比亚的一位大追求者所说的那样,"就如同有人总要吐唾沫以挡风;/秽物总要下茅厕。"他声称自己的作品就是"戏剧性的、多面的、多样的,既不是要表现欢乐也不是要表现绝望,既不是要表现信念也不是要表现无信念,准确说可以看作是作者对本人情感或信仰的声明"②。他同时认为,"文学若要值得人们追求,就应该宏大、自由和真诚;如果它假装正经就不值得人们追求。清纯和假正经放不到一个屋子里。要是言论自由和公平精神被禁止了,愚蠢的暗示和恶意的建议就会孳生为恶臭的生活。如果文学真的不是展示人们的全部生活和事物的所有本质,那它就只能当作是儿童的玩耍和吵闹搁到一边去;不管它是为了教育还是娱乐,对我们来说都是等同于无足轻重可以忽略不计,甚至比那些伤风败俗之事还要糟糕。"因此,他认为,他们那个时代拙劣诗人众多,使得田园诗大行其道,连一个伟大和多产的诗人都放弃了自己的初衷,使得刺耳的噪音充盈耳膜③。总体而言,斯温伯恩对维多利亚诗歌乃至浪漫主义诗歌,尤其是以描写自然和抒发情感的田园诗都持批评态度,他认为

---

① Josephine M. Guy, *The Victorian Age: An Anthology of Sources and Documents* London: Routledge, 2002, p.370.
② Algernon Swinburne, "Notes on Poems and Reviews", in *The Victorian Age: An Anthology of Sources and Documents*. Josephine M. Guy (ed.). London: Routledge, 2002, pp.370-371.
③ Ibid, pp.380-381.

只有悲剧色彩或人文情怀的诗歌才具有艺术价值。他的观点有些偏激,并不受当时人待见,就像后来王尔德的有些艺术观一样。

马修·阿诺德的观点与斯温伯恩的几乎相反,他对诗歌在思想熏陶、精神引领、道德教化、伦理纯洁、社会疗弊等方面的功能或作用都给予了充分肯定,这些观点在《1853年诗集序》("Preface to Poems in 1853")、《当今批评的作用》("The Functions of Criticism at the Present Time")、《诗歌研究》("The Study of Poetry")等论文中得到了充分论述。在《1853年诗集序》中他论证了文学与人性之间的关系,对诗歌的选材提出了自己的看法。他指出,"诗人首先就要选择一段极其出色的人生活动。什么样的活动是极其出色的呢?肯定就是那些最强有力地吸引人类最基本情感的活动:这些情感最基础、长期存在且不受时间影响;这些情感是持久和永恒的,古今皆然。[①]"

《当今批评的作用》一文最初发表于《国民评论》(*National Review*)1864年11月,是那个时代为数不多的集中论述文学批评作用的文章之一。他在文中重点论证了批评对于文学创作和社会教化的作用。他承认文学批评相对于文学创作而言少一些创新性,但它却具有促进和导引文学创作、整饬社会流弊、引领风尚道德等诸多作用。他指出,发现真理不是文学创作的任务,而是哲学的任务;因此,伟大的、天才的文学作品是综合与阐述,而不是分析与发现。他进而指出,要想产生伟大的文学作品需要有两股力量的合成,作家创造力与时代创造力的结合,只有作家的创造力而没有具有创造力的时代是出不了伟大的文学作品的,这就是为什么在历史上像文艺复兴时期这样的文学繁荣时期不常有的原因。关于诗歌创作,他指出,一个诗人要在诗歌中表现生活和世界就得先去了解生活和世界,而现代时期的生活和世界已经十分复杂,现代诗人的养成就需要更多关注与付出,背后凝聚着大量批

[①] William Johnson (ed.), *Selections from Prose Works of Matthew Arnold*. Cambridge: Riverside Press, 2013, p.17.

评的助力；要是没有诗歌批评，诗歌创作就会是一个比较贫瘠、干枯和短命的园地。他还将拜伦与歌德做了对比，认为两位诗人在才能上相当，但前者的成就和影响不如后者，是因为后者对于生活和世界的了解要比前者更多，而前者接受批评的影响也不如后者。浪漫主义时期的英国诗歌就逊色于德国诗歌，就是因为这时期的英国缺少像伊丽莎白时期的深刻思想、对知识的渴求和对批评的重视，而这些德国都不缺乏。[①]

《诗歌研究》一文是阿诺德于1880年为T.H.沃德(T. H. Ward)编选的《英国诗人》(*English Poets*)诗集所写的序言。他在文中对诗歌在人类精神生活中的重要作用给予了极高的评价。他一开篇就明确宣示：诗歌的将来不可限量，值得享受崇高的地位，因为随着时间的推移，我们这个种族就会越来越清晰无疑地在诗歌中发现自己。思想观念是诗歌中的一切，其他的都是虚幻的世界，是神圣虚幻的世界。诗歌将情感注入思想中去，而思想就是事实。当今我们宗教的最强大的部分就是无意识的诗歌。正因此，诗歌就应发挥更大的作用，赋予更高的使命。我们也会有越来越多的人意识到我们要转向诗歌，让它来为我们诠释生活，来抚慰我们的心灵，来维系我们的生活。他甚至认为，如果没有诗歌，我们的科学将变得残缺不全，我们现在看作宗教和哲学的大部分内容都要被诗歌所取代[②]。

总之，在维多利亚时期，随着印刷术的普及和技术不断提高而出现出版物兴盛，登载文学作品和评论文章的期刊如雨后春笋，每天都有数量庞大的评论文章问世，其中更多是对连载小说的评论，关于诗歌的评论相对较少。或许是因为前有浪漫主义诗歌的鼎盛，还因为巨大的社

[①] Matthew Arnold, "The Function of Criticism at the Present Time" in *Critical Theory Since Plato*. Hazard Adams (ed.). New York: Harcourt, 1971, pp.351-368.

[②] William Johnson (ed.), *Selections from Prose Works of Matthew Arnold*. Cambridge: Riverside Press, 2013, pp.87-88.

会与经济变化,当然还因为上文说到的小说的勃兴,19世纪中期的维多利亚人"在英国文化史上出现了对诗歌的信心危机,诗歌第一次在失去其激情和地位"①。这一现实或可以从下面两个事实中得到佐证。一是天才诗人霍普金斯在那个时期的创作遭遇。霍普金斯早在牛津大学就读时就发表过诗歌,但他的诗歌后来却很难受到当时的读者和批评家的欢迎和重视。他曾经因此转宗天主教而停止创作诗歌九年(1866—1875),但在恢复创作后的诗歌也只在好友之间交流,无法发表。他的第一部诗集直到去世近三十年以后才面世。另一个例子是《维多利亚人》(The Victorians,2002)一书著者戴维斯对该书内容的安排。这本被我国学者称为"别样的文学史"②的著作,将诗歌放在了最后一章介绍,而且著者在这一章的开首就引用了上文提到的、阿诺德1849年写给阿瑟·卡拉夫的信中那句著名得有点让维多利亚诗歌研究者沮丧的断语,认为维多利亚时代是一个"毫无诗意"(unpoetical)的年代。作者的安排和在文中流露出来的语气语调都清晰地表现出他的态度,同时他也清醒地认识到,诗歌的式微并不是某些人的势利性主观行为,而是处于工业化和民主化社会里大多数知识精英在意识到社会和历史发展必然趋势时的一种自觉选择③。

二、现代派眼中的维多利亚诗歌

进入20世纪,诗歌式微的趋势在意象派和现代派诗人的勤奋劳作下得以改变,但维多利亚诗歌的地位并没有同步提升,相反却受到以艾略特为首的现代派诗人和诗评家的低看甚至贬斥,尤其是被以福斯特为首的"布鲁姆斯伯里"团体看作是一些保守、狭隘文人的无病呻吟之

---

① Philip Davis, *The Oxford English Literary History: The Victorians*. Beijing: Beijing Foreign Language Teaching and Research Press, 2007.
② 韩敏中:《维多利亚人》,北京:外语教学与研究出版社,2007年,"导读"第2页。
③ Philip Davis, *The Victorians*. p.456.

作①。艾略特被认为是一个具有攻击性的批评家,并因此而闻名于世②。的确如此,他对于维多利亚诗歌的态度,完全可以印证这一看法。他从现代主义诗学观出发,率先对以丁尼生为代表的维多利亚诗人发难。他对丁尼生的诗才与同代人相比的出色之处给予了肯定,比如他认为丁尼生的诗歌在丰富性、多样性和诗才的完整性(abundance, variety, and complete competence)三个方面都要比其他诗人胜出一筹,但在诗歌的叙事性方面却明显逊色,比如《公主》一诗就非常沉闷与枯燥。他甚至认为,丁尼生根本上就不会讲故事③。他对其他诗人如斯温伯恩和布朗宁也都给出了负面的评价,认为前者的诗歌中根本看不到客体存在,不值一读,而后者的诗歌读者也很少④。

弗吉尼亚·伍尔夫(Virginia Woolf,1882—1941)对浪漫主义诗歌赞赏有加,尤其崇拜柯勒律治,她认为柯勒律治是有史以来最为伟大的诗人⑤。但在她眼中,对维多利亚诗歌在"随后的现代主义、形式主义和结构主义批评中都不受待见,因为在他们的思想语境和艺术价值域里,维多利亚诗歌在内容表达上的社会与人生关怀,在主题表现上的道德说教和伦理向善,在表现手段上的循规蹈矩,都不是这些现代主义批评流派所看重的。形式主义批评的代表之一 I.A.瑞恰兹(I. A. Richards, 1893—1979)与伍尔夫不同,他几乎是从实证和科学的角度去研究文学,

---

① Joseph Bristow (ed.), *The Cambridge Companion to Victorian Poetry*. Cambridge: Cambridge University Press, 2000, p.xvi.
② A. Walton Litz et al. (eds.), *The Cambridge History of Literary Criticism*, Vol.8 Cambridge: Cambridge University Press, 2008, p.17.
③ T. S. Eliot, "*In Memoriam*" in Robert Hill. (ed.), *Tennyson's Poetry*. New York: W. W. Norton & Company Ltd., 1999, pp.621-623.
④ T. S. Eliot, "Swinburne as Poet" in *Selected Essays*, 3rd enlarged edition. London: Faber & Faber, 1951, p.323; T. S. Eliot, "What Is Minor Poetry" in *On Poetry and Poets*. London: Faber & Faber, 1957, pp.34-51.
⑤ Virginia Woolf, "How It Strikes a Contemporary" in *The Common Readers: First Series*. London: Faber & Faber, 1925, p.239.

而伍尔夫更多是从艺术或主体的角度去论述作品和创作[1]。比如,瑞恰兹在《实用批评:文学判断研究》(*Practical Criticism: A Study of Literary Judgment*,1929)一书中收集了他20世纪20年代在剑桥大学给学生讲解维多利亚诗歌时学生的反映和评价的实例。他以匿名的方式提供了如克里斯蒂·罗塞蒂、罗伯特·布朗宁、杰勒德·霍普金斯等诗人的作品让学生阅读并写下读后感,多半学生都表现出不喜欢维多利亚诗歌,从韵律到用词都是这样[2]。瑞恰兹的学生利维斯(F. R. Leavis,1895—1978)对维多利亚诗歌的总体评价也比较低。他在《英语诗歌新论》(*New Bearings in English Poetry*,1932)一书中将一些著名的维多利亚诗人如丁尼生、布朗宁等与几位同样著名的现代派诗人如庞德、艾略特进行了对比研究。他认为"诗歌在现代世界里作用甚微。也就是说,当代思想与诗歌的关联度很小",维多利亚诗歌与现代诗歌相比已经跟不上时代的需要。他认为,丁尼生、阿诺德、莫里斯都远离现代生活,布朗宁局限于情感的小天地,只有霍普金斯才可以称为那个时期独特的大诗人。他对霍普金斯有很高的评价,认为他是与庞德和艾略特比肩的诗人,不仅充满智慧,还具有独特的性格特征,富于创新,他在诗歌技巧上"创新激进而且义无反顾(radical and uncompromising)"[3]。

总之,维多利亚诗歌就像大海里的泡沫,被现代主义的浪潮冲刷上滩涂或是偏僻的海湾,要么不入游客的眼界,要么被他们踩在脚下而没有声息。但是,"是金子总会发光的",经过了近半个世纪的掩盖,"二战"以后维多利亚诗歌在多股力量的催动下迎来了批评史上的转折。

---

[1] Maria DiBattista, "Virginia Woolf" in *The Cambridge History of Literary Criticism*, Vol.7, A. Walton Litz, et al. (eds.). Cambridge: Cambridge University Press, 2000, p.125.

[2] Valentine Cunningham, *Victorian Poetry Now: Poets, Poems, Poetics*. Oxford: Blackwell Publishing Ltd., 2011, pp.15-17.

[3] F. R. Leavis, *New Bearings in English Poetry: A Study of Contemporary Situation*. London: Chatto & Windus, 1932, pp.5,20,49,166,167.

三、当代批评家眼里的维多利亚诗歌

将维多利亚诗歌从文学批评的边缘拉回到读者关注视角之下的有以下几股力量。第一是"二战"后在历史、社会、思想、文化等各个领域出现的去中心、反传统、质疑权威的思潮,这成为人文社会科学研究领域掀起反思、反刍既定观念模式和研究范式的思想动力,自然也成为文学批评界审视历史、清理库存、重构框架的动力源。这股力量在史学上主要体现为以 E.P.汤普森、C.希尔(Christopher Hill,1912—2003)、E.霍布斯鲍姆(Eric Hobsbawm,1917—2012)等为首的英国新马克思主义史学家掀起的"从下向上的历史"(history from below)运动。汤普森的《英国工人阶级的形成》提出了与传统阶级形成观点完全不同的观念,认为英国工人阶级作为一个阶级的出现和存在,是广大下层工人在日常生活和社会活动中一点一点感知和意识而形成的。在其三卷本专著《革命时代》(The Age of Revolution: Europe 1789—1848)、《资本时代》(The Age of the Capital: 1848—1875)和《帝国时代》:(The Age of Empire: 1875—1914)中,霍布斯鲍姆强调了法国革命与工业革命对推动欧洲走向现代化的重要性,认为这两股力量就像并行前驱的双轮。这股力量在 R.霍加特(Richard Hoggart,1918—2014)、R.威廉斯、S.霍尔以及他们的学生 T.伊格尔顿(Terry Eagleton,1943—)等新马克思主义或文化研究批评家的著述中得以充分展现。霍加特在《知识的用途》(The Uses of Literacy,1957)中采用文本细读的批评方法,对报纸、期刊、音乐、大众小说这些大众文化文本进行了细致的举证与分析,他认为这些大众文化文本在两次世界大战期间对于提升工人阶级的综合素质起到了重要作用[1]。威廉斯在《文化与社会》一书中列举了 49 位英国思想家、史学家、哲学家、文学家,通过他们的著述考察

---

[1] Christa Knellwolf and Christopher Norris (eds.), *The Cambridge History of Literary Criticism*, Vol.9, Cambridge: Cambridge University Press, 2008, p.160.

了自1780年到1950年这170年间文化观念的变迁,旨在说明文化观念的变化与社会的变迁紧密相关,尤其是在结论部分,他强调了大众文化的重要意义[①]。

第二股力量是不断出现的维多利亚研究平台,为维多利亚文学及其诗歌的研究提供了支持条件。最早出现的研究阵地是1957年秋由印第安纳大学出版社主编的《维多利亚研究》(*Victorian Studies*),这本期刊以季刊形式出版,每4期1卷,至今已出到第62卷。期刊登载有关维多利亚时代各个领域的研究成果,内容广泛,涉及政治、经济、社会、思想、文化,当然也包括文学。其中,有关文学研究的论文占到近四分之一。以创刊期为例,发表论文3篇,有2篇是文学研究。这一期还登载书评25篇,内容涉及史学的诸多领域,如社会史、政治史、思想史、文化史,当然也有文学史和文学批评。撰稿人有著名社会史学家阿萨·布里格斯,文学批评家理查德·奥尔蒂克等。JSTOR 2014年冬季号上发表论文3篇,有2篇也是文学研究:一篇论述维多利亚情感小说中新《婚姻法》实行后对婚姻和家庭生活的冲击,另一篇讨论发生于19世纪世界范围内的交通革命在《远大前程》中的具体表现。可以肯定,《维多利亚研究》的持续刊行不仅为维多利亚文学研究提供了很好的平台,还极大地带动和推动了维多利亚文学研究向更广阔和纵深的方向发展。

1963年由西弗吉尼亚大学出版社主编的期刊《维多利亚诗歌》(*Victorian Poetry*)显然是20世纪60年代出现的维多利亚文学研究浪潮的产物之一。该期刊也为季刊,专门登载维多利亚诗歌研究成果,后来成为这一领域研究的最重要平台和重镇。在创刊后的头20年内,除了数量不小的书评和研究年报外,发表专题论文330余篇,有不少有影响的专题研究论文。比如,著名维多利亚诗歌研究专家伊莎贝尔·阿姆斯特朗的"布朗宁笔下的斯拉基先生"("Browning's Mr. Sludge,

---

① 雷蒙德·威廉斯:《文化与社会》,吴松江、张文定译,北京:北京大学出版社,1991年。

The Medium")一文,以及《评卡彭萨奇的转宗》("A Note on the Conversion of Caponsacchi"),就分别发表于该刊 1964 年第 1 期和 1968 年第 3、4 期合刊上。还有一位就是上文提到的著名美国维多利亚研究专家理查德·奥尔蒂克,他也在该刊 1965 年第 1 期上发表了《布朗宁〈萨克孙-哥达的乌格斯校长〉一诗中的象征》("The Symbolism in Browning's *Master Hugues of Saxe-Gotha*")一文。其他一些重要的维多利亚诗歌研究者,诸如瓦伦丁(K. B. Valentine)、保罗·马里亚尼(Paul Mariani)等都在这里发表过研究成果。这些成果的发表无疑对推动维多利亚诗歌研究起到了非同寻常的作用。

除此以外,还有创办于 1968 年的《维多利亚期刊通讯》(*Victorian Periodicals Newsletter*, 1968—1978)和创办于 1979 年的《维多利亚期刊评论》(*Victorian Periodicals Review*, 1979—2008)。这两份期刊不只是发行时间上前后相衔接,在办刊宗旨和内容安排上也基本上是一脉相承,都是登载对维多利亚时期各种历史、政治、经济、社会、思想文化史实或文书的研究成果。与此大体相同的还有两份期刊:创办于 1972 年的《维多利亚研究通讯》(*Newsletter of Victorian Studies*, 1972—1988)和创办于 1989 年的《维多利亚评论》(*Victorian Review*, 1989—2011)。我们以《维多利亚评论》2011 年秋季号为例。这一期除了书评外还开设了两个论坛栏目,一个论坛题目为"引经据典"(Chapter and Verse),另一个为"关系与性别"(Relation and Sexuality)。前一个论坛登载论文 7 篇,论题分别涉及维多利亚时期《圣经》传播对新西兰殖民地语言的影响,《可兰经》在维多利亚文学中的体现,新教徒、女修道士和《马太福音 10:37》的诱惑,1870—1900 年间佛教四大真谛在维多利亚时期的英国,宽恕与第 130 首圣歌:听我的声音,1902 年围绕《可兰经》英文版本修改的争论,福音派的行动之书和种族起源思想等。"关系与性别"栏目同样是 7 篇文章,论题涉及广泛,有殖民新女性小说中的女性主义、自由思想和性别主体,中国的性别、宗教与新女性,公众对 19 世纪 90 年代两次离婚案件的反应,女性基督徒气质的嬗变,1870—1906年间印度的性别、宗教与杀婴等。从这两个论坛的选题看得出,这些研究成果为维多利亚文学和诗歌的研究提供了宽广而丰厚的背景支持。

　　第三股力量是在以上研究平台兴旺发展的同时,一些研究维多利亚社会与文学的著作也不断问世。1951年问世的《维多利亚性格:文学文化研究》(*The Victorian Temper: A Study in Literary Culture*)一书几乎是打开了从文化角度研究维多利亚文学中表现的维多利亚性格、品味、风尚、精神等诸多领域的大门。在这本筚路蓝缕式的著作中,著者巴克利(Jerome H. Buckley)在《前言》中就提出,文学作品是表现维多利亚风尚的重要载体,他在正文部分从维多利亚风尚(Victorianism)、反浪漫主义派(The Anti-Romantics)、痉挛派(The Spasmodic School)、丁尼生——两种声音(Tennyson—The Two Voices)、转型的模式(The Pattern of Conversion)、维多利亚趣味(Victorian Taste)等十二个方面去探讨维多利亚时期的社会思潮、人情风俗、流行时尚、艺术趣味、道德风气等的形成与发展。他第一次采用维多利亚风尚这一术语,用来形容贯穿那一漫长的历史时期却在不断变化和丰富的社会风尚。他认为,维多利亚风尚并不是像现代主义者所看待的那样,就是"贫乏、盲目、自命不凡"的代名词,而是像伊丽莎白时代人所做的那样,充满着对神秘而广袤的内心世界和外部世界的好奇,要去开拓,去冒险,去探索,去征服。正因此,维多利亚时期的小说家和诗人一方面极力去描写正在发生沧桑巨变的乡村和城镇,另一方面又极力去表现在山呼海啸般出现的新思想、新观念、新技术浪潮里挣扎飘荡的心灵震颤与痛苦。在巴克利看来,维多利亚人处于物质欲望高度膨胀和精神苦痛无比深重的撕裂之中[①]。

　　巴克利的研究不只是开启了从文化角度研究维多利亚文学的新时

[①] Jerome H. Buckley, *The Victorian Temper: A Study on Literary Culture*. London: Frank Cass & Co. Ltd., rep. 2006.

期,呼应了以雷蒙德·威廉斯、斯图亚特·霍尔等批评家所掀起和推动的文化研究潮流,还带来了维多利亚文学包括维多利亚诗歌研究的春天。

1956年,哈佛大学出版社推出由保罗·鲍姆等主编的《维多利亚诗人》(The Victorian Poets)。进入20世纪60年代,维多利亚诗歌研究成果日渐增多。根据伍德林(Carl Woodring)的研究,仅1967、1968两年,美国就有八部专著面世[1]。1961年,弗洛斯特(William Frost)编辑出版了《浪漫主义与维多利亚诗歌》(Romantic and Victorian Poetry)[2],收集了自乔叟到现代的重要诗人的重要作品,成为英美很多大学英语文学专业的选用教材。1969年,阿姆斯特朗推出其主编的论文集《维多利亚主要诗人:再评价》,颇有在这一研究领域拨乱反正的气势。正如其副标题所示,该书是对维多利亚诗歌的再评价,坦白说,也就是对自现代主义批评所确立的维多利亚诗歌评论传统进行纠偏。论文集中讨论那些被现代派批评家艾略特、瑞恰兹、利维斯所贬斥的诗人丁尼生、布朗宁、阿诺德、克拉夫的诗作,最后一章讨论了霍普金斯的诗歌。各论文作者从形式、语言、主题等各个角度论证这些诗人作品的艺术成就和思想内涵,有的还论证了维多利亚诗歌中的现代性,比如,伯尔贡齐(Bergonzi)在讨论丁尼生的《公主》一诗时就认为这是一首现代诗,其中错位的现代意识在文化与历史相对主义的碎片中自由穿梭,他还比较了丁尼生与艾略特、庞德、劳伦斯、莱辛和波伏瓦在诗歌技巧上的相似性[3]。

三年后,阿姆斯特朗又推出了一部维多利亚诗歌评论集《维多利亚观察:1830—1870年间诗歌批评》。书中收集了从1830年到1870这

---

[1] Carl Woodring, "Recent Studies in the Nineteenth Century" in *Studies in English Literature, 1500—1900*, Vol.8, No.4, *Nineteenth Century*, Autumn, 1968, pp.725-749.

[2] William Frost, *Romantic and Victorian Poetry*. New Jersey: Prentice-Hall Inc., 1961, rep. 2nd ed., 2006.

[3] Isobel Armstrong (ed.), *The Major Victorian Poets: Reconsiderations*. London: Routledge, 1969, rep.2011.

40 年间对丁尼生、阿诺德、布朗宁和克拉夫四位诗人的创作评论。全书除《导言》外分为三个部分:第一部分是对丁尼生 1830 年和 1842 年两部诗集的评论,主要收集当时一些主要期刊上登载的批评家的评论,比如首篇就选取了福克斯(William Johnson Fox,1786—1864)在《西敏寺评论》(*Westminster Review*)1831 年第 1 期上的文章。作者在文中对丁尼生的《玛丽亚娜》("Mariana")一诗中的女性描写进行了分析,并将他在诗歌中采用的描摹技巧与当时的著名艺术家威廉·劳伦斯(Sir William Lawrence,1769—1830)进行了比较,认为两者以不同的艺术手段描画出了女性的细腻、温柔及性格上的特征[1]。第二部分收集了围绕阿诺德 1853 年出版的《诗集》(*Poem*:*New Edition*)上发表的《序言》所引起的争论,以及对丁尼生相关诗歌的评论。第三部分收集了 60 年代对布朗宁和克拉夫的评论,也节选了对丁尼生诗集《圣杯及其他》(*Holy Grail and Other Poems*,1869)的评论。这本评论选集虽然只是节选,但在维多利亚诗歌的当代研究中却有着基础性与引领性的作用。

又过了 21 年后的 1993 年,阿姆斯特朗推出了重量级的研究专著《维多利亚诗歌:诗歌、诗学与政治》。这部著作除"绪论"和"后记"外共计 16 章,全文达 477 页。在"绪论"部分,作者对维多利亚诗歌做了学术史梳理,指出在长达一个多世纪的批评史中维多利亚诗歌都没有得到应有的评价,没有一个 20 世纪的主要批评流派将维多利亚诗歌作为他们的研究对象,这种明显的失语实际上是属于这个世纪的文化现象[2]。在随后的章节中,作者分别从这一时期的诗歌实验(experiments)和诗人创作来展开论述。关于诗歌实践,阿姆斯特朗在前四章介绍了前维多利亚时期,即从 1830 年到这个世纪末期的诗

---

[1] Isobel Armstrong, *Victorian Scrutinies: Reviews of Poetry*, 1830—1870. London:The Athlone Press of University of London, 1972, p.81.
[2] Isobel Armstrong, *Victorian Poetry*:*Poetry*,*Poetics and Politics*. London:Routledge, 1993, pp.1-3.

歌实验。在第一章，作者借用功利主义哲学家边沁关于这一时期特征的描述，即"同心圆上的两个系统"（two systems of concentric circles），来概括这一时期诗歌运动的特征。他认为，维多利亚诗歌创作同时表现出"进步"（progressive）和"保守"（conservative）这两种倾向①。后文内容的安排大体是按照这两种潮流来设置。作者在第 7 和第 9 章分别讨论了激进派诗歌创作。在第 7 章，作者将克拉夫作为激进派的代表，从语言、形式、内容等方面论证其诗歌的前卫性特征。他指出，克拉夫采用日常口语的用词和节奏进行创作，用讲故事的风格来写叙事抒情诗，并引用《陶博纳弗利克的茅屋》（"The Bothie of Toberna-Vuolich"，1848）一诗为例来论证，认为《茅屋》一诗将诗歌解放出来，让人们看到了语言的巨大潜能②。作者不仅对丁尼生、布朗宁、阿诺德、斯温伯恩、梅瑞狄斯、莫里斯、克拉夫等大腕诗人列出专章进行论述，还对一向不被文学史重视的对社会持叛逆态度的诗人詹姆斯·汤姆森（James Thomson，1834—1882）用一章的篇幅加以讨论，既论述其政治观点和思想倾向，又讨论分析了其代表作《可怕夜晚中的城市》（"The City of Dreadful Night"，1874），认为这首诗开启了城市诗的传统，表现出了被工业化污染和疏离的城市的外观与灵魂，对后世的同一类诗歌创作产生了影响。作者分别列举了同时代的阿瑟·奥肖内西（Arthur O'Shaughenessy，1844—1881）、威廉·亨里（W. E. Henley，1849—1903）、约翰·戴维森（John Davidson，1857—1909），还有现代派诗人 T. S. 艾略特在《荒原》中对"不真实的城市"（unreal city）的描写③。

可以肯定地说，这部著作是维多利亚诗歌研究领域的扛鼎之作，其在这一领域的学术贡献和意义至少有以下几个方面。

---

① Isobel Armstrong, *Victorian Poetry: Poetry, Poetics and Politics*. London: Routledge, 1993, p.26.
② Ibid, p.178.
③ Ibid, p.451.

第一，它给万马齐喑的维多利亚诗歌研究荒原送去了一股春风，吹醒了那些埋藏在文学评论园地里沉睡的种子，让那些原本漠视这片土地的批评园丁们开始侧目。从这以后，英国一些著名出版机构，如剑桥大学出版社、牛津大学出版社、布莱克维尔出版社在随后的十几年内都先后出版了维多利亚诗歌指南或研究专集。

第二，它对维多利亚诗歌在英国诗歌史上独特而且独有的学术定位起到了拨乱反正的作用。上文已述及，由于艾略特等现代派批评家的否定带来的定式性影响，当然也由于处于浪漫主义诗歌和现代主义诗歌这两座高峰之间，维多利亚诗歌的学术地位被忽略和否定。但阿姆斯特朗从建构主义批评观出发，认为维多利亚诗歌学术地位的恢复和学术成就的肯定，并不是来源于传统的上承下继的史学观，即将历史看作是一个连续不断逐渐前进的过程，而是建立在我们一代代读者和批评家的研究和建构上。这一观点不仅否定了为追求文学批评史的完整性去研究维多利亚诗歌的功利性，还为独立而又深入研究它打下了理论上的基础，那就是，维多利亚诗歌的成就并不因与其他时代的对比而存在。

第三，它从历史、社会、文化等多重角度去研究维多利亚诗歌做出了示范。如上述，在内容安排上，作者从激进和保守两种趋势去归类诗歌创作，又从整体诗歌实践和个体诗歌创作来分别论证。不管是讨论一段时期还是一个年代的诗歌运动，比如开篇的头四章，作者都是将这些实践纳入那个时代的社会运动和思想运动的背景下加以考察。第一章将1830年前后的诗歌创作放到因工业革命和科技革命引起的社会大变革的背景下加以考察，如同边沁所说的处在同心圆上的两个系统，即激进与保守两股思潮的博弈，比如丁尼生在1830年和1832年面世的两部诗集，表现的就是情感与理智的交锋。第二章仍然从颠覆和保守的角度，集中讨论丁尼生1827年的《诗集》和1830年出版的《抒情诗集》(*Poems, Chiefly Lyrical*)。作者认为，《抒情诗集》最引人注目的地方就在于其质疑的大胆、强度和创新意识,具体体现于诗人的变化观,即"一切真理都在变化中"(All truth is change)[①]。这种变化观与丁尼生在剑桥大学三一学院接受如雨后春笋般的新学科如地质学、天文学、物理学和新观念如功利主义、进化论的影响有直接关系,也与他在"剑桥使徒社"(Cambridge Apostles)[②]活动中所受的影响有关。

的确,阿姆斯特朗这部著作的面世开启了这个领域研究的新时期。随后的20年,一系列专著和专题论文先后问世。1995年一年就出版了三部专著,分别是:劳伦斯·马赛诺(Laurence M. Mazzeno)的《维多利亚诗歌》(*Victorian Poetry*)、安吉拉·雷顿(Angela Leigthon)的《维多利亚女诗人》、约塞夫·布里斯托的《维多利亚女诗人》(*Victorian Women Poets*)。剑桥大学出版社、牛津大学出版社、布莱克维尔出版社、弗吉尼亚大学出版社、阿什盖特等出版机构随后出版了《维多利亚诗歌指南》(*A Campanion to Victorian Poetry*,2000,2002)、《维多利亚诗歌》(*Victorian Poetry*,2004)、《维多利亚诗歌与本土诗人》(*Victorian Poetry and Indigenous Poet*,2004)、《维多利亚诗歌新编》(*The New Oxford Book of Victorian Verse*,2005)、《维多利亚诗人与变化中的〈圣经〉》(*Victorian Poets and the Changing Bible*,2011)、《维多利亚诗歌与欧洲和世界主义的挑战》(*Victorian Poetry,Europe and the Challenge of Cosmopolitanism*,2011)、《维多利亚诗歌与宗教中的形式与信仰》(*Form and Faith in Victorian Poetry and Religion*,2012)等专著,推动维多利亚诗歌研究一步步走向深入。

[①] Isobel Armstrong, *Victorian Poetry: Poetry, Poetics and Politics*. London: Routledge, 1993, p.39.

[②] 剑桥使徒社是1820年由剑桥大学的学生乔治·汤姆林森(George Tomlinson,1794—1853)创立的一个知识分子社团。社团成员以本科生为主,基本都是基督教徒,创始人汤姆林森后来成为基布拉尔塔(Gibraltar)首任主教。因为创始成员为12人,所以根据《圣经·使徒行传》取名为"使徒社"。社团活动也多半带有宗教色彩。剑桥使徒社的成员在20世纪初期成为著名的"布鲁姆斯伯里"的主要组成人员。

第二节 维多利亚诗歌的基本特征

一般的文学史讨论维多利亚诗歌都是从丁尼生或伊丽莎白·布朗宁开始①，但从主题、题材、风格等角度看，浪漫主义后期已经显示出维多利亚文学的某些特征。雪莱的《给英格兰人的歌》（"To the Men of England"）和《一八一九年的英国》（"England in 1819"）②，华兹华斯《序曲——一个诗人心灵的成长》第九章（"The Prelude: Book IX"）中的一些诗行③，都真切表现出对底层人民的同情与热爱，对专制的痛恨和谴责。托马斯·胡德的一些表现工人阶级苦难和斗争的诗歌如《衬衫之歌》（"The Song of Shirts"）④，都已经清晰地表现出维多利亚诗歌的一些特征。因此可以说，作为一种文学体裁，维多利亚诗歌从浪漫主义后期就雏形初现了。

总体而言，维多利亚诗歌具有哪些与浪漫主义诗歌不同的特征呢？

（一）诗歌题材

与浪漫主义诗歌主要聚焦于自然以及自然与人的关系相比，维多利亚诗歌在题材上更侧重社会现实，注重社会与人生，注重人与社会、人与人之间的关系。作为浪漫主义诗歌前期三巨头的华兹华斯、柯勒律治和骚塞，他们的诗歌绝大部分都与自然紧密相关，或者歌咏其美丽与静谧，或者感叹其神功造化，或者惊讶于其神秘莫测，其中尤以华兹

---

① 分别见钱青主编：《英国19世纪文学史》，北京：外语教学与研究出版社，2006年；梁实秋：《英国文学史》（三），北京：新星出版社，2011年；Stephen Greenblatt (ed.), *The Norton Anthology of English Literature*, vol. 2. New York: W. W. Norton and Company, 2006.
② 见王佐良主编：《英国诗选》，上海：上海译文出版社，2011年，第296—298页。
③ 同上，第230—231页。
④ 见飞白译：《英国维多利亚时代诗选》，长沙：湖南人民出版社，1984年，第123—127页。

华斯的自然诗最为清新，最为优美，也最为淳朴。被收入"搜诗网"(Poemhunter.com)网站的华兹华斯的 385 首诗（截至 2015 年 2 月 12 日）中的绝大多数都是以自然为表现对象。《我好似一朵孤独的流云》《写于早春》《丁登寺旁》等名诗描写了人与自然融为一体的景致，即使是像《这是一个四月的早晨：清新而又明澈》这样并非口耳相传的诗，一开头几行就将早春之晨的清新、明澈、欢乐、鲜活、和煦景象活脱脱地呈现在读者面前：

> 这是一个四月的早晨：清新而又明澈，
> 小溪在欢乐中活蹦乱跳，
> 速度如同年轻的小伙；那水声
> 经过冬天的积蓄，已经
> 融化成一曲和煦的音调。①
>
> （蔡玉辉　译）

很显然，这里的自然景象就像《我好似一朵孤独的流云》中的一样，也是诗人的"快乐伙伴"(a jocund company)，彼此交融无间。

就是在后期浪漫主义诗歌中，尽管总体上已经显示出与前期不同且接近维多利亚诗歌的某些特色，自然仍然是诗人们心中赖以依存和歇息的港湾，是他们获取力量与灵感的圣母大地。从济慈的《秋颂》("Ode to the Autumn")中就能充分感受到那种人与自然相濡以沫、相映成趣、相得益彰、融为一体的状态：

> 谁不经常看见你伴着谷仓？
> 在田野里也可以把你找到，

---

① http://www.poemhunter.com/poem/it-was-an-april-morning-fresh-and-clear/，检索日期 2015 年 2 月 5 日。

你有时随意坐在打麦场上，
让发丝随着簸谷的风轻飘；
有时候，为罂粟花香所沉迷，
你倒卧在收割一半的田垅，
让镰刀歇在下一畦的花旁；
或者，像拾穗人越过小溪，
你昂首背着谷袋，投下倒影，
或者就在榨果架下坐几点钟，
你耐心瞧着徐徐滴下的酒浆。①

（查良铮　译）

到了维多利亚诗人笔下，自然仍然是表现的主体之一，但这一时期自然在诗歌乃至文学作品中的作用已经渐渐或者说悄悄地发生了变化。在浪漫主义诗歌中，自然被当作人类移情托志、疗伤慰劳、分忧解乏的对象，但在维多利亚诗歌中，自然虽仍具有这些功能，但渐渐具有了更多应用性功能，变成了诗人们宣泄情感的容器，反射其巨大能量和欲望的"客观对应物"。一方面，它担当起源源不断物质产品的原料源；另一方面，它又是物质欲望的承载者和受动者。

我们不妨来比较一下华兹华斯的《序曲》（"The Prelude"）中的某些章节，看一看这位浪漫主义诗人在前后两个阶段诗歌内容上有哪些变化。诗歌创作于1799年至1805年间，但正式面世是在1850年，期间经过了哪些修改，笔者找不到证明的第一手资料，但可以肯定的是，诗人进行了修改。通过选取几个片段，我们来看一下前后的差异。

啊，清风带来了祝福，
它轻轻拂着我的脸，

---

① 王佐良主编：《英国诗选》，上海：上海译文出版社，2011年，第336页。

像是特意从绿野和蓝天
给我送来了喜悦。
何用问它来意！这风来得及时，
令我分外感激。我刚逃出了
曾经长期困居的庞大城市，
把抑郁换成了今天的自由，
自由得像小鸟，到处为家。
什么房舍将接待我？什么溪谷
将收容我？在什么树下成家？
什么清澈的溪流将低吟，
用它的潺潺给我催眠？
整个大地在前面等着我。①

（王佐良　译）

这是《序曲》开篇的头十四行。看得出，开头几行还是像上文提到的那样：人在景中，景在心内，人景交融。诗人将自己一生的成长经历以自然作为背景，已经不只是像"快乐伙伴"的自然，而是具有神性的自然。不过，作为开场白，诗人要为整个诗篇定下基调。这或许是为什么在诗节的中部之后语气发生了变化，已经表现出城乡的区隔与沟壑，人好不容易逃离了大城市的喧嚣，"把抑郁换成了今天的自由"，但却不知道哪里"将收容我"？这里表现的是否是那些被伦敦这样的大城市的浮华与喧闹折磨得身心俱疲的诗人们希望逃离却又不知能否回到乡村的困惑？其中的笔调从前几行的春风得意马蹄疾到后面几行的笑问客从何处来，已经在离愁别绪中包含着何处是家的怅惘。

到了诗篇的第九章，诗人的态度发生了明显变化，在写到对法国革命的感想时，诗人丝毫不隐讳自己的观点：

---

① 王佐良主编：《英国诗选》，上海：上海译文出版社，2011年，第229页。

>　……。但是我更痛恨
>
>　绝对专制，一人的意志
>
>　变成了众人的法律，还有一批人
>
>　享有不公正的特权，站在
>
>　君主与人民之间，只为君主效劳。
>
>　对人民则骄横无比，我对此
>
>　越来越恨，掺和着怜和爱，
>
>　爱的是不幸的大众，对他们
>
>　寄以希望，所以也就有爱。①

（王佐良　译）

看得出，诗人的笔锋转向了社会，转向了人，尤其是转向那些"不幸的大众"。这些"不幸的大众"随着工业化的推进越来越多，在华兹华斯的中后期创作中也越来越受到关注，这也应该是很自然的事。前期的华兹华斯以倾心自然、崇尚自然著称，但到后期创作中，包括《隐士》("The Recluse")在内，虽仍然主张人与自然的和谐统一，但已经更加注重人对自然的敬畏与顺从。

丁尼生不仅是他那个时代最负盛名的诗人，也被认为是与维多利亚女王齐名的名人②。且不说他的知名度，把他看作是维多利亚诗歌的标杆应该是合适的：一方面是他的创作生涯大体与维多利亚时代同步，另一方面是他的诗歌作品中汇聚了那个时代的精神风尚和思想品格。

丁尼生早期诗歌以抒情为主，题材以自然和古典为主，风格上清新明晰夹杂着轻轻的忧郁。从他的《诗集》首篇《克拉丽贝尔》("Claribel")就可见一斑。

---

① 王佐良主编：《英国诗选》，上海：上海译文出版社，2011年，第230—231页。
② 见黄杲炘译《丁尼生诗选》"译者前言"，上海：上海译文出版社，1993年，第3页。

傍晚时嗡嗡的甲虫
飞过了僻静矮树丛,
中午时野蜂营营飞,
绕过长青苔的墓碑;
夜半时月亮升天上,
孤零零朝下界凝望。
红雀把她的歌啼啭,
歌喉好的画眉流连,
洼地的鹬鸟喳喳鸣,
昏沉的涛声一阵阵,
絮絮的小溪起皱纹,
应答的是空空洞窟,
在克拉丽的长眠处。①

(黄杲炘 译)

"嗡嗡的"的"甲虫","营营的""野蜂","孤零零的""月亮","啼啭的""红雀",歌唱的"画眉","喳喳鸣"的"鹬鸟",这一系列叠加的意象尽管排列得有些拥挤,有些许生硬,但围绕着"墓碑"这一中心意象所具有的静谧、阴沉、孤寂、冷漠等内涵,却也显得合拍,并体现出浪漫主义诗人的某些特征:从自然中获取灵感又从自然寻求安慰和解脱。这样的特点在《利奥体挽歌》《洛克斯利田庄》《愿我精神的力量充沛而自由》《小溪之歌》②等诗歌中都有明显体现,在《公主》一诗中那些插入的小诗更是把与自然相融无间的情趣表现得淋漓尽致③。

随着时间推移和时代变化,丁尼生的诗笔逐渐将人作为描写的主要对象:或者是现实生活中的人物,如他遽然去世的好友哈勒姆

---

① 黄杲炘译:《丁尼生诗选》,上海:上海译文出版社,1993年,第1—2页。
② 同上,第3、104—116、23、155—157页。
③ 同上,第158—163页。

《悼念集》)和《兄弟,你好,永别了》中的兄弟;或者是英国历史上的著名人物,如《复仇号》中的理查·克伦威尔;或者是古希腊、古罗马的英雄和伟人,如《致维吉尔》中的维吉尔和《摩德》中的摩德。当然,最为集中表现人的作品还是《悼念集》。这部以怀念好友为题目和主要内容的长诗在抒发诗人不尽哀思的同时,也真实地表现了诗人对人生遭际、命运无常、时序更替、社会变迁的感叹与感悟。实际上,丁尼生在其全部创作中,不管采用什么题材,始终都在关注着社会现实,这种情况随着年龄的增长愈加明显。在《艺术之宫》("The Palace of Art",1842)中诗人以寓言故事的方式表达出自己对唯美艺术的观点:完全脱离现实的纯粹艺术和美是难以存在的,因为他意识到"作为一个社会成员无法摆脱的社会现实和作为一个当代诗人必须承担的社会责任"[①]。他在《公主》一诗中表示出对妇女社会地位和身份的重视,《轻骑兵队的冲锋》描写了克里米亚战争中英国轻骑兵队不畏牺牲的壮烈场面,《摩德》中再次涉及这场战争。

　　诗歌题材从自然向人和社会的转移在其他很多诗人的创作中都有体现。一向被认为是抒情圣手的布朗宁的绝大部分诗歌都是围绕人这一中心展开。《英国维多利亚时代诗选》收入他的 18 首诗中,《海外相思》抒发了对故乡的思念,描写了英格兰乡村四月、五月的景色,其余的都是抒发对各种人的情感和感慨:《失去的恋人》《一生中的爱》《爱中的一生》《天然的魔力》《魔力的天然》《体面》《诗学》表达的是对布朗宁夫人忠贞不渝的爱情,《夜半相会》描写年轻恋人夜晚幽会的场景,《圣普拉西德教堂的主教吩咐后事》《加卢比的古钢琴曲》《荒郊情侣》《安德烈,裁缝之子》《难忘的记忆》[②]借用古代或古代文献中的题材描写主人公对生与死、荣誉与尊严、繁荣与没落、永恒与短暂等人生现象的感悟

[①] 见钱青主编:《英国 19 世纪文学史》,北京:外语教学与研究出版社,2006 年,第 146 页。
[②] 分别见飞白译:《英国维多利亚时代诗选》,长沙:湖南人民出版社,1984 年,第 71—119 页。

与思考。总之,这些诗歌中的诗性自我(poetic self)[①]或者说观念蕴含都是人和人的情感、思想观念、道德意识等,都围绕着这个中心展开。

马修·阿诺德以时代道德和思想代言人著称,不仅写下了大量以匡正时弊、重整人伦、扶持教化为主要目的的政论和批评文字,如《批评在当代的作用》中对文学批评在疗救社会时弊、推动进步潮流、张扬优秀品质方面的肯定和推介,在《文化与无政府状态》中对以"探究、追寻完美""让天道和神的意志通行天下"的文化的百般推崇[②],也在诗歌创作中贯穿了坚守信仰、思想教育、社会革新、人际关系调整的主题,或者如《多佛海滩》("Dover Beach")一诗中那样鼓励坚守"夜尽了,昼将至"的理想或信念[③],或者如《拉格比教堂》("Rugby Chapel")诗中父亲意象隐喻的伟人品格及其光明前景[④],或者如《致玛格丽特》诗中对打破海洋的阻隔与世界连接在一起的向往和坚信[⑤],或者如《道德》("Morality")诗中对道德失范的担忧和重建伦理、重树信仰的向往[⑥]。

阿尔杰农·斯温伯恩青年时代以叛逆著称,诗歌创作也充满了革命豪情和对时俗的反抗,早期诗歌饱受保守派批评家的攻击,兼之其放荡不羁的行为更是受到很多卫道士的诋毁[⑦],但他在诗歌中却充分体现出对改变社会现实、消除贫困、清明政治环境的迫切愿望。在《守更曲》("A Watch in the Night")一诗中,诗人以向守夜更夫发问的方式,

---

[①] 分别参见蔡玉辉:《〈荒原〉中诗化"我"及其诗学内涵》,《外国文学》,2005 年第 5 期,第 96—101 页;蔡玉辉:《卞之琳早期诗歌中抒情主体的泛化》,《安徽师范大学学报》(人文社会科学版),2012 年第 5 期,第 591—597 页。
[②] 阿诺德:《文化与无政府状态:政治与社会批评》,韩敏中译,北京:生活·读书·新知三联书店,2002 年。
[③] 参见殷企平:《夜尽了,昼将至:〈多佛海滩〉的文化命题》,《外国文学评论》,2010 年第 6 期,第 80—91 页。
[④] 参见浙江大学 2014 年王华勇博士论文《文化与焦虑:马修·阿诺德诗歌研究》。
[⑤] 见飞白译:《英国维多利亚时代诗选》,第 179—180 页。
[⑥] http://www.poemhunter.com/matthew-arnold/poems/?search=morality&B1=SEARCH
[⑦] http://en.wikipedia.org/wiki/Algernon_Swinburne,检索日期 2015 年 4 月 21 日。

逐一对更夫、哀悼者、死者、政客、主教、王公、英国、法国、意大利、欧洲自由等,询问他们在夜间如何度过,控诉那些当权者不顾平民百姓的死活,草菅人命,那些主教"撒谎"糊弄信众,无论是英国还是法国还是意大利乃至整个欧洲都笼罩在黑暗中,而普通士兵却战死沙场①。一般认为,斯温伯恩在艺术创作上具有唯美主义倾向,但他在追求艺术和文学殿堂里的纯美的同时,仍然如此关注社会现实,可以反映维多利亚时代风尚之一斑。

被公认为唯美主义代表的王尔德也在诗歌创作中体现出对社会现实的关注。诗人在《雷丁监狱之歌》("The Ballad of Reading Gaol")中,描述了一位因杀死"所爱的人"而被囚禁在雷丁监狱里等待惩罚的囚徒遭受精神和肉体双重折磨的情景。这首诗虽然作于1897年他被释放去法国之后,但是以他在雷丁监狱服刑两年的经历为背景。诗中描述的那位杀死所爱的人的原型,是因杀妻而被判处死刑的前皇家卫队骑兵伍尔德里奇(Charles Wooldridge),但作者是借助这个故事和自己的遭际来抨击社会的冷漠甚至残酷无情。诗人将从牢舍看见的那很小的天空形容为"灼热钢铁隆起的盔盖",而自己是"一个痛苦的灵魂"/"都感觉不到自己的痛苦",而那个等待处死的囚犯"眼里充满着期待"②。

到了哈代这里,这种转变就更加明显。在"搜诗网"上收入的哈代诗歌共326首,其中表现人生苦短、社会不公、贫富不均、道德沦丧等主题的诗歌占据了很大部分,《鼓手霍吉》《挤奶姑娘》《被糟蹋的姑娘》《向晚的画眉》《喜欢唱歌的女人》等都属于这一类。从思想倾向而言,哈代的诗歌有两种明显特征:一种是被普遍认同的悲观主义③,另一种就是

---

① 见飞白译:《英国维多利亚时代诗选》,长沙:湖南人民出版社,1986年,第271—276页。
② 见 http://www.poemhunter.com/poem/the-ballad-of-reading-gaol/,检索日期2015年5月2日。
③ 参见吴笛:《论哈代诗歌中的悲观主义时间意识》,《国外文学》,2004年第3期,第54—58页;吴笛:《哈代新论》,杭州:浙江大学出版社,2009年,第52—56页。

对处于社会底层民众的深切同情,上述这些短诗都属于后一类。这一类的短诗还有不少,比如《在火车站月台》("At the Railway Station, Upways")就描画了一幅令人心酸的"嫌疑犯、小孩乞讨图":

"没什么事我做得了,
我没有钱来把自己养活!
这可怜的孩子这样说——
带着一把小提琴的小男孩,
站在月台上,火车快要来——
"但我可以给你们拉琴,
琴很好,曲调也美妙。"

戴着手铐的男人笑了笑,
边上的警察看着他,也挂上了笑容,
只听见提琴响了起来。
戴手铐的男人突然唱了起来,
带着辛酸的快乐。
"这是自由的生活
正是我想要的!"
警察笑了笑,但一言都不发,
就像是没有听到这些话。
等到火车来他们上了车,
嫌疑犯、小孩、连同那把提琴。[1]

---

[1] http://www.poemhunter.com/poem/at-the-railway-station-upways/,检索日期2015年5月3日。

（二）诗歌韵调和风格

维多利亚诗歌总体上充满了惊奇、迷惑、质疑与思问。从心理学角度，这是对以进化论为代表的新理论、新观念、新思潮的反应，尤其是进化论带来的信仰和观念的巨大冲击，弥漫在全社会的怀疑迷茫情绪在诗歌中得到充分体现。从社会学角度，这是对剧烈变化的自然和社会环境的直接反应，在诗歌里就是迷茫、困惑甚至错置感和混乱感。

国内有批评家认为，维多利亚时代的文学批评是对浪漫主义、工业革命及宗教信仰衰落的回应[1]；也有人认为，"这一时代的作家，或多或少的，直接或间接的，都对这个宗教信仰的问题（即《物种起源》推翻了上帝创世说——笔注）有所反映。"[2]国外批评家也有类似的观点。剑桥大学荣休教授、维多利亚文学与文化研究专家吉莲·比尔（Gillian Beer）在《达尔文的情节》（*Darwin's Plots*，1983，2000，2009）一书中就提出《物种起源》中蕴含了许多文学资源的观点。她在该书第一章和第二章分别论证《物种起源》的语言和情节中蕴藏的文学要素。她认为，《物种起源》的语言能给读者以悲剧般的愉悦，令人产生想象力，呈现的是一个物质的世界；同时，对物种适应与不适应环境的描述，让我们了解到人类的变形以及自然界的秩序。关于情节的一章，作者采用了类比、隐喻、叙事性等多种方式，尤其是以成长和变异的神话来说明人类和生物的进化过程。她认为，这些要素不仅对维多利亚时代的文学创作有多方面的助益，也对这一时期思想文化的现代变革产生极大的推动作用[3]。

丁尼生经常被作为第一个例证列出来，而他在《悼念》一诗第54到第56节里根据新地质学说和进化论对创世说的反思也经常被引用为质疑基督教信仰的例子。阿姆斯特朗在《维多利亚诗歌：诗歌，诗学与

---

[1] 王守仁、胡宝平：《英国文学批评史》，南京：南京大学出版社，2013年，第151页。
[2] 梁实秋：《英国文学史》（三），北京：新星出版社，2011年，第1105页。
[3] Gillian Beer, *Darwin's Plots: Evolutionary Narrative in Darwin, George Eliot and Nineteen-century Fiction*, 3rd ed. Cambridge: Cambridge University Press, 2009.

政治》一书中也认为,从《悼念》到《摩德》都贯穿了诗人对地质学和病理学这些新学科知识的了解与领会①。读以下的诗行,我们就可以看到《悼念》中深含的困惑和探求:"上帝和自然是否有冲突?/因为自然给予的全是噩梦,/她似乎仅仅关心物种,/而对个体的生命毫不在乎,/我伸出伤残的信仰之掌,/摸索着搜集灰尘和糠秕,/呼唤那我感觉是上帝的东西,/而模糊地相信更大的希望。②"表现自然规律和生命奥秘的诗行远不止这些。在丁尼生那篇带有遗言特征的《过沙洲》("Crossing the Bar")中,读者也能体味出诗人对生命苦短的喟叹,对自然现象的赞叹,以及对天堂的向往:"尘世小,人生短,/这潮却能载我去远方;/过了沙洲后,/但愿当面见领航。③"

布朗宁一向被看作是抒情诗的圣手,他写给伊丽莎白的大量情诗不只是情真意挚,而且意趣盎然,意象逼真,音律优美,但他对其时不断涌现的新现象并非熟视无睹。实际上,诗人从小除了大量阅读以外还兴趣广泛,"他也喜欢生物,所豢养的包括猫头鹰、猴子、喜鹊、刺猬、鹰,甚至两条巨蟒。他兴趣广,观察力强,喜欢欣赏名画,欣赏音乐"④。这样的特点在他后来的诗歌创作中也时有体现。他在《天然的魔力》一诗的上一节描写了这样一种情景:在一个他"亲眼所见"的"精光四壁"的房间里,他锁进了一位"全身精光"的黑女郎,但在"我"打开门后,她却"不复赤裸,而是鲜花缤纷",/"天晓得是什么花果绿叶披满了周身";在下一节里,诗人描写了在一个"四壁和上下,哪有长一棵草的地方",/"但开门一看,阴沉寒冷俱已隐去。"/"既无五月撒种,也无六月浇灌",/"看哪,你却簇拥着你带来的花朵,"/"你带来了群群小鸟、累累硕果!"⑤这里的描述或可有几种解读:一种是结合诗人与伊丽莎白的

---

① Isobel Armstrong, *Victorian Poetry: Poetry, Poetics and Politics*. London: Routledge, 1993, pp.247-276.
② 飞白译:《英国维多利亚时代诗选》,长沙:湖南人民出版社,1986年,第41—42页。
③ 黄杲炘译:《丁尼生诗选》,上海:上海译文出版社,1995年,第299—300页。
④ 参见梁实秋:《英国文学史》(三),北京:新星出版社,2011年,第1129页。
⑤ 飞白译:《英国维多利亚时代诗选》,第115—116页。

爱情故事而将给"精光四壁"的房间带来鲜花和绿叶理解为布朗宁夫人的爱情给干枯精光的房间带来花草、小鸟和硕果；另一种是描写魔术台上借助魔力变换出的自然景象，这里的魔力是借助于已经发明出来并在19世纪后期被使用的电而实现的，借助电光进行的魔术表演在19世纪后期已经出现，就像他在《平安夜》("Christmas-Eve"，1850)里模仿火车行驶时发出的"咣当、咣当"声和"呜……呜……"(Out of the thump-thump and shriek-shriek))[①]汽笛声一样。

有批评家认为，丁尼生和布朗宁都在自己的创作中融进了对新思想、新理论和新观念的认知，在他们共同努力实践的戏剧独白诗中，就是试图以这种艺术形式去揭开人物复杂微妙的内心世界，也就是以科学之眼去烛照有待诗人探索的无穷奥妙的精神世界[②]。这样的探索和尝试被很多诗人所实践。

"克勒夫是维多利亚诗人中对宗教表示怀疑最力的一位"，这从他撤除对《三十九条款》的承诺进而辞去牛津职位可以看得清楚，也可以从他写给姐姐的信中明确表示"我们不懂，所以我们不愿匍匐膜拜"的态度可以看出。[③] 之所以这样做，自然是受到当时新学说的影响，而导致对上帝创世说的怀疑。他的怀疑在诗歌中有充分体现。那首未完成、在他身后发表的《迪普绪科斯》("Dipsychus")以问答的形式，表现了对上帝的普遍怀疑：

"天上没有上帝，"坏人说，
"这真是咱们的运道，
要不然，他会拿咱们怎么办，
光想想也就够了。"

[①] 参见 Richard Cronin. *Reading Victorian Poetry*. Oxford：Wiley-Blackwell，2012，p.6.
[②] Duncan Wu (ed.), *Introduction to Victorian Poetry*. Oxford：Blackwell Publishing Company，2002，p.2.
[③] 转引自梁实秋：《英国文学史》(三)，北京：新星出版社，2011年，第1172、1175页。

"天上没有上帝，"小伙子说，
"不过即便真有的话，
他不会老叫成人，
去当一个娃娃。"

"天上没有上帝，"商人说，
"不过要是真有上帝，
见我赚几个钱就生气，
那可真是滑稽。"①

这些诗行里的疑问与诗人写给他姐姐信中的疑问形成呼应。

从对基督教教义的怀疑程度和对新理论新观念的理解接受程度来看，斯温伯恩是维多利亚诗人中最坚决和最积极的一位。他在《秩序之歌》里有这样的诗行：

他们出钱收买了上帝，
他们把世界套上枷锁，
当三个人团结在一起，
王国就将减少三个。

我们弃绝了蠢人的吻、
宴席上盗贼的血口、
神父的说谎的嘴唇
和国王的滴血的手。②

---

① 见飞白译：《英国维多利亚时代诗选》，长沙：湖南人民出版社，1986年，第164页。
② 同上，第262页。

他在《三和弦》一诗中的诗行显然表现出对自然万物是否存在客观规律的诘问:"太阳对天空的话,/风对海的话,/月对夜的话,/到底是什么?//花对昆虫的感觉,/树对鸟的感觉,/云对光的感觉,/谁能对我说?//田野对牛的歌,/菩提树对蜜蜂的歌,/深渊对绝顶的歌,/有谁全懂得?"[①]这一连串的提问所包含的疑问、不解与惶惑是一目了然的。

(三)诗歌表现手段

维多利亚诗歌创作在诗歌表现手段上的多样性探索,丰富了诗歌的艺术表达手段,也为诗歌的现代转型铺平了道路。简单梳理一下,这一时期诗歌艺术表达上的成就主要体现在三个方面:布朗宁和丁尼生运用和完善的戏剧独白技巧,丁尼生尝试并确立的悼念体,霍普金斯开辟和运用的跳跃节奏诗体。

1. 戏剧独白技巧的探索

戏剧独白是维多利亚诗歌创作的第一种探索,从内心独白发展而来,有着不短的历史,可以追溯到文艺复兴时期。莎士比亚是运用内心独白的圣手,但约翰·多恩(John Donne,1572—1631)的《跳蚤》(*The Flea*,1613)却更接近戏剧独白,因为莎翁只是对自己说话,而多恩笔下却有两个人物的对话。在经历了18世纪的冷落后,这种技巧在浪漫主义诗人那里被重新采用。在华兹华斯《丁登寺旁》里,在雪莱的《勃朗峰》("Mont Blanc")里,在柯勒律治的《风弦琴》("The Eolian Harp")和《午夜霜寒》("Frost at Midnight")中,这一技巧都被采用。但是,根据艾布拉姆斯(Meyer Howard Abrams)的定义,以上这些只能算是内心独白,而不是戏剧独白。按照他的观点,戏剧独白必须符合三个条件:第一,有一个人物在说话,但显然不是诗人,这个人物的话语在一个特定地点和紧要时刻构成了整个故事的线索;第二,这个人物是在跟别的人物说话(或许不止一个),但读者是通过这个人物的说话来知道听者的存在和行动;第三,诗人选择什么样的抒情人物来说话,

---

① 见飞白译:《英国维多利亚时代诗选》,长沙:湖南人民出版社,1986年,第279页。

其主要原则就决定于怎样能让读者增加对故事的兴趣,更好地了解说话人的性格和个性[1]。学界认为戏剧独白技巧在维多利亚诗歌中达到顶峰,对此国外和国内批评界都有共识[2]。达到顶峰有三个标志:一个是在技巧运用上达到极致,一个是应用者众多,第三个是留下了一批经典性作品。

首先,在技巧运用上,达到了艾布拉姆斯提出的这三个条件,换句话说,艾氏的这三个标准就是根据维多利亚戏剧独白诗总结而来的。在说话人的选定上,这一时期的戏剧独白诗都围绕着一条原则进行,即如何吸引读者,增加故事的趣味性,如何通过独白来展示故事中说话人的性格、品行、行为特征等。选好了说话人,还需要为独白编织严密可信的情节结构,因为只有像小说那样精心构建完整而跌宕起伏的情节,才能达到吸引读者、增加故事趣味性的目的。在这些方面,《我的前公爵夫人》显然是杰作中的杰作。诗人选择让公爵本人来讲述那个听上去让人心寒胆战的故事:如何以狭隘的心胸、专制残暴的手段、冷酷的态度对待前公爵夫人,迫使她结束自己的生命;诗人安排的听者是前来替公爵介绍新的夫人的人,但公爵却堂而皇之地让他去看那幅画像,并以轻描淡写的口吻来讲这个可怕的故事。这些安排无疑极大地增加了这段只有 56 行的戏剧独白诗的情节曲折性、内容丰富性、人物立体性和主题深刻性。

其次,这时期的戏剧独白不仅被布朗宁、丁尼生这样的大家采用,也被很多其他诗人使用。罗塞蒂兄妹都运用了这一技巧。但丁在几首诗中都采用了戏剧独白,比如,在《被祝福的少女》("The Blessed Damozel")中,诗人假借一位年轻人之口,叙述了他梦境中与从天上下落的少女幽会的经过。克里斯蒂娜也在一系列诗歌中采用了戏剧独

---

[1] M. H. Abrams (ed.), *A Glossary of Literary Terms*. 7th ed. Beijing: Foreign Language Teaching and Research Press, Thompson Learning, 2004, pp.70 - 71.
[2] 参见 https://en.wikipedia.org/wiki/Dramatic_monologue,检索日期 2016 年 1 月 4 日;肖明翰:《英美文学中的戏剧性独白传统》,《外国文学评论》,2004 年第 2 期,第 28—39 页。

白,例如在《女修道院门槛》("The Convent Threshold")中,诗人以一位修女之口,诉说了她身在修道院但在情感上却难以与自己的兄妹割舍的纠结。还有,阿尔杰农·斯温伯恩在《普洛塞尔皮娜颂歌》("Hymn to Proserpine")一诗中,以一位异教徒之口来表达对基督教征服世界的抱怨。此外,阿诺德在《多佛海滩》中,艾米·列维在《小诗人》("A Minor Poet")中,奥古斯塔·韦伯斯特在《被抛弃的人》("A Castaway")中,菲利希亚·荷曼斯(Felicia Hemans,1793—1835)在《阿拉贝拉·斯图亚特》("Arabella Stuart")中,都运用了戏剧独白技巧。

再次,戏剧独白技巧被许多诗人采用,尤其是被丁尼生、布朗宁这些大诗人采用,几乎达到了炉火纯青的程度,一些经典诗歌被创作出来,成为这个领域的标杆式作品。布朗宁的《我的前公爵夫人》、丁尼生的《尤利西斯》、阿诺德的《多佛海滩》都被公认为戏剧独白诗的千古名唱。这些名作不仅丰富了维多利亚诗歌的表现技巧,还对后世的诗歌创作产生了不小的影响,比如,艾略特的早期诗歌《艾尔弗雷德·普鲁弗洛克的情歌》中就能看到戏剧独白技巧的痕迹。

2. 悼念体的探索

维多利亚诗歌艺术技巧上的一个探索是丁尼生在《悼念》诗集中成功实践的、后来被称之为"悼念体"的格律诗体。在笔者看来,这里可以称为别具一格的并不在于这种以"abba"为脚韵的四步抑扬格诗体,一反传统挽诗或哀歌的格律[①],后来成为悼念诗的新定式之一,更有意义的是诗人一改悼亡诗的传统,而赋予这种文体以新的内涵和功用。文学史上的悼念诗文,通常是对悼念对象的哀悼、缅怀、纪念、恭维与赞颂,不管是悼念死者,还是追念爱情,还是纪念战争及其亡灵,都是集中抒发诗人的怀念、景仰、追思与颂扬,但丁尼生却将这首悼念亡友哈莱

---

① 传统的挽歌或哀歌的格律多是六步抑扬格或五步抑扬格,比如,乔叟的《公爵夫人之书》("Book of the Duchess")和托马斯·格雷的《墓园挽歌》("Elegy Written in a Country Churchyard")。

姆的短诗集写成了集哀悼、悼念、缅怀、赞颂、沉思、反思、启示、沉吟于一体的诗集。这一首首短诗，在 T.S.艾略特看来，"仅具有一部日记的统一性与连贯性。这是一个自我坦白者的一部浓缩的日记"①，但在有些批评家看来，却充满着丰富的、各种难以确定的内涵。有的认为，其中既喻指了生命的纯理性，但也有神秘性、无常性和无奈性②；有的认为，诗歌表现的是以自然神学为基础的进化论③；而与诗人同时代的查理·金斯利(Charles Kingsley, 1819—1875)认为，这首诗是英国在两百年内写出的最富华彩的一首基督教诗④。但在笔者看来，这首由133个章节组成的悼念诗，看上去是悼念缅怀亡友，的确如是，因为它紧扣中心话题，哈莱姆以不同的形象贯穿始终，但实际上它的主题内涵十分丰富。它是一首生命颂歌，哈莱姆的心灵、精神、才华永存人间⑤；也是一首灵魂历练之歌，诗人历经地狱、炼狱，最后涅槃而"再世"；也是一首情感升华之歌，诗人由悲痛到哀伤到痛苦到思念到缅怀到升腾，一路走来，跌跌撞撞，终于到达彼岸；还是一首观念信念嬗变之歌，诗人从面对地质论、进化说等新理论、新观念一头雾水无所适从到逐渐理解、接纳。而这一系列丰富的内容都被严整而自然地安排在诗歌抒情结构中，正如布拉德利(Andrew Cecil Bradley)所指出的，读者根据诗中提供的圣诞节、哈莱姆忌日、季节转换等时间节点，就可以梳理、显示出其内在逻辑与次序的关联，而这些都与诗歌的章节结构安排紧密联系在一起，可以看出诗歌在

---

① Erik Gray (ed.), *In Memoriam: An Authoritative Text, Backgrounds and Sources, Criticism*, 2nd ed. New York: W.W. Norton & Company, 2004, p.136.
② Stephen Allen Grant. "The Mystical Implications of *In Memoriam*", *Studies in English Literature*, 1500—1900, Vol.2, No.4, *Nineteen Century*, Autumn, 1962, pp.481-495.
③ Graham Hough. "The Natural Theology of *In Memoriam*", *The Review of English Studies*, Vol.23, No.91, July 1947, pp.244-256.
④ 转引自：Henry Kozicki. "'Meaning' in Tennyson's *In Memoriam*", *Studies in English Literature*, 1500—1900, Vol.17, No.4, Nineteenth Century, Autumn, 1977, pp.673-694.
⑤ Catherine W. Reilly. *Mid-Victorian Poetry*, 1860—1879. London: Mansell, 2000.

主题、内容、情感结构上的严密性[①]。将悼念诗写成如此丰富、严密、完整、深邃的教谕诗，成为后世这一类别诗歌的楷模，的确不负诗人所倾17年的持续心力。

3. 复古基础上的推陈出新

维多利亚诗歌创作的第三种探索是在表达形式上的创新或者说复古基础上的推陈出新。首先是"跳跃节奏"（sprung rhythm）的实践。尽管这一探索主要是由杰勒德·霍普金斯去践行的，但它的意义和价值却既有复古性，又有超前性，还有创新性。所谓复古性是指跳跃节奏源自盎格鲁-撒克逊古英语。根据霍普金斯的说法，跳跃节奏是很古老的韵律，只不过逐渐被弃用。在盎格鲁-撒克逊时期被广泛使用，到《农夫皮尔斯》（"Piers Ploughman"）时代就用得少一些，而格林（Robert Greene，1558—1592）是最后一个有意识采用跳跃节奏的诗人，但他也不是一直采用，自从他以后，跳跃节奏就在诗歌创作中消失了。霍普金斯认为，自从文艺复兴以后，"跑步节奏"（running rhythm）大行其道，逐渐使得诗歌韵律与日常口语渐行渐远，实际上，只有跳跃节奏才最符合日常语言的节奏[②]。他在与挚友布里奇斯信来信往的交流中，大力推荐跳跃节奏韵律的音韵流动与跳跃之美，并且身体力行，在《德意志号的沉没》（"The Wreck of the Deutschland"）等著名诗篇中都采用了跳跃节奏。跳跃节奏的采用不仅让古老的头韵得以复兴，焕发出新的活力，丰富了诗歌韵律的表现手段，在维多利亚诗歌的艺术表达上具有超前意识和创新意识，还因为其重音采用的节奏性与日常口语接近，使得诗歌这颗文学皇冠上的明珠挣破象牙塔的羁绊落入民间，为维多利亚诗歌向意象派诗歌和现代主义诗歌的转型提供了极大的助力，给庞德、艾略特、弗洛斯特、谢默斯·

[①] Andrew Bradley. *A Commentary on Tennyson's In Memoriam*. London：Macmillan，1901，pp.20-48.

[②] Catherine Phillips (ed.). *Gerard Manley Hopkins：The Major Works，Including All the Poems and Selected Prose*. Oxford：Oxford University Press，2002，pp.242,255-256.

西尼等诗人的创作带去不小的影响[1]。

推陈出新的另一种诗歌实践是"五行打油诗"(Limerick)[2]。这个诗节的最古老形式被认为是来自13世纪托马斯·阿奎那(Thomas Aquinas, 1225—1274)的祷告诗体[3]。这个诗节的影响在20世纪也许没有跳跃节奏那么大,但在维多利亚时期却要比前者流行。这个五行体诗节因为其独特的尾韵安排(aabba)、独特的韵律结构[4]、独特的语词幽默风格而受到当时普通读者的欢迎,也受很多诗人包括丁尼生、斯温伯恩、斯蒂文森等大诗人的青睐[5],爱德华·利尔(Edward Lear, 1812—1888)则是五行打油诗创作的最热衷者之一。毫不奇怪,诗节韵律上的抑抑扬格与日常用语非常接近,还有幽默俏皮的风格,都适宜去表现那些富于喜剧色彩和娱乐功能的题材,迎合了普通民众的消费需求,也对推动诗歌表达手段的现代转型做出了贡献。

(四)生态意识的增长

维多利亚诗歌的第四个特点是诗人们面对急剧变化的自然环境与社会环境,生态意识迅猛增长,并在诗歌创作中多层面、多维度地表现出生态意识。后文将对此做详细举证和论述,此处从略。

---

[1] James Wimsatt. "Alliteration and Hopkins's Sprung Rhythm". *Poetics Today*, Vol.19, No.4 (Winter, 1998), pp.531-564.

[2] 五行打油诗是19世纪中后期流行于英国诗坛,并在19世纪末定型的一种诗体,韵律为aabba 的四(三)步抑抑扬格。诗体起源说法不一。一般认为,爱德华·利尔是这种诗体运用的代表,所著诗集《胡诌诗集》(*Book of Nonsense*)被公认为代表作。丁尼生、斯温伯恩、吉普林、斯蒂文森等大诗人都写过五行打油诗。

[3] https://en.wikipedia.org/wiki/Limerick_(poetry),检索日期2016年1月8日。

[4] 第1、2、5行为3个3音节音步,第3、4行2个3音节音步。

[5] J.A. Cuddon. *A Dictionary of Literary Terms*. London: Andre Deutsch Ltd., 1979, pp.362-364.

[下 编]

文本篇

第六章 "快乐的英格兰"随"风"而去

工业化带给人类的第一个弊端就是对大自然环境的破坏。在工业"三废"(废气、废水、废物)的污染下,原本清新的空气变得污浊混沌,清洁的水体变得浑浊难闻,清朗肥沃的土壤变得贫瘠荒芜,清秀的景色变得疮痍满目。英国作为第一个工业化国家,最先遭受的就是原本"快乐的英格兰"随着工业"狂风"的肆虐横扫而逝。

一般而言,"快乐的英格兰"(Happy England)指的是17世纪后期到18世纪中期这一段时间。这一时期的英国政治宽松、社会稳定、经济发展、科技发达、人丁兴旺、文化繁荣。政治上经过17世纪中期那段国内战争和随后共和政体的混乱后走上了相对宽松的阶段。王政复辟[①]并没有将英国带回到专制社会,相反在王权和议会法权之间找到了一种相互配合制约的方式,随后的光荣革命更是奠定了延续至今的君主立宪制政体。两次王权和政权更迭所采取的和平协商方式成为后来英国遇到政治冲突时解决矛盾的模式,确保了英国自17世纪中期以后再没有因为政权更迭发生过武装暴力冲突。宽松的政治氛围带来了

---

① 王政复辟(Restoration)指的是1660年英国议会邀请1649年被处死的国王查理一世的儿子查理二世回国继承王位,英国重新恢复到王国政体。查理二世在继承王位之前就接受了议会提出的不惩罚参与国内革命者、不与议会对抗、不谋求恢复天主教合法地位等条件,并且在其统治期间,颁行了养息民生、宽松文化、促进教育与科技、促进经济发展、鼓励贸易等一系列措施,为英国18世纪的强劲发展奠定了基础。

社会的稳定,稳定的社会环境提供了经济发展和文化繁荣的良好氛围,统治阶级相对仁和,人民安居乐业,广阔、美丽、宁静、富足的乡村给英国人的田园生活提供了优雅、闲适、惬意的空间,成就了为后世英国人所津津乐道的"快乐的英格兰",也就是我们常说的太平盛世。著名诗人济慈(John Keats,1795—1821)在他的十四行诗《快乐是英格兰》("Happy Is England")中写下了这样的诗句:

> 快乐是英格兰!我可以骄傲地
> 看到哪里都没有的苍翠;
> 感觉到哪里都没有的微风细吹
> 穿过高高树林带着交融的浪漫;
> 但我有时候还感到单调无力
> 是因为意大利的天空,内心在吟哦
> 当我坐在阿尔卑斯那擎天的山巅,
> 快要忘记这世界或世间还有些什么。
> 快乐是英格兰,甜美她那纯真的姐妹;
> 姐妹那朴素的魅力对我已是足矣,
> 姐妹洁白手臂悄然紧贴已是足矣,
> 但我还是情不自禁地热切向往
> 那多看一眼的美丽,听一听她们的歌喉,
> 随着夏日的暖流跟随她们去漂流。[①]
>
> (蔡玉辉 译)

诗中的"我"表达了对故乡英国的深沉眷恋,故乡的山,故乡的林,故乡的苍翠,故乡的微风,故乡的浪漫;但诗人还是向往着去看看外面

[①] https://www.poemhunter.com/poem/sonnet-xvii-happy-is-england/,检索日期2018年12月17日。

第六章 "快乐的英格兰"随"风"而去

的世界,看一看外面的世界里还有些什么。看一看意大利的天空,看一看阿尔卑斯山山巅的风光。即令如此,他还是放不下故乡,还是发现"快乐是英格兰",还有"甜美她那纯真的姐妹"。这里的"姐妹"是不是与大不列颠岛紧密相伴的爱尔兰以及周边的小岛？诗人虽然向往着去看一看外面的世界,去岛外的海上"漂流",但总是忘不掉放不下心中的"快乐的英格兰"。我们知道,济慈也像其他浪漫主义诗人一样,经常去意大利度假,而且有时候一去就是成年累月,意大利对于他们来说无疑是心之所向,但即使如此,英格兰还是心中永远的依归,尤其是"快乐的英格兰"。

但是,势如洪水猛兽的工业化潮流将几百年来英国人引以为自豪的"快乐的英格兰"冲击得七零八落破碎不堪,"华兹华斯心目中的自然在不断消退并被死水一潭的乡村所代替,华兹华斯式记忆与情感即使是没有丧失,也已经被代替和毁坏[1]"。这不仅在初现雏形的知识分子阶层中引起普遍的忧虑和担忧,更是让感知触角更为灵敏、情感表达更为细腻的诗人群体倍感焦虑、困惑甚至痛心疾首。面对一点点消失的自然景观,一步步恶化的自然环境,诗人们情不自禁地发出了对"快乐的英格兰"逝去的慨叹,就像卡莱尔感叹的"我们可怜的古老英格兰的末日"[2]到来了。

让我们侧耳来听一听他们的叹息。

> 峭壁犄角处,高低两地间,
> 迎风背风处,延至海岸边,
> 岩石围成墙,宛若岛内陆,
> 隐约一花园,面向大海边。
> 灌木成腰带,荆棘围成墙,
> 斜坡也陡峭,光秃如石床,

---

[1] Philip Davis, *The Oxford English Literary History: The Victorians*. Beijing: Foreign Language Teaching and Research Press, 2007, pp.55–56.

[2] 转引自:Asa Briggs, *Victorian People*, p.14.

曾经玫瑰花丛中的葱绿野草
如今已枯萎。
……
即使有落花,无脚去踩踏;
土地尽干涸,死人的心脏;
荆棘灌木丛,夜莺噤歌唱,
即使开口唱,也无玫瑰和。
唯有野草在,盛开又凋零。
回响亦无物,唯独海鸟鸣;
光临这里惟有太阳和雨水
常年如故。①

(蔡玉辉、彭羽佳 译)

  这是斯温伯恩《被遗弃的花园》("A Forsaken Garden")一诗中的两节。全诗描写的是一个海岛上曾经是恋人天堂的花园被长期遗弃、而今已是万物萧瑟一片的荒芜景象:陡峭的斜坡就像寸草不生的石床,曾经开满玫瑰的草地也已经死去;即使落下的花朵也没有人踩踏,茂密的灌木丛再也没有夜莺啼叫;即便有夜莺鸣叫也不再有玫瑰的回应。当然,诗人这里也许用的是隐喻手法,凋谢的玫瑰、荒芜的花园、枯萎的花草等也许是比喻一段死去的情感,也许是比喻风华不再的年华,但这样的景致在自然界里几乎不再是真实存在,只能依稀出现于梦境。斯温伯恩在另一首诗《梦境歌谣》("A Ballad of Dreamland")中就描述了这样的现实:

  我把心藏在玫瑰花丛中,

---

① 见 *The Norton Anthology of Poetry*, 5th ed. New York: W.W. Norton and Company, 2005, pp.1150 - 52.

躲避太阳直射的方向,保持距离隐蔽;
柔软的白雪是轻柔的床,
我把心藏在玫瑰花丛下。
为什么它不睡觉?为什么它又跳动起来,
什么时候玫瑰树的叶子才影响不了它?
是什么让睡眠挥动翅膀离开?
只有那神秘鸟儿的歌声。

躺着,我说,风儿收回翅膀,
温润的树叶遮挡刺眼的太阳;
躺着,风儿在温暖的海面上小憩,
现在风比你还不安静。
难道你的想法仍然像荆棘刺出的伤口一样尖锐?
这尖端会不会让你放下希望?
是什么让睡眠离你远去?
只有那神秘鸟儿的歌声。

这绿色大地的名字令人陶醉,
它不再是旅行者手上的地图,
如同树上成熟的果实般甜美,
它不再是集市上商人出卖的商品。
梦境里燕子们飞快回到昏暗的旷野,
睡眠是在树枝顶端听得见的乐曲;
猎狗的追踪都不能唤醒丛林里的雄鹿,
除了那神秘鸟儿的歌声。[1]

(彭羽佳 译)

---

[1] http://www.poemhunter.com/poem/a-ballad-of-dreamland/,检索日期 2015 年 11 月 17 日。

诗行中有三个诗性主体：我，你，它。"我"自然是诗人的化身，"你"和"它"指的实际上是同一个对象。它指的是什么，诗人在第一行就给出了明示，"我把心藏在玫瑰花丛中"，也就是诗人的"心"。为什么要将"心"藏在玫瑰花丛中？因为"心"睡不着觉。为什么"心"睡不着觉？"是什么让睡眠挥动翅膀离开？"难道是因为"心"的"想法仍然像荆棘刺出的伤口一样尖锐"？"是什么让睡眠离你远去？"诗人在第三节做出了回答："它不再是旅行者手上的地图"，也"不再是集市上商人出卖的商品"。那到底是什么呢？"只有那神秘鸟儿的歌声"。是神秘鸟儿的声音让"我"的心不得安宁，不能入睡，无处安放。那么，这个神秘鸟儿的声音是什么呢？许多评家做出了自己的解读。有的认为是诗人失去的爱情，并且列举了诗人与两位女士情感纠葛的例子，其中还包括他的一位朋友之妻[①]。但笔者认为，结合诗人写这首诗的历史背景，那就是他已经与意大利革命家马志尼在伦敦见过面并有过交往，受他的影响，诗歌主题已经离开唯美主义而转向民族主义和革命主义，所以这里的"神秘鸟儿的歌声"或可以解读为那种革命的呼唤。在这个意义上，诗人的梦境所述就是对失去的美好英格兰的追思和缅怀。

同样的感慨和缅怀还发生在其他诗人身上，梅瑞狄斯在《韦斯特美荫森林》("The Woods in the Westermain")中描写的情景就与斯温伯恩梦境中的花园有相似的氛围。他描写了一片中了咒语的森林，这里本来鸟语花香，现在却被黑暗笼罩，

> 一条蛇挡住了你的去路，
> 在它金色的沐浴中伸展躯体。
> 松鼠脚上沾着苔藓一跃而起，
> 如睡神扬起的羽毛般轻盈。

[①] Cecil Yelverton Lang. "Swinburne's Lost Love". *PMLA*, Vol.74, No.1, Mar., 1959, pp.123-130.

第六章 "快乐的英格兰"随"风"而去

啄木鸟掠过低矮的树丛，
从昏暗的树枝间传来它们咯咯的笑声。
而在那星星出没的高高的松顶，
短翅鸥夜鹰正发出那低沉的嘎嘎声，
它们各司其职。
倘若你对那音符有丝毫怀疑，
可得小心了。
所有鬼神出没的地方都在恐惧中战栗，
帽檐下那一个个眼球，
用它们的怒视将你缠死。
走进这片中咒语的森林，
勇敢的人。[1]

（宋庆文　译）

显然，这片森林就是被工业污染所破坏的自然环境的缩影，而咒语就是工业污染，这污染就像咒语般使得原本美丽温馨、明亮活跃的森林充满了阴影和恐惧。

如果说上面的自然环境破坏或者"快乐的英格兰"的消失是工业革命的开发和污染所产生的结果，是一种客观性态势，那么下面的美景和自然环境的消失就是一种主观性毁坏。霍普金斯在《宾西的白杨》一诗中描述的惨景就是诗人面对一条河两岸的白杨树被砍伐的惨景有感而发，体现出自然生态诗歌的触发性特征。根据研究，这首诗创作于1879年3月13日，他曾经在写给朋友卡侬·迪克逊（Canon Dixon, 1833—

---

[1] https://www.poemhunter.com/poem/the-woods-of-westermain/，检索日期2015年11月17日。

1900)①的信中说道,"我今天下午去了戈斯托②,很遗憾地告诉你,分立河岸两边的白杨树都给砍倒了。"③根据这一信件,这首诗显然是诗人在亲眼看到路边的白杨树被一排排砍伐之后内心感到震撼和惊讶的真情流露,因此就有了诗中这样的记载和慨叹:

> 我可爱的白杨啊,你们亭亭如盖,
> 树叶消解了或遮蔽了那晃眼阳光,
> 全被砍倒了,砍倒了,是全被砍倒啊;
> 那茂盛的逶迤不绝的行列
> 无一幸免,一棵不剩
> 她们那挑逗的、散发檀香的
> 林荫,畅游或荡漾在
> 草地上,河水里,和风吹拂杂草蔓生的岸边。
>
> 啊,我们要是清楚自己干的是什么
> 就在我们砍伐刨挖的时候——
> 那是在砍剁踩踊生长的绿色啊!
> 这里的土地如此孱弱
> 摸一下吧,它们是如此娇嫩,
> 就像那光滑观察的眼球
> 哪怕微小的刺扎就会让她什么也看不见,
> 即使我们在这,我们的本意是去
> 砍了她,我们还会修复她,

---

① 全名为 Canon Richard Watson Dixon,是霍普金斯保持通信联系的友人之一。
② 戈斯托(Godstow)是泰晤士河上的一个小村庄,位于牛津西北部,距牛津中心约 4 千米,此地有戈斯托寺,即戈斯托修道院旧址。
③ 见 *Gerard Manley Hopkins: The Major Works*. Oxford:Oxford University Press, 2002, rep. 2009, p.359.

第六章 "快乐的英格兰"随"风"而去

> 就在我们砍伐刨挖的时候：
> 后来人怎能够想象到曾经的美景。
> 十来下，只要十来下
> 蹂躏的砍伐就结束了
> 这美妙独特的乡村美景啊，
> 乡村美景，乡村美景，
> 这美妙独特的乡村美景。①

（蔡玉辉、彭羽佳　译）

因为诗中描述的景象是诗人亲眼所见，所以诗行中真切可感地流露出一种难以抑制的惊诧、惋惜与愤慨。"全被砍倒了，砍倒了，是全被砍倒啊/那茂盛的逶迤不绝的行列/无一幸免，一棵不剩"；"全被砍倒啊"，"一棵不剩"，语气里充满了多少惊诧与愤慨；而原本"畅游或荡漾在/草地上，河水里，和风吹拂杂草蔓生的岸边"的"挑逗的/散发檀香的/林荫"，原本"茂盛的逶迤不绝的行列"都已经被"砍倒了"，语气里流露出多么深沉的叹息。

针对当时有些人认为将树木砍伐以后还可以再种植恢复的看法，诗人给出了自己的观点，认为这是一种脱离实际难以实现的美好愿望。诗人认为，这里的土地很孱弱，这些生长的绿色是如此娇嫩，它们"就像那光滑观察的眼球/哪怕微小的刺扎就会让她什么也看不见"，所以"只要十来下/蹂躏的砍伐就结束了/这美妙独特的乡村美景啊"。提出这些忠告后，诗人对乡村美景的逝去仍然耿耿于怀，连续三次重复"乡村美景"，惋惜、无奈、怅惘之情溢于言表，几乎难以自制。

如果说霍普金斯是将自己亲眼所见的毁坏美妙乡村砍伐白杨的事实诉诸诗歌是一个个例，那么在哈代笔下呈现的却是"埃格敦荒原"这

---

① 参见 *Gerard Manley Hopkins*: *The Major Works*. Oxford: Oxford University Press, 2002, rep. 2009, p.152.

一充满"原始性"和"人性特征"的生态群像。这里有"史前的残迹",有"苍茫万古如斯的荒原",有清纯如溪水、苍劲如古松、悲催如卵石的人物形象,有树木、山岗和房屋都有表情和脾性的自然风光①。但是在工业革命洪流的冲刷下,曾经美丽、富庶、清静、闲适的乡村而今却是一片萧条落寞;不管是挤奶姑娘②思虑着远去他乡谋求生计的男友是否会将她忘却,还是英年早逝其坟头已经长满荒草的鼓手霍吉③,抑或是在凛冽寒风中倚靠栅门的"向晚的画眉",诗行中描画的都是万物萧疏荒凉一片的景象,再也没有往日的莺歌燕舞、渔歌互答,或鸟语花香。请看哈代的描写:

  轮廓分明的大地,仿若
  百年的僵尸横野长躺,
  多云的苍穹是它的坟墓,
  凛冽的寒风为它唱起挽歌。
  古今不息的生机
  都已凋敝萎缩;
  大地上所有的生灵
  仿佛同我一样冷漠。

        (蓝仁哲　译④)

这是《向晚的画眉》("The Darkling Thrush")中的一节,写的是一只在寒冬傍晚的凛冽寒风中尚未回巢的画眉面对的冷漠环境:大地仿佛百年的僵尸,多云的苍穹成了大地的坟墓,凛冽的寒风似乎在为死去的大地唱起挽歌,本来古今不息的生机都已经凋敝萎缩,大地上所有的生灵

---

① 吴笛:《哈代新论》,杭州:浙江大学出版社,2009年,第27—28页。
② 蓝仁哲译:《托马斯·哈代诗选》,成都:四川人民出版社,1987年,第33—34页。
③ 同上书,第22—23页。
④ 同上书,第31页。

都变得冷漠。再看看《延宕》("Postponement")一诗中那只无处筑巢安身的鸟儿的处境:

> 冰天雪封的林中,
> 一种鸟儿发出一声悲鸣,
> 随风传到耳里,我听见
> 它如泣如诉的声音:
>
> "我计划在一棵枯树为她筑巢,
> 过路人见了却把我嘲笑,
> 说什么:'看那鸟儿乱蹦乱跳,
> 快乐得象投入情人怀抱!'
>
> "我惊骇不已,只好期待夏天,
> 在绿叶丛中把新房营造;
> 然而,经过烦恼的等待,
> 她对我的爱情已云散烟消。
>
> "啊,但愿我能象别的鸟,
> 生来栖在长青的树梢,
> 没谁看见我,嘲笑我,
> 说我快乐得象投入情人怀抱!"[①]

(蓝仁哲 译)

显然,这是一只栖居在城镇或乡村路边树林里的鸟儿,在"冰天雪封的林中"想给自己的情人筑一个爱巢,但过往的行人熙熙攘攘,骚扰着他

---

① 蓝仁哲译:《托马斯·哈代诗选》,成都:四川人民出版社,1987年,第11—12页。

无从下手,只好等到夏天,"在绿叶丛中把新房营造",但这个愿望还是无法实现,还是被人看见,被人嘲笑,而情人的爱也"云散烟消"!鸟儿多么希望"但愿我能象别的鸟/生来栖在长青的树梢",不受嘲笑,不受骚扰,安安静静地筑自己的爱巢。但在轰轰烈烈的工业喧嚣中,这只是一种奢望。

哈代在另一首诗《在林中》("In a Wood")里面,诗性我(poetic self)则换成了一个走进林中的人。我们来看看这个"我"的所见:

> 苍白的山毛榉苍翠的松,
> 耸立在那山丘上
> 浓密的树枝交叉着
> 遮不住你的白日?
> 雨帘轻扫滑落的时候,
> 什么亲密同伴的伤疤,
> 散滴着枯萎病的毒液
> 在邻近树枝上喷洒?
>
> 心跳骤止精神跛行,
> 被城市压迫的人,
> 我来到这片树林
> 就像回到卧巢心;
> 梦想着那树丛中的宁静
> 给我一片熨平的安稳——
> 自然是一缕温软的释放
> 将人从焦虑中放行。
>
> 但是,我才刚一走进,
> 大大小小的生长物

第六章 "快乐的英格兰"随"风"而去

给人们来了一阵类似的——
全都是交战的对手!
枫树挤靠着橡树,
细枝纠缠像上了轭,
常青藤缠绕到要窒息
那高高壮壮的榆树林。
白蜡树的戳碰,啊我去,
刺起来就像是嘲笑!
你,也一样,张扬的冬青
在荆棘丛边抽搐。
就是那一排排白杨
也透出对手的模样,
在深深的绝望中溃疡
即使是不被对手压倒。

从此后,我发现再无优雅
从树林来教我,
我转身回到我的归属,
这些经历也有所值。
那里至少充盈着微笑,
那里回荡着切切话音,
那里,时不时地,找得到
生命的坚强。①

(蔡玉辉 译)

诗性主体(poetic subject)都是树林,诗性我换成人又如何?结果还是

---

① https://www.poemhunter.com/poem/in-a-wood/,检索日期2018年12月2日。

147

一样。即使是远离城市的树林,也已经被工业革命的残酷竞争所荼毒和污染,已经没有昔日的那份宁静温馨和谐。林中的树木和蔓藤,原本是互生互助、共存共荣的同门兄弟姐妹,在适者生存的残酷斗争中,一个个都变成了相互倾轧互为对手的死敌。要么相互纠缠,死死地缠住对方,就像给对方上了轭,紧紧卡住对方的喉咙,直到对方窒息;要么用自己的枝丫去刺对方,"刺起来就像是嘲笑",要其在"深深的绝望中溃疡";要么让"散滴着枯萎病的毒液"往"邻近树枝上喷洒",使他的"伤疤"在腐烂中死亡。"我"本来是城市喧嚣和残酷生存环境的"受压迫者",指望着到树林中去疗治心灵和精神的创伤,"梦想着那树丛中的宁静/给我一片熨平的安稳——",没想到森林中昔日的和谐温良已经被残酷的恶斗所取代,"再无优雅"存在。"我"只好回到"自己的归属"城市里去。很显然,这样的森林自然是隐喻冷漠的人际社会,他是以肃杀冷酷的树林为喻体,隐示了一个维多利亚时代后期变得荒疏而又冷漠的乡村图景,与华兹华斯笔下的乡村景象之差别是难以道里计的。

尽管如此,吸吮着多塞特郡上博克汉普屯甜美乳汁长大的哈代,却始终难以忘却家乡那樱花树丛遮掩的林荫道,忘不掉那有着浓郁的田园色彩和牧歌情调的美丽如画的村落,忘不掉那里心地善良、民风淳朴、勤劳朴素的农人。直到他晚年还创作了《献给小巷相遇的路易莎》和《我们这些乡下姑娘》这样一些怀旧的诗句,前者抒发自己少年时光不敢向自己喜爱的姑娘表白而错过爱情的惋惜,后者从雨、雪、阳光三组意象入手,来描写纯洁无瑕的农村姑娘那从外到里的美丽、勤劳与善良。

对乡村美丽与纯净的赞美和感怀不仅出现在哈代、梅瑞狄斯、斯温伯恩、霍普金斯这些自然主义诗人的笔下,还流动于一些女诗人细密而又多愁善感的笔端,尽管大自然经受了工业化潮流的摧残,对于她们来说,这里仍然是充满了美丽、神秘、荣光和青春的世界。我们看一下艾米莉·勃朗特(Emily Brontë,1818—1848)的《地球依然是多么美丽》("How Beautiful the Earth Is Still"),就能感受到诗人对大自然充满的热爱、信赖、亲密和向往。

第六章 "快乐的英格兰"随"风"而去

地球依然是多么的美丽

对你——幸福有多么充溢；

塞入的真正病疾是多么微小

还有那危难的阴影痕迹；

春天是怎样带给你荣耀

夏日又是怎样使得你忘记

那十二月阴沉的岁月！

为什么你紧紧攥住那些财富

青春期的快乐，在你的青春已逝

和你的艺术在接近顶峰之时？[①]

（蔡玉辉　译）

在诗人眼里，尽管人类的活动已经给自然世界带来了很多损害，但被"塞入的真正病疾是多么微小"，"那危难的阴影痕迹"无关宏旨，"地球依然是多么美丽"，"对你——幸福有多么充溢"；"春天"的荣耀，"夏日"的红火，都是可以"紧紧攥住"的"财富"，值得期待，值得珍惜。这样美好的记忆一直储存在诗人年轻而充满期待的头脑里，她的很多诗作都描写了这些美好的时光，《回忆》（"Remembrance"）一诗就描写了诗人与妹妹安妮儿时所臆想的南太平洋上那个叫作"冈德尔岛"（Gondal）上的美丽景色，那个白雪皑皑、安谧温馨、宛若人间仙境的小岛，多么令人神往，即使将葬身于此也心甘情愿[②]。

丁尼生早年的诗歌有不少是从古希腊神话、史诗或中世纪传说中截取素材，像《尤利西斯》《提托诺斯》《食莲人》《女郎夏洛特》等均是显例。这些后来成为经典的诗歌表现的不仅是诗人对于英雄主义与集体

[①] https://www.poemhunter.com/poem/how-beautiful-the-earth-is-still/，检索日期2015年1月15日。

[②] Christopher Ricks (ed.), *The New Oxford Book of Victorian Verse*. Oxford: Oxford University Press, 2005, p.58.

主义的赞叹与向往,也是对一去不返的自然风光的惋惜与怀念。从许多描写自然景观与人文景观的诗行中,读者能深切地感受到诗人寄托的往古情怀。在《利奥体挽歌》中,诗人运用这种中世纪流行的16行六步抑扬格诗体,描画了一幅乡村暮景图:

> 渐暗的宽阔山谷中,低低的微风在吹动。
> 树干黑苍苍的松树间,只见远处波光闪。
> 小河流过高高的白杨,潺潺地朝下流淌,
> 浸过灯心草花丛,漫进玫瑰花的花荫中。
> 牧羊狗的吠声欢愉,蛐蛐儿啼唱着清曲,
> 野鸽子低声咕咕,小猫头鹰尖厉地号呼。
> 柔风吹过凉露滴,大地在初眠中轻呼吸;
> 溪水淌过的小潭上,飞虫群嗡嗡地哀唱。
> 牛的哞叫声悲而远,盈盈的水波多潋滟;
> 被松林遮暗的双峰,耸向已暗淡的碧空。
> 金星低回在双峰间君临一切,但女河仙
> 凭微微忐忑的激动,搂他在水下的怀中。
> 这千秋女诗家爱唱:他把万物带到世上,
> 来安慰疲惫的心,请带来我爱人罗莎琳。
> 你清晨黄昏总出现,但晨昏时她总不见。①

(黄杲炘　译)

诗人调动了多种艺术手段来加强描写的逼真、细腻、鲜活效果。在听觉上,"微风在吹动","小河""潺潺","牧羊狗的吠声","蛐蛐儿啼唱","野鸽子低声咕咕","小猫头鹰尖厉地号呼","飞虫群嗡嗡","牛的哞叫",宛如一首带有明显蓝色曲调的交响曲。在视觉上,"渐暗的宽阔山谷",

---

① 黄杲炘译:《丁尼生诗选》,上海:上海译文出版社,1995年,第8页。

"黑苍苍的松树",闪亮的"波光","遮暗的双峰","暗淡的碧空",这些意象都被镶嵌在乡村暮色这一背景之中,且随着时光的推移,光线的变化而渐次变换。它们从远至近,从亮转暗,从浓变淡,从清晰到模糊。这样的景致又随着诗歌内叙述人心情的变化而变化,从悠然到忐忑,从沉稳到激越,由从容到急切。显而易见,诗人是要通过这一幅乡村暮色图的色调和气氛来表现自己对美好自然的赞颂,对一去不返乡村美景的怀念。同时,从这些古代神话英雄故事里我们或可以解读出更多的内涵,诗人是不是用这些英雄主义和集体主义的行为来反衬维多利亚时代的"毫无诗意"或者平庸?抑或是以众神协力的集体主义来讽喻基督教义一元的专制?

丁尼生并不都是以古代题材来表达对"快乐的英格兰"的逝去的惋惜和忧虑,也在当代题材的诗歌中表现这一主题。他收入 1830 年《抒情诗集》(*Poems*，*Chiefly Lyrical*)中的一首《濒死的天鹅》("The Dying Swan")就真切表达了对一只濒临死亡的天鹅的无限哀伤:

一

草原萋萋,苍茫而空旷,
辽阔,苍茫,敞开向空中,
无处不在都充满了,
天穹下灰色的悲凉。
小河带着心声流淌,
漂来只濒临死亡的天鹅,
和着那刺耳的忧伤。
那恰是正午时光,
萎靡的风不停地吹,
卷起一片芦花飘荡。
……

三

> 带着深深忧伤中的奋亢，
> 荒野魂灵的张扬，
> 这野天鹅的亡魂之曲，
> 从低沉震颤渐渐到清晰嘹亮，
> 在天地间浮游飘荡，
> 哀歌悠悠，时近时远，
> 扣住了人们的柔软心肠。①

（江群　译）

这里的濒死的天鹅显然具有隐喻意义，讽喻的是人类的罪恶之手将这只美丽的天鹅猎杀，而引申的是美丽的大自然在人类的踩躏和捕杀下面临着死亡的威胁，就像这只天鹅一样。这样的隐喻一次次出现在文学作品中，如麦尔维尔（Herman Melville，1819—1891）的《白鲸》（Moby Dick），卡洛尔的《捕猎蛇鲨》，以及托马斯·莫尔（Thomas Sturge Moore，1870—1944）的《天鹅之死》（"The Dying Swan"）②等，都是在隐示着同样的警世名言。

这样的警世和忧虑在主张为艺术而艺术的唯美派诗人那里也得到了体现。一向以愤世嫉俗的思想观念和行为而著称的王尔德同样投入了并非杞人忧天的时代潮流，他在《绝望》（"Desespoir"）一诗中对自然四季转换就给出了一贯出人意料的描述：

> 季节逝去都会留下自己的残留，
> 就像春天里的水仙高昂着头
> 玫瑰不盛开如火就不会枯萎

---

① Robert Hill (ed.), *Tennyson's Poetry*, 2nd ed. New York: W. W. Norton & Company, 1999, pp.28-29.
② 参见 http://www.poemhunter.com/poem/the-dying-swan/，检索日期 2015 年 10 月 30 日。

第六章 "快乐的英格兰"随"风"而去

> 秋天的风吹落紫罗兰的花冠
> 纤细的番红花激动了冬天的雪;
> 为什么那里落叶的树枝会再次开花
> 灰白大地经夏雨洗礼绿意盎然
> 长出了驴蹄草让男孩们刈割。
>
> 什么样生活里的痛苦饥饿之海
> 跟在我们身后流淌,无光黑夜的阴暗
> 遮蔽住了白昼使它再也不回来?
> 曾经燃烧的雄心、爱情和全部思想
> 我们都失去得太快,只发现快乐
> 被包裹在僵死记忆那枯萎的茧衣里。[①]
>
> (蔡玉辉、彭羽佳 译)

四季的转换表现在不同的花朵上:从冬天的水仙,到春天的报春花,到夏天的玫瑰,到秋天的紫罗兰,再到冬天的番红花,它们都在前赴后继地轮换着,但生活却处在"痛苦饥饿之海/跟在我们身后流淌,无光黑夜的阴暗/遮蔽住了白昼使它再也不回来?""曾经燃烧的雄心、爱情和全部思想/我们都失去得太快,只发现快乐/被包裹在僵死记忆那枯萎的茧衣里"。诗人在这里显然是以自然变迁来反衬生活环境的巨大变化,隐示着美好不再的感叹。

王尔德还在《晨的印象》("Impression Du Matin")一诗中描写了污染中的伦敦清晨景象:

> 泰晤士河的夜晚灯红酒绿
> 变幻成一片灰色的混沌:

---

① 参见 http://www.poemhunter.com/poem/desespoir/,检索日期 2015 年 10 月 30 日。

> 一只驳船装满了赭色的干草
> 驶离码头;寒冷而清凉。
>
> 黄色的雾团匍匐滚动而来
> 顺着桥梁,直逼房屋的墙角,
> 似乎又变得影影绰绰,圣保罗教堂
> 隐隐约约就像城市上空的气泡。①
>
> (蔡玉辉 译)

诗歌里从遣词用韵都充满了清凉、凄凉甚至悲凉的韵味,感觉到的不仅是客观空间的灰暗、模糊、清冷,还有出自心底的阴冷、湿腻、窒息,甚至哀伤,那是一种因自然世界里的美在工业化巨浪下一点点被吞噬的悲哀。19世纪后期伦敦的空气污染情况在很多文学作品和非文学写作中都有多层面的展现,比如《伦敦传》(London: A Biography)里对这一时期的伦敦雾就有这样的记载:

> 五十万吨煤烟融进城市上空的蒸汽,"一半蒸汽源自破损的下水道",生成这种"伦敦特色",漂浮在距离地面两百至两百四十英尺的高处。关于烟雾的颜色,人们看法各异。有人说是黑色,"就是一团漆黑,中午黑得尤其分明";有人说是深绿色;也有人说似豌豆汤的黄色,阻止所有交通,"似乎要将人噎死";也有人说是"橙色蒸汽";或者"黑巧克力色的棺材罩"。不过,似乎人人都注意到烟雾浓度的变幻,有时融进日光,或者各种颜色的雾气相交融。越接近市中心,颜色就越浓重,最后在城市中央变成"一团雾蒙蒙的黑暗"。1873年有七百起"额外"死亡,其中十九起是行人径直走进泰晤士河、码头或运河。有时,雾气来去悠悠,烟雾和昏暗的颜色

---

① http://www.poemhunter.com/poem/impression-du-matin/,检索日期2015年10月30日。

随疾风袭过伦敦街道,但通常一连逗留数日,阳光只能偶尔穿透冰冷的黄雾。[①]

但这首诗却别具一格,截取清晨这个经历了一个夜晚的休息和沉淀后本应清明、清新、清醒的时刻,却被一片黄色的雾笼罩,这与阿克罗伊德笔下的伦敦雾形成互补互证:一个是诗人笔下想象的艺术世界,一个是历史学家笔下的真实世界,但这两个原本不同的世界却处在同一种浓雾之中;相形之下,王尔德的艺术世界还是没有阿克罗伊德的真实世界那么具体,那么真切,那么令人心生厌恶和恐惧。他那夹杂着真实记录的描写,黄色的、橙色的、深绿色的、黑色的浓雾,就像一个巨大的黑巧克力色棺材罩,笼罩在伦敦的上空,挡住了日光,让人们分不清白天黑夜,分不清街道房屋,看不清道路河流,仿佛置身于一个黑暗无边的世界里。产生于19世纪后期伦敦的不同的文学艺术表现形式,都具有同样的社会环境背景,那就是处在工业化进程中的伦敦雾,成了伦敦人的噩梦,在王尔德那里掩盖了多少丑恶,在阿克罗伊德那里引起了多少疾病与死亡。

---

① 彼得·阿克罗伊德:《伦敦传》,翁海贞等译,南京:译林出版社,2016年,第362页。

第七章　自然追怀

与自然交融无间是人类在与自然交往的过程中逐渐发现的一种理想状态,也是一代又一代人追求的一种目标。天人合一是我国古代哲学思想中的重要观点,"最早由战国时子思、孟子提出,他们认为人与天相通,人的善性天赋,尽心知性便能知天,达到'上下与天地同流'"。庄子认为"天地与我并生,而万物与我同一",西汉董仲舒提出"天人之际,合而为一"[①]。西方关于人与自然和谐统一的观点最早见于古希腊的毕达哥拉斯学派,只不过他们论述统一和谐的载体与我国古人所指的有所不同。他们认为,人类使用的数、音乐、语言等都贯穿了神的意志,并且以一一对应和矛盾共存的形式达到和谐的状态。他们认为,数的有限与无限、奇数与偶数、一与多都构成对立的和谐,音乐中不同音调、音阶和音程也是以简单的数的比例形成一种和谐状态,形成了宇宙谐音[②]。

到了文艺复兴时期,人文主义思潮在打破中世纪神学垄断地位的同时也让顶天立地的人逐渐向世界舞台的中心位置移动,成为宇宙和社会中被上帝创造和赋予重任的骄子。随着工业革命所带来的科学革命、技术革命、机械革命以及生产方式革命的一步步成功,人类所表现

---

① 见夏征农主编:《辞海》,上海:上海辞书出版社,2000年,第1486页。
② 见蒋孔阳主编:《西方美学通史》第1卷,上海:上海文艺出版社,1999年,第66—71页。

出来的无限能力让许多维多利亚人在沾沾自喜的同时,开始在地质论、进化说等新理论冲击下质疑上帝创世说的权威。尽管如此,这一时期占据观念世界阵地的还是神化自然观。诗人们笔下的自然既是上帝意志的承载物,也是投射诗人情感和观念的吸附器。人在沐浴着神性之光的自然里得以驰骋其天性,敞开其胸怀,裸露其胴体,释放其情感;自然也在人的欣赏和畅享中慷慨无遗地敞开自己:或风暴恣肆,或湖山静谧,或长空一洗,或鸟语花香,或溪水潺潺,或海浪滔滔,不一而足。

如前一章所论,可以称为人与自然高度和谐的"快乐的英格兰"却在工业化洪流中被冲刷得七零八落,维多利亚诗人愈发产生对逝去乡村美景和田园风光的向往与思念。他们一方面利用诗笔对工业化弊端加以批评和鞭挞,一方面将诗笔投向那些还没有被污染和破坏的乡村,或回忆和缅怀乡村宁静清纯的过去,或关注和担忧这些乡村的当下与未来命运,或描述乡村自然的旖旎美丽安谧风光,或展开丰富想象去寄托自己对乡村田园风光的向往。看看下面这些诗作,我们或许能感受到维多利亚诗人们与自然同喜同忧呼吸一脉的情感表达。

那边来了位懒洋洋的陌生人,被喧闹吸引,
一头扎入河中,不见了;
他看见了那群男孩子,他们
胆大如入水海豚亮着白肚皮身躯挤作一团,
地上,空中,和水里相互交融,交替出现浑然一体。
水花的花环在他的胸膛闪耀,
汇聚成这样的热情,
夏日的喜悦,
他躲进毗邻的水潭;发现了最美的
在那里:最甜美、最清新、最荫蔽
仙境一片;丝毛榉,卷桦木,织梧桐,莽山榆,苦角树,鳞次栉比。
一簇簇轻而薄的树叶,描画般放置在空中,

静静悬挂似老鹰,似天蛾,或者像星星,像天使;
就像某种东西了无尘埃,但从未离开过根基。
他在这里饱餐,一切都美好! 不再要:脱下了,他甩脱下
两件漂白色的毛织的衣装:
不在乎它们有彩色的条纹,
全摊在地上;随后用绳子扎起
往前下垂,额头蹙,嘴唇抿
笑对易如反掌的任务,一双靴子
他很快就拉开,最后他拉扯掉,
直到可以光着脚走在地面上;
来到了一道围堰旁,整个围坝高大结实;
都是用自然采掘、自身打磨的巨石砌成,
河水流声如鸟鸣,激流浪花装饰着银色镜亮绿草,
带着自天而降的新鲜,来自宁静的沼泽之边,
夜以继日永不停息。他希望,他希望这里的河水
冰凉轻柔分流过他的四肢,
久久地。我们留下他在那里,他雀跃若狂地四顾,大笑,游泳。[1]

（蔡玉辉、彭羽佳　译）

  这是杰拉德·霍普金斯《新婚颂歌》("Epithalamion")中的片段。诗中描写男子和儿童在青山潭水中尽情戏耍的画面,尽显风光无限的自然美景,又完整描画出人如同游鱼走兽一般融于自然之中的景致:"丝毛榉,卷栎木,织梧桐,莽山榆,苦角树,鳞次栉比","河水流声如鸟鸣,激流浪花装饰着银色镜亮绿草","那群男孩子,他们/胆大如入水海豚亮着白肚皮身躯挤作一团,/地上,空中,和水里相互交融,交替出现浑然一体",而那位男子,"一头扎入河中,不见了;""水花的花环在他的

---

[1] 见《译林》,2011年第3期,第201—203页。

胸膛闪耀,"也就像一条在水中嬉戏的鱼儿。诗歌的题目是《新婚颂歌》,根据研究,这首诗是作者献给于 1888 年 4 月结婚的弟弟埃弗拉德(Everard)的[①],诗中充满了欢乐、幸福、祥和、喜庆的气氛,诗歌最后还描写了一家人围在山林中的石桌旁的场景。很显然,虽然是庆贺婚礼,但并没有描写西方人举行婚礼的通常场面,诸如教堂、圣歌、管乐之类,有的是那位新人在如画的山林中漫步、在清澈的潭水中畅游的其美薰薰之境,是新人一家沉浸于自然美景之中的其乐融融之状,这足以说明诗人将自然看作是人最贴近最温馨的家园。

霍普金斯的另一首诗《彭美恩湖》则描写了游人尽情享受彭美恩湖的自然风光,与山水浑然一体的人、山、水交融图。

谁向往休憩,谁寻找惬意,
远离商场、官场,或者学校,
哦,到哪里度过你那悠闲的假期,
来这里,来到彭美恩湖?

是否敢攀登高山?是否敢驾舟破浪?
这儿每样运动都配置有用具:
来吧,带上行装去卡戴尔峭壁;
来吧,带上双桨去彭美恩湖。

远方是什么?——灰暗色的迪菲斯山:
三座山丘成了巨人的板凳,
就像灰白色的同桌食客,用滚刀和门柄
分成两半是彭美恩湖。

[①] 见 *Gerard Manley Hopkins*:*The Major Works*. Oxford:Oxford University Press,2002,rep. 2009,pp.384 - 385.

尽收眼底的全部景致，
在自然的法则下，归于宁静，
驾驭着不断出现的风雨雷电，
在这清澈仙境般的彭美恩湖。

看得见北斗星，妙不可言的七颗星，
羊群般的云朵簇拥成羊绒的世界，
它们都闪闪发光，高居天际，
摇曳更闪亮在彭美恩湖上。

毛萨赫河，旅行多轻快！尽管有时
涌涨的潮汐会溢满她的身体，
但落潮时，迷惑的沙洲在河水的冲刷下
阻碍了她的行程，穿越了彭美恩湖。

暴风雨来临时能看到什么，
灰蒙蒙阵雨聚集，阵风清凉？
啊，那雨滴淅淅沥沥纠结在一起，
水面装饰是彭美恩湖。

即使是在最乏味的冬季，
新年季节或是圣诞时候，
鹅毛雪花飞，一簇接一簇，笼盖在
微暗微暗的彭美恩湖上。

曾记否，如果你有度假的时光，
将此作为最佳的处所，（谁
不会以此为乐？）麦啤酒像金色的泡沫，

  荡起桨倘佯在彭美恩湖上。

  来此的人们都渴求宁静快乐，
  离开商场、官场或学校，
  那就来此挥洒你的时光和财富
  品味彭美恩湖提供的盛宴。①

（蔡玉辉、彭羽佳　译）

  诗人借一位游人之口，叙述了在彭美恩湖上享受自然美景的经历，抒发了自己沉浸自然、忘情山水、清净身心的感受与情怀：只见他"攀登高山"，"驾舟破浪"，攀"卡戴尔峭壁"，荡桨放歌，在湖里游泳击水，在湖面披沥暴风雨，纵情畅怀于山水风雨之间，在宁静幽美的大自然里，忘却了商场、官场和学校的一切烦恼，几乎是流连忘返。若是比较一下，可以看出这样的场面和经历与《桃花源》里的描述有些类似。类似研究可以从约翰·帕汉姆(John Parham)的《绿色霍普金斯：诗歌与维多利亚生态批评》中看到，作者考察了诗人从中学时代就开始的生态意识，从生态哲学、生态神学和内质与内应力等方面分析了霍普金斯诗歌的生态内涵②。

  如果说《新婚颂歌》描写的是其弟新婚之际一家人与自然美景融为一体，《彭恩美湖》描写的是游人与自然美景融为一体，那么，梅瑞狄斯的《山谷之爱》则是从男子的视角去描写他的心上人与自然美景融为一体的画面：

  远处绿草地上屹立着一棵山毛榉，
  她金色的头斜靠着胳膊，躺在树下，
  双膝微屈，波浪般的长发悄然滑下，

---

① 参见：《译林》，2011 年第 3 期，第 201—203 页。
② John Parham, *Green Man Hopkins: Poetry and the Victorian Ecological Imagination*. New York: Rodopi, 2010, pp.99 - 144.

我年轻的爱人熟睡在树荫里。
我是否忍心伸出胳膊到她身后，
缓缓揽入怀中时，亲吻她微微张开的双唇？
惊恐之中醒来的她只有用拥抱来回应我，
那么她会一直抱着我而不再撒手吗？

她有如松鼠般害羞，燕子那样任性，
她如燕子般在河面上沿着波光轻盈地转着圈，
除了短暂的停留便不停地飞啊飞，
她的滑翔甚至比飞翔还要快捷。
她又像在松树顶跳来跳去的松鼠那般羞怯，
更像黄昏时头顶上空燕子般任性，
我爱的人啊难以捉摸更难以征服，
然而，赢得芳心虽难却无比荣耀！

……

她和一群美丽的同伴走下山坡，
手牵着手，背对着落日的余晖，
她勇敢放声高歌，踏着欢快的旋律大步往前走，
她的身影英姿飒爽，她的内心纯净甜美，
正是这甜美将我的心初次唤醒。
全世界都在低语：她就是那晨曦。
对她强烈的爱使我希望她的美丽永驻，
但愿她没有束缚，但愿她一直自由。①

（宋庆文　译）

---

① 引自 http://www.poemhunter.com/poem/love-in-the-valley/，检索日期 2014 年 12 月 16 日。

梅瑞狄斯是七次被提名为诺贝尔文学奖候选人的诗人兼小说家，著述甚丰，共出版了 19 部小说，15 部诗集（篇）。他酷爱自然，一生中的大部分时间都居住在伦敦西南部萨瑞郡的伯克斯山（Box Hill）上的住宅里，并在这里完成了他的大部分作品。自然于他，犹如水之于鱼，林之于虎，空气之于人类。诗中的"她"如跳跃于松树枝丫间的松鼠，飞翔于湖面上的春燕，在山谷间和波光里尽情嬉戏，而"我"则如蝶绕草丛、蜂聚花蕊般看着、追逐着、想象着心中的情侣：心爱的女子慵懒地躺在那里，"熟睡在树荫里"的"年轻的爱人"就像是一朵半闭半合的花，引起"我"无限的爱恋和遐想，我想"缓缓揽入怀中时，亲吻她微微张开的双唇"，但又不忍惊扰她的美梦，站在旁边的"我"既像遮阴挡雨的树冠，又像怜花惜玉的护花使者，与山毛榉、绿草地、在树梢跳动的松鼠和空中翻飞的燕子构成了一幅美人、恋人、树木、草地、花鸟、松鼠交相辉映亲密无间的憩息图。"我"的脑海里展开了一连串丰富的想象：眼前的情人，或如一尊美神在"树荫"里"熟睡"，或如"松鼠"在松树顶跳动，或如"燕子"在水面"滑翔"；那"金色"的"长发"如"波浪般""悄然滑下"，那轻盈的身姿如春燕的滑翔；那情侣的神情容态，"如松鼠般害羞"和"羞怯"，又如"燕子那样任性"；"我"面对着熟睡的情侣，迟疑着"是否忍心伸出胳膊到她身后，/缓缓揽入怀中时，亲吻她微微张开的双唇？"如果她"从惊恐中醒来"，她"会用拥抱来回应我"，"会一直抱着我而不再撒手吗？"这里所选录的是诗歌的第 1 节、第 2 节和第 6 节，就这短短几个诗节的描述，将一对情侣在山谷间嬉戏、游玩、打闹的场景表现得如此惟妙惟肖，将男子的想象也表现得细腻逼真，若非诗人有着长期居住并游走于自然乡间山野的亲身经历，是难以达到如此逼真效果的。

如果说上述诗歌描述了恋人、爱人、亲人在白天状态下与自然美景融为一体的情景，布朗宁的《夜会》（"Meeting at Night"）则重现了一对恋人在夜晚状态下融于自然的景致：

> 灰蒙蒙的大海，黑幽幽的长岸，
> 刚升起的半个月亮又大又黄；
> 梦中惊醒的细波碎浪跳得欢，
> 像无数小小的火环闪着亮光——
> 这时，我直冲的小船进了海湾，
> 擦着黏糊糊的淤沙速度减慢。
>
> 走上三里多风暖海香的沙滩，
> 穿过了三丘田地有农舍在望；
> 轻叩窗玻璃，接着清脆一声响——
> 嚓！忽地迸出火柴的蓝色火光。
> 充满了喜乐惊怕的轻叫低唤，
> 轻似那怦怦对跳的两颗心房。[①]

（黄杲炘　译）

"灰蒙蒙的大海，黑幽幽的长岸"，又大又黄的初升的月亮，从天际划来一叶扁舟，船上一位年轻人划着双桨，桨声惊醒了平静的海湾，细浪微波在黄色的月光中起舞闪光；小船快要靠近岸边，急促中停下的船体擦划着海沙发出哧哧的响声；匆匆跳下的年轻人奔跑着穿过还散发着海风暖气的沙滩，又跨过了几块田地，终于看到了一幢农舍；他轻轻叩了一下窗玻璃，刹那间，只听见屋内"嚓"一声，闪出一片蓝色的光；年轻人闪进屋里，紧紧拥抱的一对恋人传来又惊又怕又激动不已的低唤声。这一片幽谧的环境，伴随着幽密的行为，衬托着炽热的情感和火热的心肠，把一对恋人忘情于静谧如水的月光夜色之中幽会的场景描述得栩栩如生，活灵活现。在这里，人在景中，景在人中，人景交融，将人与自然的和谐一体表现得淋漓尽致。

[①] 王佐良主编：《英国诗选》，上海：上海译文出版社，2011年，第399页。

布朗宁在这里描写的是情人幽会场景中人与自然美景的交融,梅瑞狄斯在《致夜莺》("To a Nightingale")中则是抒发了人、鸟、自然之间的情感交流:

哦,夜莺!你如何学会了
驻巢鸽子的音符?
在你的巢穴下,蕨树枯垂着头,
天空也没有了白云悠悠。
丰富的七月天色多变,
往常天色渐晚时你总会高歌。
用你奇妙的嗓音唱出喜乐,
更唱出狂热的振奋,歌声远扬。
然而,你竟没有放歌,只低声"咕咕咕",
也没有听到你歌颂醇香果实的甜美歌喉,
却发现你独自在暮色里久久地
为花儿唱起了无声的挽歌。

哦,夜莺!你正是因此
而效仿鸽子的吧!
体验过婚姻的幸福
方才懂得舐犊情深。
一丛丛的蕨树终会枯萎,燃烧,
青草、鲜花和自然万物皆会凋零,
松香味慵懒地张开翅膀
在橡树谷上空浮游,
而你却只会低声地"咕咕咕",
孵幼中的你,胸脯占满了整个鸟窝,
在那首为年轻一代谱写的歌曲中,

未来正围绕着他们在放声高歌。①

（宋庆文　译）

诗人在这里描写了一只夜莺正在专心致志地孵化幼儿的场景。她不像往常那样在夜晚来临时放声歌唱，"也没有听到你歌颂醇香果实的甜美歌喉"，"而你却只会低声地'咕咕咕'，/孵幼中的你，胸脯占满了整个鸟窝，/在那首为年轻一代谱写的歌曲中，/未来正围绕着他们在放声高歌"。这只夜莺为了年轻一代的成长，放弃了自己的歌喉和欢乐，全副身心投入孵化后代的献出中。在这只夜莺身上显然投射了诗人的人化自然的情怀。

像这样描述人与自然交融如一的景致，或是抒发天人合一之感慨的维多利亚诗歌还有很多。梅瑞狄斯笔下的《一年中最美的时节》（"The Sweet O' The Year"）就描写了一幅春光明媚、万物复苏、大地春晖的图景：

此时，瘦弱的青蛙饥肠辘辘，
打着哈欠从梦中醒来，
在水沟里寻觅着，舒展和跳跃
身手如此迅捷，不远处：
湿地的马蹄草儿油亮油亮，对他说，
"这是一年最美的时节"。

……

墙头的茧儿绽开了
飞跃出一个崭新的生命，

---

① https://www.poemhunter.com/poem/to-a-nightingale-2/，检索日期2018年12月18日。

小小的身躯满是喜悦，
铃儿和杯儿擦得铮亮，他看到，
"这是一年最美的时节"。

……

快乐的少女们宛若仙子，
编织着花环，挑选出皇后，
如绿叶丛中的鲜花般
漫山遍野地怒放，
少女们为春天而激动，因为
这是一年最美的时节。

……

现在，万物都苏醒了，
从小鸟到甲虫，从人类到鼹鼠；
勤劳的正用双手筑起爱的巢穴，
爱唱的引吭高歌直入云霄：
满怀着信念，诚挚地喝彩，
欢迎来到一年中最美的时节。①

（宋庆文　译）

"瘦弱的青蛙饥肠辘辘，/打着哈欠从梦中醒来，""墙头的茧儿绽开了/飞跃出一个崭新的生命，/小小的身躯满是喜悦，""快乐的少女们宛若仙子，/编织着花环，挑选出皇后，"是啊，"现在，万物都苏醒了，/从小鸟

---

① https://www.poemhunter.com/poem/the-sweet-o-the-year/，检索日期2014年12月16日。

到甲虫,从人类到鼹鼠"。这是"一年中最美的时节",春姑给天空、大地、森林、鸟兽、人类都带来了新的生命、新的气息、新的状态,而一切都在自然这个大世界里和谐相伴。

丁尼生也是描写人与自然和谐如一的大诗人。他的很多名作都表现了这一主题。《食莲人》("The Lotus-eaters")借助古希腊史诗《奥德赛》的情节框架叙述了归国途中的勇士们滞留食莲人岛国的故事,这里水手们被岛上美丽风光和闲适环境所吸引,其实也就是迷恋上了岛上那人与自然融为一体的情景和环境。在经过了长期战争血与火的磨难,又经历了海洋上各种风险和灾难的折磨之后,面对着岛上那天人合一又温馨、轻松、舒适的自然环境,怎能不留连而忘返呢?!

在《小溪之歌》("The Brook")中,诗人以第一人称拟人化的手法来叙述小溪的欢笑旅程,一路流经山林、草地、沼泽、田野、村庄的经历,沿途与和风细雨为伴,与水草、鱼虫、村落、小桥、毋忘我、树木、飞鸟和谐相处[①]:

  我来自鹬和鹭的栖息地,
  忽然间我奔突而出;
  我淌出了蕨丛,闪闪熠熠,
  潺潺地淌下了山谷。

  我匆匆流经三十座山包,
  有时在山梁间溜过,
  经过一个小镇,五十座桥,
  还有二十来座村落。

  最后我流经菲利的农庄,

---

① 见黄杲炘译:《丁尼生诗选》,上海:上海译文出版社,1995年,第155—157页。

去汇入滔滔的江河；
因为人们既有来也有往，
而我却永远向前流。

……

我曲曲折折流过了田野，
流过突在溪中的地，
地里种的是锦葵、千屈菜，
我却冲刷着岩壁。

……

我在萋萋的草地边遛过，
滑过郁郁的榛树林；
为有情人而生的毋忘我，
我经过时把它摇动。

滑行在掠水飞的燕子间，
我忽明忽暗在流淌；
我叫筛落的日光舞翩跹——
在我清浅的河床上。①

（黄杲炘　译）

　　丁尼生诗歌表现人与自然交融如鱼水这一主题最为称道的是他在《公主》长诗中插入的几首短小的抒情诗，其中尤以《轻柔的风，低微的

---

① 见黄杲炘译：《丁尼生诗选》，上海：上海译文出版社，1995 年，第 155—157 页。

风》("Sweet and Low Wind")、《霞光照射在城堡的高墙》("The Splendor Falls on Castle Walls")、《泪,空流的泪》("Tears, Idle Tears")、《红花瓣睡了》("Now Sleeps the Crimson Petal")最为知名。这些短小的诗歌节奏明快,韵律优美,意象清新,意境高远。在《轻柔的风,低微的风》里,诗人这样描摹轻风、年轻的妈妈、幼儿、月色、银帆之间相抚相揉、相依相伴、亲密无间的场景:

轻柔的风,低微的风,
吹自西方的海面上,
微微地吹来一阵阵,
吹自西方的海面上!
吹过海面上的波浪滚滚,
吹自将隐没的月色昏沉。
把它吹回到我身旁;
趁我漂亮的小宝贝熟睡。

静静地睡,稳稳地睡,
爸就会来到你身边;
睡呀睡,在妈的怀里睡,
爸就会来到你身边;
爸就会来看窝里的小宝贝——
凭着西天里月儿的银辉
和张起的面面银帆:
睡吧睡吧,我漂亮的小宝贝。[①]

(黄杲炘 译)

---

① 见黄杲炘译:《丁尼生诗选》,上海:上海译文出版社,1995年,第159页。

有评家指出,"这是一首甜美、轻柔的摇篮曲。诗中少妇一边低声吟唱,呼唤着轻风把丈夫吹回到自己身边,一边摇晃着小宝宝,让他快快入睡。全诗通过轻柔低微的风,昏沉的月色,甜甜入睡的小宝宝和面面张起的银帆等意象勾勒出一个恬静、梦幻般的世界。①"

如果说《轻柔的风,轻微的风》是以轻风作为连通自然与人的纽带和桥梁,作用于读者的触觉来感知轻风的温柔与爱意,在《霞光照射在城堡的高墙》中则是以号角声的声波、声浪、声回环作用于读者的听觉来展现人与自然的交融:

  霞光照射在城堡的高墙,
  在名扬于传说的积雪山巅;
  悠长的斜晖摇荡在湖上,
  狂野的飞瀑辉煌地四溅。
  吹吧,号角,吹吧,叫荒野的回声远飞;
  吹吧,号角;应吧,回声,再渐渐低微、低微。

  倾耳听吧! 多细微清晰呀,
  越传越远,越是细微清晰!
  精灵之国的号召声多美——
  它隐隐发自远远的峭壁!
  吹吧,让我们听听紫色溪谷的回声娓娓;
  吹吧,号角;应吧,回声,再渐渐低微、低微。

  爱人哪,回声消失在霞天,
  飘忽在山岭、田野、河面上;
  我俩的心灵间也有回声,

---

① 钱青主编:《英国19世纪文学史》,北京:外语教学与研究出版社,2006年,第163页。

来回中永远永远在变响。

吹吧,号角,吹吧,叫狂野的回声远飞;

吹吧,号角;应吧,回声,再渐渐低微、低微。①

(黄杲炘　译)

这里贯穿始终的是一曲悠扬高亢的号角声。号角声从何而起,从何而来,诗人没有给出明确的交代,它也许"隐隐发自远远的峭壁",也许来自"精灵之国的号召"。来自哪里并不重要,重要的是它的回声如同"精灵之国的号召"在诗人的听觉所到之处甚至听觉不到之处回响:它在高墙内回响,在积雪山巅和山谷中回响,在"斜晖摇荡在湖上"回响,在"狂野的飞瀑"间回响,在"紫色溪谷"中回响,也在"我俩"这一对"爱人"的"心灵间"回响,并且在"来回中永远永远在变响"。这是"荒野的回声",是"溪谷的回声",是"狂野的回声",也是"我俩"心灵的回声。这回声,聚雪山之空灵,汇湖光之灵韵,收飞瀑之狂野,采田野之宽阔,含城堡之深邃,融心灵之幽冥;这回声,或高亢远飞,或细微清晰,或娓娓如诉,或渐渐低微;它穿梭于高山大宅之间,消失在霞天之上,飘忽于山岭阡陌河面。它是自然中的精灵与人的心灵的对话,是自然美与心灵美的交融。也许正是这首小诗充满的音律美、意象美、节奏美使得它不仅成为诗坛的经典杰作,后来也成为音乐家们竞相采用的谱曲对象,一首首动人的歌曲据其谱出②。

遗憾的是,这样的交融和谐在整体上已经逝去,只能停留在斯温伯恩笔下的梦境(dreamland)里,寄托于丁尼生笔下的古代题材里,托喻在霍普金斯笔下的宗教世界里,隐藏在梅瑞狄斯笔下的想象中。势如冰河纪逐渐北移冰川的工业化浪潮不仅吞噬了自然世界的"快乐的英格兰",也在侵蚀消磨着诗人们心中的"快乐的英格兰",不断加剧的环

---

① 黄杲炘译:《丁尼生诗选》,第159—160页。
② 参见 W. McNaught, "Gramophone Notes", *The Musical Times*, Vol. 87, Jan., 1946, pp. 16 - 19.

境污染和环境破坏在不断打破他们美好愿望的同时,也促使他们去思索和拷问:究竟是哪里出了问题,才会导致自然环境和社会环境不断被破坏？在新的社会环境里人与自然究竟是一种什么样的关系？上帝造就的万千世界就这样软弱无力吗？上帝造就的世界和造就的人就一定得要相互伤害吗？

第八章 "自然之问"

自然环境对于维多利亚人来说具有两面性：一方面，环境在被破坏的同时也伴随着自然灾难及其引起的变迁，这些灾难和变迁使维多利亚人充满困惑，因为这些新现实远远超出了他们头脑中的观念现实，即自然与人一样，都是上帝的创造物，都充满了神的意志与力量，是上帝神性和伟力的体现。但是，这种以神学为根基的观念世界自18世纪后期开始接二连三地受到如进化论、地质学说、光学等新理论、新思想和新发现的冲击和挑战。另一方面，随着文艺复兴以来自然科学的不断进步，随着工业革命带来的技术发明尤其是机器和各种仪器的发明，人类征服和改造自然的能力大大提高，在进化论观念的鼓动下，维多利亚人信心满满，"时代给了他们急需的一切，有可依赖的力量源泉去处理那么多复杂而又巨大的问题，使得他们似乎是无往而不胜的"。"他们信心的直接来源就是人类在近期的大踏步前进中实现了恒久以来的梦想，征服了他们的自然环境。有史以来，人类和自然一直处于敌对状态，现在有赖于科学知识的增长，人类赢得了胜利，将自然踩在脚下。[1]"曾记否，哈姆雷特喊出那著名的内心独白，这样的声音几百年来一直在人们耳畔回响："人类是一件多么了不起的杰作！多么高贵的理

---

[1] D. Richard Altick, *Victorian People and Ideas—A Companion for the Modern Reader of Victorian Literature*. New York: W. W. Norton & Company, 1973, p.107.

性！多么伟大的力量！多么优美的仪表！多么文雅的举动！在行为上多么像一个天使！在智慧上多么像一个天神！宇宙的精华！万物的灵长！"①自那以后，对人类自身的讴歌和赞颂不绝于耳，到浪漫主义诗人这里就达到了高峰。无论是雪莱那要西风听从自己的意愿去横扫一切的豪气，还是拜伦笔下对"唐璜这小伙子的无所不能，无所不干②"的礼赞，还是华兹华斯十四行诗中对自由的歌颂，还是济慈笔下对将人体之美与艺术之美完美结合而至永恒的美的诵唱，都贯透着一种信念或者观念：人是这个世界上最聪明、最能干、最有潜力、最有统治力的造物，他是上帝将一切优秀品质都赋予其一身的造物。

但是，这样的信念很快就受到了接二连三的挑战。对上帝创世观念的首次较大冲击波来自三卷本《地质学原理》(*Principles of Geography*，1830—1833)。作者查尔斯·莱尔（Charles Lyell，1797—1875）在书中提出了具有颠覆性的地质假说，提出他在经过多年的观察后发现，地球表面现存的状态完全是因为自然界中的一些自然力量，比如风暴、水的侵蚀、岩石风化、沉淀等经过长期作用而形成的，而地球上的一代一代的生物种类又因为历史上地球表面不停的变化而有些走向消亡，因为它们无法适应变化了的地质和气候条件。这一假说显然对于上帝造世说的挑战是颠覆性的，也就是说，地球表面的现存状况并不是上帝按照一定意志创造出来，而是因之于风雨雷电等自然力量的作用，这在当时的知识分子中间产生震撼性影响是自然而然的。比如达尔文，在他年轻时就受到过《地质学原理》的很大影响③。

对观念世界形成第二波冲击的是《物种起源》的出版及其基本观点的广泛传播，其对于上帝创世说的颠覆和震撼要比《地质学原理》更为

---

① 莎士比亚：《莎士比亚全集》第九卷，朱生豪译，北京：人民文学出版社，1978年，第49页。
② 钱青：《英国19世纪文学史》，第51页。
③ 参见 Eleanor Mattes, "The Challenge of Geology to Belief in Immortality and a God of Love" in *In Memorium*, Erik Gray (ed.). London: W. W. Norton & Company, 2004, pp.139-141；查尔斯·达尔文：《物种起源》，周建人等译，北京：商务印书馆，1997年，第15—19页。

第八章 "自然之问"

激烈甚至更为可怕。其直接影响就是人们对于基督教教义的怀疑与问诘,尽管人们不会公开否定上帝创世说,但信仰上的动摇和参加宗教活动的积极性降低却是日渐普遍的事实。"据统计,1851 年的英格兰和威尔士有 17 927 609 人,但参加礼拜的人数只有 7 261 032 人,还有 5 288 294 人应该或可以去教堂却没有去。当然,这些数字的真实性也受到不断攻击,但至少能够说明一些问题。"①尽管如此,《圣经》在维多利亚诗人精神生活和物质生活中的影响和作用仍然是巨大的,尤其在下层民众中更是如此。这就是卫斯理宗在 19 世纪,特别是维多利亚时代蓬勃发展的根本原因。

有担当意识的知识分子似乎宿命地与怀疑相伴随,怀疑主义就不可阻挡地在知识分子中间率先兴起并迅速传播,文学家和作家成为怀疑思潮中的重要力量,诗人作为更为敏感的创作群体更具有"春江水暖"的感知,而他们的感知又更为容易地在生态诗歌中得到体现。实际上,他们的怀疑与担忧在浪漫主义诗歌中就有显现,比如在华兹华斯的《序曲》第 5 卷里就有这样的诗行:"啊,人啊!造出来/去跟她交换她的本性,/追逐无法征服生命的东西;/但我们只能感觉——我们无法选择只能感觉——/因为他们终会消亡。"②到了维多利亚时代,这些怀疑与担忧在新的地质理论和进化理论出来以后更带有普遍性、系统性和深层次性。对上帝创世说的疑问,对自然现象的诘问,乃至对自然规律和天体循环的诘问,贯穿于维多利亚时代,从丁尼生到哈代都是如此。

丁尼生作为维多利亚时代的首位重量级诗人,其创作中的艺术成就和思想启迪是得到历代中外诗评家一致肯定的。飞白先生早在 20 世纪 80 年代初就指出丁尼生在《悼念》一诗中"以'天问'的姿态,扣人

---

① Kitson Clark. *The Making of Victorian England*. Bristol: J. A. Arrowsmith Ltd., 1962 (reprinted 1985), p.150.
② Stephen Greenblatt (ed.), *The Norton Anthology of English Literature*, 8th ed. Vol.2, New York: W. W. Norton & Company, 2006, p.359.

心弦地表现了当代的怀疑困惑和痛苦思索。①"王佐良先生晚年也给出了同样的评价,认为英国诗歌史上能够在音韵和思想内涵两个方面都超过丁尼生的没有几个人,"就连悼念挚友的一百多首挽歌,于沉思生死之余,又深刻地表达了他自己和他所处时代的'信仰危机',也是每一首都写得有音韵和形式之美的。②"两位先生所说的"怀疑困惑"和"信仰危机",指的就是丁尼生在《悼念》一诗中所表达的对上帝创世说的怀疑和反思。一般认为,该诗中多处表达了丁尼生在新地质论和能量守恒等新理论影响下观念上的惶惑与矛盾③,而相对集中的表达出现在诗歌的第54—56节。在第54节中,诗人承继上文中关于善的传递的话题,试图在自然中找到基督教教义里善有善报、恶也转善的现象和例证:

> 我们仍然相信:不管何时
> 恶最终将达到善的目的地,
> 不论是信仰危机、血的污迹,
> 自然的苦难和意志的罪恶;
>
> 相信天下事不走无目标之路,
> 相信等到造物完工之时,
> 没有一条性命会被丢失,
> 被当作垃圾而投入虚无;

---

① 飞白:《英国维多利亚时代诗选》前言,长沙:湖南人民出版社,1984年,第5页。
② 王佐良:《〈丁尼生诗选〉序》,《丁尼生诗选》,黄杲炘译,上海:上海译文出版社,1995年,第1页。
③ 参见 Eleanor Mattes. "The Challenge of Geology to Belief in Immortality and a God of Love", in *In Memorium*, Erik Gray (ed.). London: W. W. Norton & Company, 2004, p.141.

相信没一条虫被白白斩劈，
没一只飞蛾带着徒然追求
在无意义的火焰中烧皱，
或是仅仅去替别人盈利。

但诗人最后却失望了，因为自然并不是按照因果报应的循环来周转的，自然世界里充满了血腥的杀戮，并通行胜者为王的丛林法则。这样的失望与迷惑在紧随其后的第55节里表达得清晰透彻：

我们总希望有生之物
在死后生命也不止息，
这莫非是来自我们心底——
灵魂中最像上帝之处？

上帝和自然是否有冲突？
因为自然给予的全是噩梦，
她似乎仅仅关心物种，
而对个体生命毫不在乎。

于是我到处探索，琢磨
她行为中的隐秘含义，
我发现在五十颗种子里
她通常仅仅养成一颗。

我的稳步已变成蹒跚，
忧虑的重压使我倾跌，
登不上大世界祭坛之阶，
无力在昏暗中向上帝登攀，

>   我伸出伤残的信仰之掌,
>   摸索着搜集灰尘和糠秕,
>   呼唤那我感觉是上帝的东西,
>   而模糊地相信更大的希望。①
>
> (飞白 译)

诗人毫不含糊地提出了自己的疑问:"上帝和自然是否有冲突?/因为自然给予的全是噩梦"(Are God and Nature then at strife?/That Nature lends such evil dreams)。诗人进而对这种现象进行探求和思索,但仍然找不到答案:他发现上帝似乎只关心整体的"物种",并不关心个体是否能够生存下去,比如每50个物种只有一个能够存活。陷入这种迷惑不解中的诗人在承受着巨大的焦虑和痛苦,他的信仰受到动摇和打击,就像伤残的手掌在"摸索着搜集灰尘和糠秕"。虽然他还对"更大的希望"保留期待,但那已是模糊的感觉了。

这种"模糊"的或者说迷惘的"希望",或者说不解与困惑在该诗的第56节中继续萦绕。"物种都灭绝了千千万万",难道造物主"全不在乎"?即使如此,"难道说,人——她最后最美的作品,"她也"不管自然的爪牙染红了血,"任凭"他也将随风沙吹散,/或被封存在铁山底层?"②显然,诗人在这里不仅反思着基督教教义,更在担忧着人类这个上帝"最后最美的作品"的未来。这里的未来当然不单指像其他千千万万灭绝的物种那样的肉体存在,更是这个"最美作品"的精神依存。

如果说丁尼生的疑惑与迷惘带有维多利亚时代早期的思想特征,即面对并淹没于工业化大潮和新理论新观念浪潮而出现的愕然、慌乱与迷茫,那么这种状况到维多利亚时代中期就具有了更多的时代特征。工业化的急速推进和实现,经济繁荣和国际市场的通达,给自然环境带

---

① 王佐良主编:《英国诗选》,上海:上海译文出版社,2011年,第389—391页。
② 同上书,第391—392页。

来了根本改观。一方面,伴随工业化而产生的城市化和机械化让自然环境变得面目全非,"快乐的英格兰"退出英伦三岛;另一方面,人类在工业革命中所体现出来的利用自然、征服自然、改变自然的能力也得到前所未有的发挥,这种发挥在自然科学理论的解释和对自然的认识和了解不断深化的情况下也引来了更多疑问和探讨。在达尔文的物种进化理论的刺激和启发下,诗人们也像其他知识分子一样,普遍开始对自然现象、自然规律和自然本质进行反思和探讨。到维多利亚时代中期,这甚至成为一种时尚。马修·阿诺德在《多佛海滩》中叩问、探索自然界中潮起潮落与人类信仰之海的变化以及历史上经历的战争、杀戮、动荡与和平之间的相互关联。乔治·梅瑞狄斯在《星空下的冥想》("Meditation under the Stars")中抒发了他对浩瀚、深奥、变化莫测的星空的感想和思问:

> 那些遥远的星球啊
> 可曾和我们有过联系:
> 孤独的人这样问道,
> 而星辰则闪烁着朦胧的光芒
> 如同从盾牌上反射的一样:
> ……
> 好奇生命是否在那里生根结籽,
> 是否如我们般在劳顿和痛苦中绽放;
> 也有激情去享受音乐的节奏,
> 去拓展思维和想象的空间
> 有了这神秘的联系,
> 星星和星星相互依偎。
> ……
> 那么,我们是否读懂了,它们其实不曾寒冷,
> 既不是霜冻的灯照亮死气沉沉的空间,

也不是遥远的异类,更不是麻木的强权。
它们身上的火焰是我们生命的源泉;
它们用行动奏响的乐曲更是我们的乐章。①

(宋庆文　译)

看得出,诗人的思索并非出于触类旁通的类比和想象,而是依据天文学、地理学的新知识和新观念得出的推论:星星"它们其实不曾寒冷","也不是遥远的异类","身上的火焰是我们生命的源泉"。对自然界的这种认识绝不是梅瑞狄斯独有,在维多利亚诗人群体中是普遍现象,这样的疑惑和思问到维多利亚时代后期不仅没有减少反而更为普遍和深入。王尔德、霍普金斯、吉普林、哈代等都在诗歌中对新背景下自然环境的变迁、退化、恶化以及自然与人类之间的关系进行了广泛而深层次的思考。

在《捕猎蛇鲨》("The Hunting of the Snark")一诗中,刘易斯·卡洛尔(Lewis Carroll,1832—1898)以叙事方式,描写了一群热衷于捕猎鲨鱼的人到一处传说有蛇鲨出没的海域猎鲨的经过。这群人以一位狂热的猎鲨者为首,每个人都梦想从捕猎的这条蛇鲨身上得到自己想要的东西。他们从早晨等到黄昏,就在快要放弃希望时,那条巨大得像一堵高墙般的鲨鱼突然出现,处于惊诧和恐惧之中的船员还来不及弄明白怎么回事,那位领头的更夫就"悄无声息地,他就不见了踪影":

就在一刹那功夫,那家伙矗立高耸。
紧接着,他们看见的那狂野身躯
(就像被痉挛刺中)抛投进峡谷,
而他们都在恐惧地等待和倾听。

---

① George Meredith. Poems, Poem Hunter. Com—The World's Poem Archive, 2004. http://www.poemhunter.com/poem/meditation-under-the-stars/.

第八章 "自然之问"

"是蛇鲨!"首先进入耳朵的是一声喊叫,
这消息似乎太好了令人难以置信。
紧接着只听见发出一片笑声与喝彩:
再接着就是那不吉利的话"那是怪——"

接着,一片沉寂。有些人幻觉听见了空中
一声疲惫而又悠长的叹息,
接着听上去像是"—jum!",但其他人坚持说
那只不过是一阵微风吹过。

他们继续捕猎直守到天黑,却发现
没有皮扣,没有箭翎,标记也没有,
有这些他们就能说自己站在了那个地方
那个面包师就是在这里见到了那条蛇鲨。

正在更夫要说话的那会儿,
正在更夫大笑着和欢乐的时候,
突然悄无声息地,他就不见了踪影——
蛇鲨"就是"一个可怕的怪物,你知道的。

(蔡玉辉 译)

这样的描写,这样的结局,我们有似曾相见的感觉,仔细回想一下就会发现,这场景与《白鲸》中亚哈船长捕猎莫比·迪克的故事很有些类似。亚哈不顾众人劝阻,执意要去捕杀那条白鲸,经过长时间寻找和跟踪,终于找到了它,经过三天三夜浴血搏斗,杀死了白鲸,但只剩下一个人留下了性命,亚哈和其他船员都与这头庞大的怪物白鲸同归于尽。显而易见,《捕猎蛇鲨》和《白鲸》一样,都埋藏着作者深沉的寓意:那些一心要征服自然、报复自然、侵略自然的

人们,在实现自己目标的同时,也许就搭上了自己的性命!这样的安排和隐喻或许不那么仁慈,甚至有主张以恶制恶的倾向,并不值得我们去提倡,但把它放到维多利亚后期的历史社会背景下去考察,我们就会发现,这不过是对当时现实的真实反映,因为那时候工业化运动带来的环境问题不仅愈发明显,而且越来越严重,已经成为不断给人类带来疾病、瘟疫、灾难的巨大力量,引起以知识分子为代表的社会群体的担忧。

  对自然环境和社会环境恶化的忧虑在很多诗人笔下都得到了表现,霍普金斯在很多诗歌中都是这样做的。在《春天》("Spring")一诗中,诗人先描述了春天的生机勃勃与美丽纯净:碧草青翠,画眉婉转,梨花含蕊,羊羔嬉闹,接着笔调一转,表达出深沉的忧虑:"上帝啊,我的主/求您在它疯长无度、阴霾笼罩、罪恶泛滥之前,/让纯真的心灵、男女的韶华尽情挥发,/哦,圣母的孩子,那是您的选择,值得这些获取。①"这里对"疯长无度、阴霾笼罩、罪恶泛滥"的描述显然是诗人对当时不断变坏的自然环境和社会环境的有感而发。在同样创作于1877年的《笼中云雀》("The Caged Skylark")一诗中,诗人这样描写被关在鸟笼中的云雀:"这只敢与狂风抗争的云雀却在晦暗的笼中无精打采"(As a dare-gale skylark scanted in a dull cage)②。诗人在去世前一年创作的《自然是赫拉克利特之火》("The Nature is Heraclitean Fire")一诗中,充分表达出他对自然界能量与上帝意志力之间关系的疑问:

> ……
>   火热的宇宙风欣喜若狂,捆绑着,拧揉着,击打着光秃秃的大地
>   紧随昨日的风暴偃息之后;炙烤成了龟裂碎片

---

[1] Catherine Phillips (ed.). *Gerard Manley Hopkins*: *The Major Works*, *Including All the Poems and Selected Prose*. Oxford: Oxford University Press, 2002, pp.130-131.
[2] Ibid, p.133.

第八章 "自然之问"

挥霍液体揉挤成了面团,面皮,粉灰;不再流动,凝固塑成了
无数面具和人类踪迹陷入泥淖在那里跋涉
在里面挣扎。无穷无尽燃料不断添加,自然的炉火熊熊燃烧。
但却要熄灭掉它那最为美丽,最为心仪,最为亮丽的火花
人啊,他的燃烧印记,他头脑上的标记,消逝得多么迅速!
这印记和标记都莫测高深,全部都湮没在无尽黑暗的
深渊之中。哦,可怜且可恨!人之形啊,闪耀着光焰
转瞬熄灭,支离破碎,一颗流星,死亡黑点清除殆尽;印记全无
他的任何痕迹消失得如此干净
但只有那苍茫混沌一片和击败平衡的时间。①
······

(彭羽佳、蔡玉辉 译)

上帝创造的这个宇宙里除了造世主以外究竟什么是战胜一切的力量?是火、风、雷、电、雨、雪这些力量?还是人类这个既能利用和征服自然又畏惧这些自然的精灵?宇宙风将一切都化为面团和灰烬,火又可以烧毁一切,而水又能浇灭熊熊烈火,这一切都在循环往复,相生相克,而人的灵魂是不是也像火一样,既能锻炼其坚忍的意志,又能在洪水之下被浇灭,甚至不留下一点痕迹和印记?人之形在烈火中转瞬消失,焚毁殆尽,甚至连痕迹都消失得干干净净,但其精神却会留存在那一片混沌中。这里的造世主与自然界、自然界与人、人与上帝创造的宇宙世界是一种什么关系?他与时间又是一种什么关系?诗人借助自然界里的火,借助最早被人发现的自然力量这个意象,提出了一系列问题留给读者去思考。

鲁德亚德·吉普林不同于霍普金斯,也不同于那个时代的其他诗

---

① Catherine Phillips (ed.), *Gerard Manley Hopkins: The Major Works*, Including All the Poems and Selected Prose. Oxford: Oxford University Press, 2002, pp.180 - 181.

人,他以自己在印度长期生活以及去过很多英国殖民地国家的经历,以一个亲历者的眼光来批评贪婪无厌的人类对动物界和植物界的掠夺和杀戮。他在《五国》(The Five Nations,1903)诗集中记叙了不少这样的故事,比如在《熊的和平契约》("The Truce of the Bear")一诗中讲述了一个老乞丐因为猎熊而被致残的故事:一位叫作玛图的猎人在猎杀一头灰熊的时候被熊攻击,失去了双眼、鼻子、嘴甚至牙齿,虽然保住了性命,但却因为:

> 没有眼睛,没有鼻子,也没有嘴,在门前寻求接济,
> 玛图,那老瞎子乞丐,他一遍又一遍地说着这故事;
> 在火边烤着他的双手,胡乱碰着摸着那支来复,
> 听着那些大胆的白人们探讨着明日的要务;[1]
>
> (宋昀 译)

这样的结局显然清楚地表明了诗人对于人类蹂躏自然杀戮动物的态度,表明了他对人与自然关系的思问。

如果说吉普林的思问还是以比喻和类比的方式提出,这样的思问在哈代笔下就更加直截了当。他在《自然之问》("Nature's Questioning")一诗中这样写道:

> 当我观察黎明,池塘,
> 大地,羊群,还有那孤零零的树,
> 都好似在看着我
> 恰似被惩罚的孩子安静地坐在学校里;

---

[1] Rudyard Kipling, *The Definitive Edition of Rudyard Kipling's Verse*. London, Hodder and Stoughton, 1977, pp.274 - 276.

他们的脸阴沉、无奈而又疲惫，
就像学生们的样子
经过了漫长的学习生活
他们最初对地球的热情已经消退冷却。

于是他们从嘴里发出自己的呐喊
（好似曾经齐声呼喊，
但现如今屏息无声）——
"我们好奇，一直好奇，我们发现自己为何在这里！"

"难道是哪个强大的傻瓜，
能建造又能混合，
却无力完成，
就在玩笑中造了我们，又将我们丢弃在危险中？"

"或者我们原本是机器人
感觉不到自己的痛苦？
或者我们是活着的遗骸
来自上帝，降落人世，脑和眼都化为粉尘？"

"抑或是某种神圣的潮水到来，
好似还未被理解，
便如善流冲走了丑恶，
我们是迈向成功的孤注一掷？"

周围的事物依然故我。没有人回答我⋯⋯
同此时风还是风，雨还是雨，
还有地球经年的忧郁与痛苦

也一如既往,最快乐的生命与死亡相邻为伍。①

(蔡玉辉、宋昀 译)

哈代在这里使用了拟人法来描写自然万物,选取了"池塘,/大地,羊群,还有那孤零零的树"作为自然的代表,它们原本在自然界无忧无虑生长生活,但在被人类围占、圈养、移栽、驯服以后,经过长时间的驯养,逐渐失去了自然的野性和天性,成为毫无自由、没有选择,更无反抗能力的工具,只能听任人类的摆布和欺凌。诗人采用移情手段,化入这些被控制、被圈占、被驯养的"客观对应物"的身上,以他们的口吻接连发出四个疑问:"难道是哪个强大的傻瓜,/能建造又能混合,/却无力完成,/就在玩笑中造了我们,又将我们丢弃在危险中?";"或者我们原本是机器人/感觉不到自己的痛苦?";"或者我们是活着的遗骸/来自上帝,降落人世,脑和眼都化为粉尘?";"抑或是某种神圣的潮水到来,""我们是迈向成功的孤注一掷?"面对不断恶化的自然环境,诗人有太多的不解与疑惑:难道是上帝的安排?难道是神的旨意?要让地球忍受"经年的忧郁与痛苦"?

对自然现象的疑问并不限于男性诗人,在女诗人的笔下同样也有这样的表达。阿德莱德·普罗克特(Adelaide Anne Procter,1825—1864)是维多利亚时代的一位女诗人,终身未婚,热衷于社会服务,尤其是为妇女做慈善工作,主张男女平等获得选举权。她的诗歌也多以表达女性情感、女性诉求和女性心理为主题,而且用词平易,语调朗朗上口,受到丁尼生、帕特莫这些大诗人的推重,还受到维多利亚女王的喜爱。她的一首《嫉妒》("Envy"),以女性所特有的细腻笔法,以拟人化的方式,将妒忌这一人类常有的心理现象,描画得活灵活现,栩栩如

---

① Thomas Hardy, Poems:PoemHunter.Com-The Poem World Archive, 2004. http://www.poemhunter.com/poem/nature-s-questioning/,检索日期 2015 年 12 月 30 日。

生[①]。下面这首《怀疑的心》("Doubting Heart"),从另一个侧面表现了诗人的悲天悯人情怀,晓畅而又明朗地表现了她对于自然现象的疑惑与怜悯。

这些燕子逃向了哪里?
冻住了或是死去了,
也许,在一些荒凉和暴风雨的海岸上。
哦,怀疑的心啊!
在那紫色的深海
他们等待,在日光中的悠闲,
温柔的南来的风,
再次将他们带回北方的家。

为什么花儿得要谢?
它们躺在冰冷的
牢笼的坟墓里,不再在意泪水或雨水。
啊,怀疑的心啊!
他们仅仅长眠在
柔软雪白貂毛般的雪下面,
冬天的风会旋转着
很快在你的上方呼吸与微笑。

太阳藏起了它的光
这么多的日子;
无聊的时光决不会离开地球?

[①] Cynthia Scheinberg, *Women's Poetry and Religion in Victorian England*. Cambridge: Cambridge University Press, 2002, p.363.

啊,怀疑的心啊!
翻滚的乌云高高地
覆盖了同样阳光的天空,
那很快(因为春天临近了)
将唤醒夏季进入金色的欢笑。

美好的愿望已经死去,光明
也被熄灭为黑夜。
什么声音能够打破这死寂般的绝望?
啊,怀疑的心啊!
天空被阴云覆盖,
但星星终要升起,
光明要驱走黑暗,
天使的银铃般的嗓音要划破长空。①

(蔡玉辉 译)

对自然的疑问还来自一批业余进行诗歌创作的科学家,他们中主要有 W.R.汉密尔顿(William Rowan Hamilton,1805—1865)、J.C.麦克斯韦(James Clerk Maxwell,1831—1879)、J.廷代尔(John Tyndall,1820—1893)和 J.J.西福斯特(James Joseph Sylvester,1814—1897)②。学科背景、知识储备和职业经历的不同使得他们的诗作有别于文科背景诗人的创作,能从科学和文学的双重角度去思考自然世界的众多现象,给读者以不一样的视角和启迪。著名物理学家麦克斯韦经常从物理学角度来思考大自然的科学现象,不少诗歌很有些类似于当今的科普读物。《分子进化》("Molecular Evolution")一诗描写了我们身边无

---

① https://www.poemhunter.com/poem/doubting-heart/,检索日期 2018 年 1 月 12 日。
② Daniel Brown, *The Poetry of Victorian Scientists*. Cambridge:Cambridge University Press,2015.

处不在的分子及其结构的分裂、聚合、变化和进化现象,第一节给出了这样拟人化的描画:

> 以不确定的次数,在不确定的空间,
> 原子离开了他们的天堂之路,
> 以那偶然之间的拥抱,
> 产生出那所有的存在。
> 看上去似乎拥抱得紧紧,
> 组成了此在的"同胞",
> 但是啊,或迟或早,他们就要分裂开来,
> 通向那注定的空间深处。①

(蔡玉辉 译)

诗人将分子与原子的聚合变化过程比喻成从天堂跑出来的"同胞",在分子变化规律的作用下,注定要走向自然的"空间深处"。科学诗人们的描写别具一格,在揭示自然万象变化规律的同时,对上帝创世说的质疑也就包含在其中了。

这样的疑问如此普遍,如此深沉,如此广阔,伴随着英国经济和贸易活动的停滞不前与工人运动的风起云涌,与世纪末(Fin de Siecle)情绪交织在一起,汇成一股推动社会变革的潮流,将英国带入新世纪。

---

① http://www.poemhunter.com/search? q=Molecular+Evolution/,检索日期 2018-12-13。

第九章　人进神退

　　根据《创世纪》中的记载,光、天、地、水、空气、海洋、陆地、山川、植物、太阳、月亮等自然万物和人都是上帝创造出来的,自然万物都"各从其类",贯穿了上帝的意志,因此,神化自然就成为基督教传布以后被广泛接受的观念。这种观念在中世纪后期受到挑战,随着宗教改革和地理大发现,自然观中的人进神退趋势不断加强。文艺复兴开启了诗歌中人进神退的新时代,从乔叟开始,人就开始成为诗歌描写的主体之一,但在《坎特伯雷故事集》(The Canterbury Tales, 1387—1400)中人是作为信徒来描写的。人在莎士比亚的作品中成为"万物灵长",在玄学派诗歌中被描写成有血有肉有情欲的对象,在弥尔顿的笔下作为背叛上帝的撒旦更是成为挑战权威的战神,充满了革命者的气概。启蒙运动倡导的理性揭开了思想上全面挑战神性自然观的大幕,18世纪的英国文学贯穿始终的主题就是张扬理性,崇尚理性,追求理性,纯良人性,收敛任性,压制恶性。无论是笛福小说中的殖民意识和开拓精神,还是理查逊小说中的丑小鸭变成白天鹅,还是菲尔丁小说中的善有善报、有情人终成眷属,即便是蒲柏笔下恶有恶报的劫发恶少,无一不充满了劝人向善的理性说教,但这些说教的背后支撑的是充满理性的人性。紧随启蒙主义文学之后的浪漫主义诗歌,更是以对自然的向往和对美好的人与自然关系的向往,掀起了人进神退的大浪潮。

　　按照孔德实证主义三段式,人类在19世纪已经进入了科学实证阶段,但在菲利普·戴维斯看来,维多利亚时代的英国还处于从玄学阶段向实证阶段的转型期①。以维多利亚诗歌为考察对象,我们更赞同戴维斯的观点,这一时期的诗歌主题,就总体而言,仍然处于人进神退向神退物进转变的阶段:一方面是因为基督教传统,包括教义、仪式、观念等都还普遍影响着英国人从思想到衣食住行的日常生活,更何况一种经过近两千年传承的文化传统是不可能在几十年里就被新的所替代;另一方面是工业化带来的社会不公与贫富沟壑使得福音主义的思想主张在广大贫民百姓生活中占据了巨大市场。

这里所说的人进神退,指的是诗歌创作中在怀疑主义思潮的影响下出现的一种倾向或趋势,即在诗歌的内容选择和主题表达上原本被视为理所当然的上帝创造和上帝命定现象逐渐改变,人已经从上帝意志的承载物变为具有自身意识、自身思想、自身判断、自身欲念和自身行为的个体。具体而言,诗歌创作中的人进神退现象表现出以下几个方面的特征。

首先,上帝在发生学、本体学到行为学诸方面的垄断地位受到挑战,其绝对权威性受到质疑。诗人们在描写山川河流等自然景物时已经带有更多的人文情怀,对自然灾害或环境遭受破坏开始质疑上帝的威力,对社会环境的恶化也开始质疑造物主的公平与正义。其次,人从上帝的创造物和意志的执行者逐渐变成自然的进化物;人不只是上帝的选民,还是有着独立意志、独立思想、独立行为和独立人格的个体。对人的欲望的表达和描写渐渐成为诗歌主题的主流之一,对人挑战自然、挑战上帝行为的描写也逐渐成为诗歌素材,不再被看作是大逆不道的行为,这样主题的诗歌受到有些唯美主义诗人的喜爱,比如王尔德。

再次,诗歌在表现人的理性的同时也表现人的欲念、偏执甚至一些非理性的行为,在描写英雄的同时开始出现反英雄特征的人物,随着宪

---

① 参见 Philip Davis, *The Oxford English Literary History: The Victorians*. Beijing: Foreign Language Teaching and Research Press, 2007, p.58.

章派诗歌的影响和冲击,底层民众和那些被遗忘和被凌辱的群体开始成为诗人的表现对象。人进神退的大趋势在维多利亚诗人的创作中有随着时代前进而不断增强的态势,接近19世纪末时这种趋势变得更为强劲。

丁尼生的诗歌创作中体现出这一趋势。他前期的创作中多选取古希腊神话、史诗和中世纪传说作为题材,或许就包含着以古希腊神话中的多神教特征和中世纪传说中的英雄情结来表现自己对一神教创世说有疑问的动机。这一类作品中著名的《尤利西斯》("Ulysses")、《提托诺斯》("Tithonus")和《食莲人》("The Lotus-Eaters"),甚至他第一本诗集中的《玛丽安娜》("Mariana")都是如此。古希腊神话中体现的多神意识、民主意识和革命意识或许就与诗人探索科学的意愿吻合,却与基督教教义中的一神论相悖;另外,古希腊史诗中体现的英雄精神、勇猛气概和挑战探索精神以及中世纪传奇中体现的冒险精神和平等正义意识,都与诗人所处时代大行其道的自由主义价值取向一致,却与基督神学中主张的等级和服从意识不相吻合。诗人更多选择这样的题材的原因也许是多方面的:当时已经出现的一些新理论和新观念产生的冲击是其一,上文对此已有涉及;他在1830年和1831年出版的诗集受到读者冷遇和批评是其二,有批评者认为他后来十年没有出版新作与此有关[1];对于新形势下人在自然中的位置以及科学对宗教信仰的影响等时代问题的思考是其三,这一点已经在上文提及。实际上,就是在那些以古希腊题材而作的诗歌中,也体现了诗人借古托今、以古抒怀的动机,比如,飞白先生就认为《尤利西斯》一诗中给尤利西斯注入了新的生命[2]。正因此,"所以科学家把丁尼生看作是与他们并肩前进的科学诗人,天文学家洛克叶曾称赞这位诗人的心灵'浸透了天文学',生物学家T.H.赫胥黎(Thomas Henry Huxley,1825—1895)[3]也称他为古罗马

---

[1] http://en.wikipedia.org/wiki/Alfred,_Lord_Tennyson,检索日期2014年11月23日。
[2] 飞白译:《英国维多利亚时代诗选》,长沙:湖南人民出版社,1985年,第8页。
[3] L. Huxley, *The Life and Letters of Thomas Henry Huxley*. 2 Vols. London: Macmillan, 1900.

的'卢克莱修以后第一个懂得科学的人'"①,不少后来的批评家也持有同样的看法。梅多斯(A. J. Meadows)就认为,丁尼生对于科学的兴趣实际上在他早年的生活中就得到了体现。在19世纪30年代早期,丁尼生在家里待过一段时间,这期间他为自己制订了一个严格的学习计划,其中一半的时间都用于学习科学知识,比如,周二上午学化学,周三上午学植物学,周四上午学电学,周五上午学畜牧学,周六上午学力学②。因此,他的诗歌中,包括以哀悼亡友为主要内容的长诗在内,都充满了他对这些新学科新知识的思考与吸收,就不足为奇了。我们可以因此得出这样的引申:诗人是在以众神协力来反衬基督一神的专制,以众神的业绩来反衬基督教教义的高谈阔论,而这样的思问和疑问又是牢牢地建基于他的科学知识之上。

不仅如此,丁尼生表现当代生活的诗歌中也弥漫了人进神退的氛围,在上文举证分析的《悼念集》第54到56节中,不仅充满了对自然运动及其规律的疑惑与审问,从另一方面也表现出诗人观念中人进神退的倾向。此外,在诗人生前享有盛誉的《洛克斯利田庄》("Locksley Hall")中,那位年轻的叙事人多少个夜晚入睡前仰望着天空,"望着慢慢斜向西边的猎户星座",望着"闪闪烁烁"如"萤火虫"的星空,"一边想着科学的奇谭/和时间的长远效果,以此滋养我绝佳的少年心田"。正因为知道了科学的奇谭,知道了时间的长远效果,

> 这时,我身后的无数世纪便像是沉睡的丰饶土地;
> 这时我紧握住"现在"的一切,为了它包含的应许;
>
> 这时我以人的目力,向最遥远的未来做一番窥视,

---

① 飞白译:《英国维多利亚时代诗选》,第5—6页。
② A. J. Meadows, "Astronomy and Geology, Terrible Muses! Tennyson and 19th-Century Science", *Notes and Records of the Royal Society of London*, Vol.46, No.1, Jan., 1992, pp.111-118.

看到了将会出现的世界图景和所有的奇迹异事——①

（黄杲炘　译）

显而易见，是科学的"奇谭"让这位年轻人了解到"身后的无数世纪"是如何演化而来，进而可以"窥视"未来的"世界图景"，从而下决心"紧握住'现在'的一切"，而不是像虔诚的基督徒那样一心向往着身后的天堂。

有不少论者认为，丁尼生是维多利亚时代最具科学意识的诗人之一。这种看法不只是丁尼生的同代人有，比如上文提到的 T. H. 赫胥黎的看法，后世的评家也有这样的评价，L. 赫胥黎（Leonard Huxley, 1860—1933）也认为丁尼生是自卢克莱修以来第一个了解科学趋势的诗人②，他后来的很多批评家也持有同样的看法，比如 A.C.布拉德利就认为丁尼生是唯一一个现代诗人才具有的那种科学态度的诗人③。当代批评家约翰·霍姆斯（John Holms）指出，丁尼生不仅是急切地想要去了解科学发展的状况，广泛阅读一些新兴学科的书籍，如地质学、天文学和生物学，还在阅读过程中接受了很多新的知识；他在诗歌中表达出来的这些知识尤其受到当代那些读过他诗歌的科学家的推重④。我们如果再简略浏览一下以下这些诗歌的主要内容和主题，就会看出以上评价是合乎实际的。

《快乐的地球，快朝东旋转》（"Move Eastward, Happy Earth"）是

---

① 参见《丁尼生诗选》，黄杲炘译，上海：上海译文出版社，1995 年，第 104—105 页；A. J. Meadows. "Astronomy and Geology, Terrible Muses! Tennyson and 19th-Century Science", *Notes and Records of the Royal Society of London*, Vol.46, No.1, Jan., 1992, pp.111 – 118.

② L. Huxley, *The Life and Letters of Thomas Henry Huxle*, 2 Vols. London: Macmillan, 1900, p.338.

③ A. Bradley, *A Miscellany*. London: Macmillan, 1931.

④ John Holms, "The Post of Science: How Scientists Read Their Tennyson", *Victorian Studies*, Vol.54, No.4, Summer, 2012, pp.655 – 677.

一首只有两节共 12 行的短诗，创作于 1836 年，收入 1842 年的《诗集》。这首短诗以快乐轻松的语调描述了地球、月球、太阳的相互运行轨迹，表达出对月球绕地球、地球围绕太阳运行这一天体运转现实的赞许："欢乐的地球，快朝东旋转，/离开那渐暗的橘红色落日；/从暮色沉沉的黄昏边沿，/欢乐的星球啊，向东转去，/直到在你幽暗的肩头上，/你银光闪闪的姐妹升起"。这里显然包含了诗人对当时新地质学说和天体理论的接受。

《长树的地方现在是海洋》（"There Rolls the Deep Where Grew the Tree"）也是一首只有 12 行的小诗，开门见山就亮出了观点："如今的深海从前是树林。/大地呀，你见过多少变迁！/如今这喧闹长街，在从前/曾经是寂静大海的中心。"显而易见，这就是对新地质学说关于地球表面演化理论的诗化解释。

《没人看，园中树仍将摇动》（"Unwatch'd the Garden Bough Shall Sway"）是《悼念集》中的第 101 首，共有 6 小节 24 行，通篇采用陈述句式来例举自然世界乃至人类社会里各种活动的自然性特征。无论是"园中树""向日葵""玫瑰石竹"，还是流淌的"小溪"和天上的"太阳当空照""运行的月""小熊座绕北极星转"，还是"庄稼人一年年耕耘"，根本不管是否有人看，有人爱，有人管，它们都照常在自己的轨道上运行。诗行中所包含的内涵至少可以做这样的解读：自然界和人类社会的活动遵循着自己的规律，而不是受制于某种人为的外在力量，也就是我国古代哲学家荀子所说的"天行有常"；这些自然规律是地球和宇宙在长期运行过程中逐步形成的，并不以人的好恶或意志力而改变，也就是荀子说的"不为尧存，不为桀亡"。这种观点与西方神学传统中的"创世说"和"三位一体说"完全相悖，充满了自然神论中的人进神退思想。

人进神退的主题在威廉·莫里斯的诗歌创作中也有明显的体现。诗人在《地上乐园：谦词》（"The Earthly Paradise: Apology"）一诗中表达了对天堂和地狱的失望，对尘世的依恋，对劳动者的同情，对空洞理

论的厌倦,对美好未来的梦想,总之,是一种对现实无奈对来世也不抱期待的情绪:

> 我无法歌唱天堂或地狱,
> 我无法减轻压在你心头的恐惧,
> 无法祛除那迅将来临的死神,
> 无法召回那过去岁月的欢乐,
> ……
> 这些无用的诗句忍受不住
> 压在我们这些劳动者身上的
> 那沉重的苦恼,那令人昏乱的忧虑;
> 还是让我歌唱那些人们仍然记得的名字,
> ……
> 生错了时代,做着好梦的梦想家,
> 我又何必劳神去弄清事实的是非曲直?
> 只要这样就够了:让我喃喃的诗语
> 用它的翅膀去轻拍梦神的象牙之门
> ……①

(朱次榴 译)

在《诊疗者地球,守护者地球》("Earth the Healer, Earth the Keeper")一诗中,地球被比作人类过失的疗伤者和自然万物的守护者,从自然进化而来的人类因为"火的烧杀"(The wasting of fire)、"网的捕捞"(The tangling of net)、"愚蠢的耕种和盲目的收获"(Because thy folly soweth/The harvest of blind)等这些欲望的膨胀,导致了许多痛苦、挫折、哀伤。诗人认为,这些都是人类发展史上难以避免的现象,是

---

① 王佐良主编:《英国诗选》,第446—447页。

与地球与生俱来的，我们应该坦然接受，对地球的未来充满信心与期待：

> 平静吧！因为你古老的悲伤
> 是与地球与生俱来
> 你离开地球的悲伤故事
> 不会留到身后诉说。
>
> 你的灵魂和生命会消亡，
> 你的姓名就像昨夜的风；
> 但地球将会珍视
> 你今天发现的行为。
>
> 你所有的快乐与忧伤
> 如此巨大但那都是往日之事，
> 明日之事如此光明，
> 那将永远也不会消失。
>
> 哦！哦！远方黎明的闪亮，
> 太阳一点点升起，
> 人们忘记了考虑
> 他们生来就会死去。
>
> 要赞颂那过去的行为
> 穿过了白昼和欢乐，
> 这样的故事决不会消失

无论是谁都会留存于地球。①

（蔡玉辉、江群　译）

莫里斯还在《尘世天堂：地上的少女》("The Earthly Paradise：The Lady of the Land")这一长篇叙事诗中叙述了大量古希腊和古冰岛传说，描写了自然界安宁、静谧、原生的无邪情景，描述了人类在古代社会与自然和谐共处的美好状态，表现出对异教社会中平等淳朴人际关系的向往。下面这一节诗歌描写的应该是工业文明到来前后情形的对比：这里"曾经被美丽的果园和沼泽环绕"，"层层梯田俯瞰着一个个小花园"，"大理石铺就的水池修造来休闲"，"优雅的女士"曾经在这里"信步闲庭"，可而今，这里被蔓生倒地的树枝塞满道路，连进去都很困难，一片荒凉：

这片树林，曾经被美丽的果园和沼泽环绕，
一层层梯田俯瞰着一个个小花园，
大理石铺就的水池修造用来休闲，
现在被倒地的树干树枝缠绕阻塞；
他要去到那里，已经不那么容易
要顺着溪流边蹒跚，那里原来是
给优雅的女士们信步闲庭。②

（蔡玉辉　译）

根据 L.史密斯（Lindsay Smith）的研究，莫里斯的诗歌创作受到当时正在兴起的摄影技术及其相关理论的影响，在意象铺设和表现上充满了

---

① http://www.poemhunter.com/search/? q=earth+the+healer%2C+earth+the+keeper,检索日期 2014 年 12 月 6 日。
② http://www.poemhunter.com/poem/the-earthly-paradise-the-lady-of-the-land/,检索日期 2014 年 12 月 6 日。

画面感和立体感①，上面这一小节诗歌几乎每一行都布满了活动的图像，值得反复玩赏。

阿瑟·克拉夫的诗歌中也充满了人进神退的思想。一般认为，克拉夫的信仰或思想历程以1848年为界分为前后两个阶段：前一个阶段虔诚相信基督教教义，并为此辩护；后一个阶段怀疑或质疑教条，并因此不愿再为基督教教义辩护而离开牛津去伦敦教育局任职，主张将信仰付诸推动教育这样的行动之中②。作为公认的激进派人物，他的诗歌中不乏对传统信仰的质疑。在《恶人说，"没有上帝"》("There Is No God, the Wicked Sayeth")中，诗人借恶人、商人、少年、富人之口，去质问上帝存在的真实性："没有上帝，如果有"，/商人想，"那也太可笑，/他就会让我生病/赚不了那么多钱"。在《最新的摩西十诫》("The Latest Decalogue")中，诗人对"摩西十诫"提出了近乎戏谑的质疑：

你们只能有一个上帝；
有谁会付出极大的代价？
不可为自己雕刻肖像
让人膜拜，除了现在：
不能诅咒；你诅咒
你的敌人也许没那么坏：
星期日要去教堂
去祈祷让世界和平友善：
尊重你们父母：
因为他们幸福才能降临：

---

① Lindsay Smith, *Victorian Photography, Painting and Poetry*. Cambridge：Cambridge University Press, 1995.
② 参见梁实秋：《英国文学史》（三），北京：新星出版社，2011年，第1172—1174页；Michael Timko, "The 'True Creed' of Arthur Hugh Clough", *Modern Language Quarterly*. Vol.21, Issue 3, Sept., 1960, pp.208-222.

你们不能杀戮；但不需要
卑躬屈膝地活着；
不可奸淫；
这种行为鲜有好处：
不可偷盗；只会让你一无所获，
唯利是图而去撒谎：
不可做假证陷害人；
让谎言有空自己飞走：
不可贪恋别人的东西；但是传统
鼓励任何形式的竞争。①

(彭羽佳　译)

在《黑暗中的明镜》("Through a Glass Darkly")一诗中，克拉夫也是从反思的角度去诘问：现存的一切是否如同我们所接受的观念那样？

当我们面对面，便会从
灵魂中看见圣父，而
约翰告诉过我们的，却没有答案；
啊！他曾告诉我们到底是什么了！

思想在意识中穿梭，
爱意在心灵里游走，
五感能捕捉四周的事物，
这难道就是我们在这里的一切？

规则束缚了本能——本能掌控一切，

---

① http://www.poemhunter.com/poem/the-latest-decalogue/，检索日期2014年12月8日。

> 智者是恶人——好人是蠢材，
> 真相是不幸的——不如消失不见，
> 我们哪都去不了，为什么还在这里？①

（彭羽佳　译）

人进神退的倾向在前拉斐尔派诗人和唯美主义诗人的创作中也表现得十分明显。

但丁·罗塞蒂画作选择的题材多是那些不容于维多利亚时尚的女性，比如模特和妓女一类。他在诗歌上的选材同样坚持了这一倾向。那首著名长诗《天上的女郎》（"The Blessed Damozel"）就是以一位死去的美女作为描写对象。诗人不仅将这位女士描写得美貌如仙，充满性感，而且毫不掩饰地表露了自己对这位尤物的欣赏甚至崇拜。这样的表达与爱伦·坡在《乌鸦》中对美的歌颂有异曲同工之妙，都是将精神和肉体的美紧紧地结合在一起。毫无疑问，这样对肉体美的歌颂与基督教教义中对肉体的排斥是完全相悖的。

在这方面，王尔德无疑是有过之而无不及。他不仅在《谎言的衰朽》（"The Decay of Lying"）中明确宣称艺术比自然更美、人生模仿艺术、自然模仿艺术等典型的唯美主义观点，在小说和诗歌创作中都极力实践这种艺术观。他在《恩底弥翁》（"Endymion"）中显然是将这位古希腊女神作为理想中的艺术之神来描写的，而赞美的着力点也是放在其形体上，从下面节选的诗行我们或可看出一二：

> ……
> 我的真爱去了哪里，
> 朱红色的双唇在哪里，
> 牧羊杖，紫色的铁鞋？

---

① http://www.poemhunter.com/poem/through-a-glass-darkly/，检索日期2014年12月8日。

> 为什么散落在银色的帐篷中,
> 穿什么在这缥缈的薄雾中?
> 啊!你有年轻的恩底弥翁,
> 你有着应该被亲吻的嘴唇!①

(彭羽佳 译)

人进神退在丁尼生、莫里斯和克拉夫的诗歌创作中有明显体现是比较好理解的事,因为丁尼生一向被认为对科学发现和发明以及许多新理论都有着强烈的兴趣和好奇心,也乐于接受新理论和新观点;莫里斯和克拉夫则是公开的社会主义者,思想激进,观念新颖,对传统神学观常有质疑问诘。但是,人进神退的主题倾向在杰勒德·霍普金斯这样可以称得上是虔诚耶稣会士的诗人创作中都显示出来,就能够充分说明这一趋势的普遍性和不可逆性。

我们说霍普金斯算得上坚定的耶稣会士是因为他不仅在 1866 年改宗天主教,且在 1868 年为了表示对天主教教义的虔信,搁下诗笔,不再创作诗歌,直到 1875 年再因抒发对死于德意志号沉船的修女的悼念而重拾诗笔,并在 1877 年担任耶稣会神父。不仅如此,他终身未婚,不遗余力地来往于落后不便的乡村布道传教,后被派往都柏林从事宗教教育活动,并因劳累和生活条件差而染病在中年就离开人世②。就是这样一个虔诚的耶稣会士也在自己的诗歌中表现出对上帝的疑问和诸多不解。我们不妨取数例来看一看。下面是著名的《上帝的荣光》("God's Grandour"):

> 全世界都充满了上帝的荣光。
> 她喷薄而出,如同金箔晃动的闪亮;
> 她凝聚成仁爱,就像榨出流淌的油浆;

---

① https://www.poemhunter.com/poem/endymion/,检索日期 2015 年 6 月 12 日。
② 见蔡玉辉:《杰勒德·霍普金斯的"黑色十四行"析论》,《外语研究》,2014 年第 6 期,第 98—103 页。

为什么人们现在却不敬畏他的权杖?
一代又一代人践踏了,践踏了,践踏了;
一切都在交易中枯萎;都被拼搏所污染;
沾染上人类的恶行,感染上人类的气味:
土地荒芜了,双脚已经感觉不到地上的芒刺。

即使如此,大自然决不会耗尽力量;
在万物的深处渗透了最鲜活的生命;
尽管那一线最后的光亮消失在漆黑的西方
哦,黎明,会从金褐色的东方天际奋力跃起——
因为神圣的幽灵附身下顾
用那温暖的胸膛和闪亮的羽翼拥抱大地。①

(蔡玉辉、彭羽佳 译)

  这首诗写作于 1877 年,正是诗人改宗天主教 10 年以后,在这一年的 11 月他被授予神父教职,从思想倾向和诗歌创作看这首诗都属于诗人的盛期之作。就前者而言,作为耶稣会士和神父的霍普金斯被聘为圣玛丽学院的教师和教区长副助理,经常在学校和附近的教区布道;就后者来说,他这一年创作了一系列相同主题的诗歌,例如《星光之夜》("The Starlight Night")、《春天》("Spring")、《翠鸟扑火》("As Kingfishers Catch Fire")等②,既表达了诗人对上帝的坚定信念,也流露出他的担忧。他在设问:既然"全世界都充满了上帝的荣光",那"为什么人们现在却不敬畏他的权杖?"诗人自问自答:"一代又一代人践踏了,践踏了,践踏了;/一切都在交易中枯萎;都被拼搏所污染;/沾染上人类的恶行,感染上人类的气味:/土地荒芜了,双脚已经

---

① Gerard Manley Hopkins, *The Major Works*. Oxford: Oxford University Press, 2009, p.128.
② 见 Paul Mariani, *Gerard Manley Hopkins: A Life*. New York: Penguin Group Inc., 2008, pp.166 - 168.

感觉不到地上的芒刺。"诗人深知,是利益追逐、金钱交易、功利主义的拼搏等这些"恶行""枯萎"了信仰的根苗,"污染"了人们的心灵和社会风气,使得道德体系动摇,世风日下。这样的心情也在他1878年2月写给好友布里奇斯的信中流露出来,他说自己的心情就像阴沟里的水一样阴湿,由于腹泻使得身体十分虚弱,感觉自己就像坐牢一般难受。① 身体上的疾病固然是引起虚弱和痛苦的直接原因,但对于一个虔诚的耶稣会士来说,精神上的迷茫和信仰上的动摇才是痛苦焦虑的深层原因。这种状态在霍普金斯人生晚年的"黑色十四行"中表现得可谓淋漓尽致。

一共六首的"黑色十四行",从内容和主题表达看,描述的是一位耶稣会士从地狱到炼狱再到天堂的心路历程。《我的命运就像是陌路人》表现了诗人孤独、孤寂、孤单的心理状态,《我醒来感觉到黑夜降临》表现诗人处于精神地狱的底层,《苦到极致,不会再有》《腐朽的慰藉》和《忍耐,艰难的事情》三首都在表现诗人遭受精神炼狱的磨折、苦熬与忍耐,《我之心》表现诗人在经过苦熬磨难后到达精神天堂。"这些诗行逼真细腻地表现了一个改宗的耶稣会士在经历信仰转变、亲人疏离、挚友邂逝、乡国远去等变故期间及之后的心路苦旅,抒发描摹了诗人的宗教情结与困惑、精神升华与沉沦、内心愁苦与纠结和灵魂分裂与坚守,折射出维多利亚时代宗教诗人的心灵与思想状态。"② 在第2、3、4、5首中,诗人都以不同的隐喻和意象表现出了他因对上帝的疑问而产生的内心纠结、苦闷与彷徨。在第2首《我醒来感觉到黑夜降临》中,诗人用"血液充满诅咒。/灵魂的自我酵母变成了板结酸腐的面团"来比喻内心的郁闷与酸楚。在第3首《苦到极致,不会再有》中,诗人呼喊:"安慰者啊,在哪里,哪里才是你的慰藉?/马利亚啊,我们的圣母,哪里才是

---

① 见 Paul Mariani. *Gerard Manley Hopkins: A Life*. New York: Penguin Group Inc., 2008, p.192.
② 蔡玉辉:《杰勒德·霍普金斯"黑色十四行"析论》,《外语研究》,2014年第6期,第98—103页。

你的解脱",发泄心中的郁积和不满。在第 4 首《腐朽的慰藉》中,诗人再一次发问:"欢呼谁? 是天堂的主宰,那鞭笞过我、折磨过我的/上帝? 还是与他纠缠的我?",诗人坦诚地承认,"卑微的我沉没在黑暗中与上帝(我的主!)苦苦挣扎。"在第 5 首中,诗人无奈地承认,"我们叛逆的意志/挑战上帝,尽管如此,我们还是屈服于他。"[1]显然,诗人对于上帝这个"天堂的主宰"有过"纠缠",有过"挣扎",有过"叛逆",有过"挑战",尽管最终还是"屈服于他",但对上帝的威严和权威已经开始质疑和反思。如果说,这样的质疑和反思发生于卡莱里、莫里斯这样一些思想激进的知识分子身上是很正常和普遍的事情,但这些怀疑和诘问的声音出自霍普金斯就足以说明人进神退的趋势在文学创作领域的发展程度。

实际上,人进神退并不只是在文学创作中出现的倾向,如前文所说,它是遍及哲学、人口学、社会学、宗教学、地理学、经济学、历史学、人类学等人文学科的一股思想文化思潮。在历史学上,爱德华·吉本(Edward Gibbon, 1737—1794)的《罗马帝国衰亡史》(*The History of the Decline and Fall of the Roman Empire*)开辟了以人类活动作为史学研究中心的传统。这部皇皇巨著涵盖时间 1500 余年,考察并叙述了罗马帝国从西罗马帝国盛极一时到东罗马衰落灭亡的历史。它不再像以前的历史著作那样以神或神学为中心,不再以宗教观念作为事件的纲领和框架,不再将异教作为基督教的敌人来丑化,而是将考察和记叙的重点对准政府管理、社会变迁和文化传播,而且采取的是相对客观的叙事、平铺直叙的语言风格,被认为是现代史学的开端。尤其是其中带有诙谐和揶揄正统宗教的语调,受到当时保守派学者的抨击。在哲学上,前文在第二章已经介绍,以边沁为代表的功利主义提出的追求最大多数人最大幸福的幸福观,对于神学中服从上帝牺牲自己的学说是直接挑战,因为这一观点的基础就是认为,趋利避害或者说追求快乐逃避痛苦是人的天性。在经济学上,斯密在《国富论》中提出的合理谋利、

---

[1] 以上所引霍普金斯"黑色十四行"诗行均引自《世界文学》,2014 年第 2 期,第 274—279 页。

劳动分工和追求财富等观点，也是对基督神学所主张的虔信上帝、不计得失、无我奉献观点的修正甚至挑战。在人口学上，马尔萨斯《人口论》(*An Essay on the Principle of the Population*)提出了两个著名的原则，即人口以几何级数增长而物质资料以算术级数增长的理论，将人类的繁衍或人口的增长看作是一种自然本性所导致的结果，而不像上帝创世说那样是一种受到某种超自然力量控制的行为。这一理论显然也是对神学最基本观点的挑战。

人进神退这一趋势也可以从民众参加主日崇拜这一基督教最基本也最普遍的宗教活动中得到旁证。根据英国官方对1851年3月30日这一天民众参加星期日主日活动人数的调查，在英格兰和威尔士18 000 000居民中大约只有7 000 000人参加了主日崇拜；也就是说，这两个地区只有不到一半的人参加了主日崇拜，而参加周日祷告的国教徒不到四分之一。"以上统计数字本身让人们很难确定，到19世纪中期，维多利亚的英国是一个虔诚的宗教国家呢，还是一个世俗化在不断深化的国家。[1]"

结合本书前文的论述我们可以看出，人进神退这一思潮是英国在18世纪和19世纪前期社会运动带来的必然结果，或者更宽泛地说是人类历史上现代化运动发展的必然结果。这个运动以工业化为主潮，以城市化、科学化、市场化、贸易化为实现途径，横扫了政治、经济、社会、思想、文化等各个领域。到了维多利亚时代，工业化运动带来的科学大发现加剧了怀疑主义的扩散和深化，剧烈的社会变革带来的贫富差距和分配不公将怀疑主义扩散到中、下层民众，引发了持续的如反对《谷物法》运动、宪章运动、社会抗议运动，推动了社会变革。这些社会运动反映到文学创作上就是现实主义潮流的繁荣和社会生态诗歌的兴起，这也是本书后面论述的内容。

---

[1] Philip Davis, *The Oxford English Literary History: The Victorians*. Beijing: Foreign Language Teaching and Research Press, 2007, p.98.

第十章　底层的呻吟与叹息

　　社会生态诗歌表现的对象是底层民众：是他们贫穷、困苦、艰难的生活状态，繁重、窒息、危险的工作状态，郁闷、无助、绝望的精神状态，是社会上众多不公、不平、不仁、不义现象，是广大民众和正直的人们为追求公平与正义所进行的抗争。广大民众是在工业化浪潮中被冲刷到城市尤其是工业城市棚户区及其周边乡村角落的城市工人、失业者和失地农民。他们或是因工业生产方式而丢失了原来的生活手段的城乡手工业工人；或是因圈地而失去了赖以生活的土地涌进城市的流民；或是因无一技之长而找不着工作或经常被辞退的无业游民；或是因家庭人口多却收入少的城市工人；或是因疾病和其他灾难而失去劳动能力的城市和乡村贫民；或是因参加抗议和卷入债务纠纷而被抛进监狱的普通百姓。总之，他们是处在社会最底层的平民大众，经受着超负荷劳动、饥饿、疾病，甚至死亡的痛苦，遭受着缺医少药、缺吃少穿的折磨，政治上无权利，经济上无保障，社会上无地位，物质上连基本生活需求都难以保障。问题是，遭受这些穷困和折磨的对象遍及各个行业、各个地区、各个年龄阶段，几乎无有幸免。

　　儿童总是社会上最为弱小最容易受到伤害的群体，也是最值得同情怜悯的群体，但在英国工业化进程中儿童却是最先被卷入社会底层的群体之一。大量随着父母亲寄居在工业城市或工业中心和矿山周围的儿童，没有上学的机会，或者上不起学，只能跟随父母亲或者单独进工厂,下矿井,进车间,一起拉矿车,背煤筐,拖布垛,而那些唯利是图的工厂主、矿主和企业主也乐于以更低的工资去雇用这些童工。前文已经述及,为了阻止大量童工被雇用遭受沉重劳动的摧残,英国议会1819年通过《工厂法》(Factory Act of 1819),禁止雇用9岁以下的童工,从此可以推测出当时雇用童工之普遍,童工年龄之小的程度。正是因为有这样的社会现实,很多维多利亚诗人注目投向这一非同一般的社会群体,表现这一特殊群体的非人的悲惨生活。我们可以发现有不少表现儿童悲剧命运的诗篇。

伊丽莎白·布朗宁或许是最早将同情投向儿童的诗人之一。这位一向流连于爱情诗花园的象牙塔诗人也难以抑制对种种凄惨现象的愤懑,尤其是对儿童的压榨与折磨。1843年,她发表了《孩子们的哭声》("The Cry of the Children")一诗,对童工遭受的重压和折磨进行了形象化的描摹:

> 兄弟们,你们可听见孩子们的哭声?
> 他们还不到懂得忧愁的年纪。
> 他们把幼小的头依靠着母亲,
> 可仍然止不住哀泣。
> 羔羊们在草地上咩咩地叫,
> 小鸟们在巢里唧唧地唱,
> 小鹿们追逐着影子欢跳,
> 小花儿们向着西方开放,
> 可是,兄弟们,幼小的孩子呢?
> 他们却在苦苦哀啼!
> 人家游戏时,他们在哭泣——
> 在这自由的国度里。
> ……
> 他们抬起苍白凹陷的脸,

第十章 底层的呻吟与叹息

他们的样子真叫人心酸,
因为饱经风霜的苦痛扭曲着,
压迫着幼年的脸。
他们说:"我们年轻的脚多么软弱,
你们古老的大地多么冷酷,
我们才走了几步就已倦了,
还要走多远才能到安息的坟墓?"
……
啊,可怜的孩子,他们在追寻
生中之死,作为最大的安慰,
他们用裹尸布包扎自己的心,
才能使它免于破碎。
孩子们,从矿井和城市里出来吧,
唱吧,孩子,像那小小的画眉鸟,
在牧场上采一把把樱草花。
笑吧,让花儿从手指缝里撒掉。
可是他们答道:"牧场上的樱草花
和我们矿上的野草不是一个样?
让我们静静留在煤矿的黑暗中吧,
远离你们的欢乐和明朗!"①

(飞白 译)

  诗人以饱蘸深情的笔触、以成人的口吻描写了在煤矿和工厂承担沉重劳动的童工们的悲惨生活,并以与孩子们对话的方式表现了他们天真无邪的期盼却又痛苦无望的心情:他们宁可待在黑暗的矿井里,"远离你们的欢乐与明朗";他们"期盼着死亡,并不愿意在死前向上帝

---

① 飞白译,《英国维多利亚时代诗选》,第135—138页。

祈祷,因为在他们心中,上帝就是老板的形象"[1],宁可自杀以结束痛苦不堪的生活。实际上,伊丽莎白·布朗宁夫人在诗中描写的情况在维多利亚时代是非常普遍的现象。根据约翰·菲尔顿(John Fielden,1784—1849)1836 年出版的《工厂制度的祸害》(*The Curse of the Factory System*)一书的记载,他们在对德比郡、诺丁汉郡和兰开夏郡调查之后发现,阿特莱特水力织布机的发明,导致大量织布厂在这三个地方投入生产后需要大量的人力,女工不足使得工厂主去雇用童工,成千上万七岁到十三四岁的无依无靠的儿童被送到北方去。"这些任凭工厂主支配的无依无靠的无辜儿童,遭到了最悲惨的折磨。他们被过度的劳动折磨致死。他们被鞭打,戴上镣铐,受尽挖空心思的残酷虐待;他们大多饿得骨瘦如柴,但还得在皮鞭下干活,有的被逼得自杀,以逃避这一生的受虐待。[2]"

这样的情况不是个例。1842 和 1843 年出版的一本蓝皮书记载了许多妇女和儿童在暗无灯光的狭窄矿井巷道与男人一起劳动的实况,有些还附上了图片。有些孩子甚至小到四五岁,也要一天到晚在孤独的状况下工作十几个小时。在那些令人窒息的矿井里还有一些儿童和半裸的妇女在一起劳动,中间甚至还有一些临产的妇女拖着大肚子干活。他们四个一起,手脚并用地将沉重的矿车拖到地面上来。还有一些矿工就像牛马一样,身上背着沉重的矿袋,顺着陡峭的铁梯往上爬[3]。

除了因繁重体力劳动而致死外,还有很多儿童早夭,或因为营养不良,或因为生活环境恶劣,或因为生病得不到及时医治,或因为养不起

---

[1] Richard Cronin, et al. (eds.) *A Companion to Victorian Poetry*, Oxford: Blackwell Publishing Company, 2002, p.74.

[2] 转引自罗伊斯顿·派克编著:《被遗忘的苦难:英国工业革命的人文实录》,蔡师雄等译,福州:福建人民出版社,1983 年,第 54—55 页;参见 https://en.wikipedia.org/wiki/John_Fielden,检索日期 2019 年 3 月 30 日。

[3] Richard D. Altick, *Victorian People and Ideas—A Companion for the Modern Reader of Victorian Literature*, New York: W.W. Norton & compcny, 1973, pp.45-46.

而被遗弃,凡此种种。我们从斯温伯恩的《婴儿之死》("A Baby's Death")一诗中,可见这种现象之一斑。诗人在诗中对降生不久就离世的婴儿给予了哀婉而又浓郁的情感投入:

> 一个小灵魂差点儿就插上翅膀飞向大地
> 从天堂带来的翅膀在此降临
> 我们欢呼雀跃,为这诞生的
> 一个小灵魂。
>
> 我们心里悲痛萦绕如同敲响的钟声,
> 不知道在这黑暗的世界外
> 什么才是天堂卷轴里的文书。
>
> 那儿富饶但饥馑,
> 所有的东西都在时间掌控中
> 在那儿,或许,噩梦,不再缠绕
> 一个小灵魂。
>
> 小小的双脚还没有踩踏过
> 泥土,没有行走在田间小巷,
> 是什么样的手牵引他又回归了上帝
> 这双小小的脚?
>
> 六月的玫瑰热烈盛放,
> 当生命在草地上奏响挽歌时
> 它就不再美丽芬芳。
>
> 在他们瞻仰的时候

少许透射的月光下便能看到
　　妈妈的双手紧握并套上鞋子为这
　　小小的双脚。

　　一双小手还没有探索
　　世界的奖赏,便尘封于沙土,
　　而死神啊,上帝的仆人,带来什么礼物给
　　这双小手?

　　我们会问:但爱却静静站在一旁,
　　爱,让思想睁开双眼插上翅膀
　　去寻找超越死亡天堂延伸的地方。①

(彭羽佳　译)

"一个小灵魂","小小的双脚","一双小手",诗人一再使用"小小"这一词语的意图非常明确,就在于让读者的注意力放在"小小"上面,因为"小小"与可爱、娇嫩、无邪相关,使得这些联想愈加增添了"婴儿之死"的悲剧感和揪心感;因为这些可爱无邪的小生命还没来得及展开翅膀,双脚还没来得及踏上大地,双手还没来得及握住妈妈的手,就被死神掠走。

　　这首诗发表于19世纪60年代。这时候英国已经建成了工业社会,但底层民众的贫困并没有根本的改观,婴儿和儿童的死亡率还很高。根据研究,19世纪后半叶婴儿死亡率依然居高不下②,一直到世纪

---

① http://www.poemhunter.com/algernon-charles-swinburne/,检索日期2014年12月28日。
② 参见 Roberts Woods and P. R. Andrew Hinde, "Mortality in Victorian England: Models and Patterns", *The Journal of Interdisciplinary History*, Vol.18, No.1, Summer, 1987, pp.27-54.

末都维持在15%[1],这种现象直到20世纪初开始福利国家建设以后才慢慢改变。因此,婴儿早夭、童工恶劣工作环境和劳累致死这些让人揪心的现象,成为富有同情心的诗人们笔下的重要素材。

除了儿童和少年以外,女工就是维多利亚时期遭受更多贫困和苦难的最大的社会群体。这个群体糟糕的生活状况、恶劣的工作环境和不公的社会待遇也成为维多利亚社会生态诗歌表现的主要对象之一,其中对女工悲惨命运的表现和描写尤为醒目。

托马斯·胡德(Thomas Hood,1799—1845)是最早也是最著名的创作工人诗歌的诗人,曾经被英国批评家威廉·罗塞蒂(William Michael Rossetti)认为是雪莱和丁尼生两代诗人之间"英国最好的诗人"[2]。他出身于伦敦一个书店老板之家,经历过账房学徒和版画雕刻学徒的生活,了解底层民众的生活。1821年,他在朋友介绍下成为《伦敦杂志》(*The London Magazine*)的副编辑,得以接触到当时具有明显激进倾向的文学团体"文学学会"(Literary Society)里的很多著名作家,并逐渐接受激进思想,成为最早集中表现底层民众悲惨生活状态的诗人之一。他创作的一系列诗歌逼真细致地描写了产业工人的生活和工作状态,其中《衬衫之歌》是广为流传并一再被引用的一首诗,我们不妨引用数节来看一下:

> 手指磨破了,又痛又酸,
> 眼皮沉重,睁不开眼,
> 穿着不像女人穿的褴褛衣衫,
> 一个女人在飞针走线。
> ——缝啊! 缝啊! 缝啊!

---

[1] Asa Briggs, *Victorian Cities: A Brilliant and Absorbing History of Their Development*. London: Penguin Books Ltd., 1968, p.19.
[2] 参见 https://en.wikipedia.org/wiki/Thomas_Hood,检索日期2014年12月8日。

穷困污浊,忍饥受饿,
但她仍用悲凉的调子,
吟唱着这支《衬衫之歌》。
……
劳动—劳动—劳动
直到头脑眩晕;
劳动—劳动—劳动
直到眼睛昏沉。
接缝,角料,带子,
带子,角料,接缝,
知道我钉扣子时睡着了,
一面做梦一面还在缝。
……
劳动—劳动—劳动!
我的劳动永不松懈;
报酬是什么?——一块面包皮,
一身褴褛,一床麦秸。
屋顶摇摇欲坠,地面空空如也,
桌子歪斜,椅子断腿,
家徒四壁,只能感谢
我的影子有时把它点缀。①

(飞白 译)

  诗中对纺织女工恶劣的工作环境、贫困的生活状态、超强度的劳动程度、极其低廉的收入水平都做了具体真切的描述,不仅表现了纺织女工们的生活现状,也表现出底层民众的生活一角。女工们的辛劳、辛苦

---

① 飞白译:《英国维多利亚时代诗选》,第 123—125 页。

第十章　底层的呻吟与叹息

与辛酸都跃然纸上。当时纺织工人的生活状况和工作状况不仅可从以上这些诗歌中得到表现,也可以从当时的一些历史文献中找到实例支持,比如,詹姆斯·沙特尔沃思爵士于1832年出版的《曼彻斯特棉纺织业工人在精神和身体方面的状况》一书中就有具体的描述:"日复一日、年复一年的没有间歇的消耗精力的劳动,是不会使人在智力方面和道德方面有所发展的。在这种永无止境的苦役中,反复不断地完成同一个机械过程;这种苦役单调得令人丧气,就像西西弗斯的苦刑一样:劳动的重压像巨石般一次又一次地落在疲惫不堪的工人身上。"[①]

胡德不仅写女工的贫困生活,也将笔头对准那些受压迫、受歧视、受凌辱的妇女群体。比如,他在另一首诗《叹息桥》("The Bridge of Sighs")里就描写了一位因生活所迫沦落为妓女的女子,描述了她忍受不了屈辱而自杀的情形,并流露出对这位不幸女子的同情,对社会不公的谴责:

又一个不幸者,
厌倦了呼吸。
轻率的卖笑者,
结束了自己。
……
衣衫紧贴着身体,
看起来像是寿衣;
波浪浸透了衣服,
河水滴个不住;
赶快把它抱住——
要亲切,不要厌恶。
……

[①] 参见罗伊斯顿·派克编著:《被遗忘的苦难:英国工业革命的人文实录》,蔡师雄等译,福州:福建人民出版社,1983年,第24—26页。

尽管她曾失足——
这个夏娃的同族，
请从她可怜的唇上，
擦净渗出的黏浆。
……
啊,多么可叹,
基督教的仁爱
阳光之下难寻。
啊,多么可怜,
在整座城边,
她竟无家容身。

凭河远望,万家灯火
在河水里荡漾。
看那无数窗口
从一楼到顶楼
都亮着灯光,
而她黑夜无家可归,
在此惊愕地凝望。

使她颤栗的是
早春的寒风凄凄,
而不是桥洞阴森,
不是黑水急急;
因人生而疯狂,
愿投入死的神?
让流水卷走吧,快!
不论到哪儿都可以,

第十章 底层的呻吟与叹息

只要在这世界以外!

她决然投身,
不顾河水寒透,
不顾激浪奔流……
你,放荡的男人,
站在河岸上想象一下,
如果你胆量够,
下水洗一洗,喝几口!①

(飞白　译)

很显然,投河自杀的是一位沦落风尘的弱女子,因为"无家容身",很可能也没有赖以为生的手段,只能靠出卖肉体来维持生计。这位女子那么年轻美丽,有那么苗条的身材,只因为蒙受的耻辱,就毅然从叹息桥上跳下,结束自己年轻的生命。诗人在这里不仅给这位过早凋谢的生命寄以极大的同情,称她为"夏娃的同族",叹息"啊,多么可怜",也对社会的不平、宗教的虚伪和"放荡的男人"发出质问:"基督教的仁爱/阳光之下难寻",望着"万家灯火",却没有她的安身之处;她无处可去,"让流水卷走吧,快!/到哪里都可以,/只要在这世界之外"。这些质问充分表现出诗人强烈的正义感和道德感。

就连唯美主义诗人王尔德对妓女这一类处于社会最底层的群体也给予了极大的关注和同情。他在《晨的印象》这首用来模仿法国印象派绘画的诗中,描写了暗夜中伦敦城的社会黑暗与不公,描述了泰晤士河夜晚的灯红酒绿和清晨的清冷后,在诗的最后一节转向描写黎明到来之前还在街头流连的妓女,令人心生寒意:

---

① 飞白译:《英国维多利亚时代诗选》,第128—130页。

>　　但有一个女子却孑然一身，
>　　晨光已吻着她暗淡的发际，
>　　她还在煤气街灯下流连——
>　　火红的嘴唇，石头的心。①

（蔡玉辉　译）

这位妓女经过了一夜的辛勤，快到黎明还舍不得离开回去歇息，仍然在灰黄的街灯下流连，期待着接客，要么是晚间生意清淡收入微薄，要么是不顾疲劳要挣更多的钱去养活很多人。本来就是在底层挣扎，还要拼死拼活日以继夜，其中的辛酸劳苦何其深重。

很多诗人除了将儿童和妇女作为描写对象，也关注贫民和穷苦人，表现他们的困苦和凄惨。另一位为贫穷人讴歌执言的诗人是詹姆斯·汤姆森(James Thomson, 1834—1882)。他也同样出身于下等阶层。他是苏格兰人，在父亲去世后就被送进了皇家苏格兰救济院，并在那里接受初等教育。在爱尔兰服役期间，他与激进人士查尔斯·布拉德劳(Charles Bradlaugh)多有接触，受到他的影响而逐渐走上批判社会不公、揭露丑恶社会道德的创作之路。他的一首《叹息之歌》("A Song of Sighing")淋漓尽致地表现出了底层民众的悲伤、悲哀与悲痛：

>　　有没有一点儿的快乐在今天
>　　让我们感受，心啊！
>　　求你能停留一会儿，
>　　再离开，
>　　挥动你的翅膀
>　　带来更光明的感觉。

---

① http://www.poemhunter.com/poem/impression-du-matin/，检索日期2018年1月12日。

第十章 底层的呻吟与叹息

就像一只迷途的蝴蝶
在黑暗的房间；
诉说着：——外面就是艳阳天，
芬芳的花朵绽放，
鸟儿歌唱，树儿青翠
小溪潺潺波光粼粼。

心啊！现在我们已经
悲伤了很久没有任何改变，
深深禁闭且远离了阳光和歌曲
没有任何改变；
我们不得已安慰自己
这世界并不全是悲痛。

有没有一点儿的快乐在今天
让我们感受，心啊！
求你能停留一会，
再离开，
挥动发光的翅膀
照亮美好的梦想，
哦，如此哀痛是我的心！[①]

（彭羽佳　译）

詹姆斯·汤姆森在另一首长诗中对社会不公与黑暗现实进行了更为深刻也更为全面的揭橥，那就是为他赢得持久声誉的《可怕夜晚中的城市》。这首诗共有 21 个诗章，长达 1100 多行，内容涵盖了伦敦这座

---

① http://en.wikipedia.org/wiki/James_Thomson_(B.V.)，检索日期 2014 年 12 月 27 日。

急剧膨胀伴随着环境恶化的都市里被黑夜掩盖的一切:像坟墓一般黑暗和沉寂的楼房(第 87 行),像石雕悲剧面具般疲惫木然的脸庞(第 94—95 行),一出生就残缺不全甚至夭折的婴儿(第 103—104 行),像没有尽头的地狱般的黑夜(第 116 行)等。为了更具体地了解诗歌中对被不公与贫穷的"黑暗"笼罩的城市逼真而又富于艺术性的描写,我们来看一下诗歌在第三部分对黑暗中的街道的描画:

> 尽管路灯点亮了这寂静的街道,
> 甚至月光也照亮了这空旷的广场
> 但黑暗仍掌控了无数的街道和紧闭的寓所;
> 当夜晚像一件偌大的斗篷笼罩在
> 这漆黑沉闷的露天场所,
> 楼宇在广袤的黑夜中若隐若现,
> 街道像地下巢穴一样深不可见。①

(彭羽佳 译)

街道、广场、露天场所、楼宇、寓所都被"广袤的黑夜"所笼罩,"街道像地下巢穴一样深不可见",这里的黑夜意象无疑隐喻着严重不公和极其不平的社会环境,而街道、楼宇和寓所隐喻着在黑暗中挣扎煎熬的贫民百姓。这样的隐喻在诗歌的第十四部分转变成了直接的宣泄和呼喊:

> 啊,黑暗,黑暗,黑暗,忧郁的兄弟!
> 啊,在黑色涌流中搏斗却没有方舟!
> 啊,幽灵般的夜游者在罪恶的黑夜!
> 我的灵魂在这暗无天日的年头流血。

---

① http://www.poemhunter.com/poem/the-city-of-dreadful-night/,检索日期 2014 年 12 月 27 日。

痛苦的血滴就像眼泪一般流淌;

啊,黑暗,黑暗,黑暗,远离欢乐与光明。①

(蔡玉辉 译)

诗人在这里已经不再像前文那样隐讳了:"忧郁的兄弟""幽灵般的夜游者",其所指应该是那些在深夜拖着疲惫双腿赶回住所的工人或清洁工;"黑色涌流""罪恶的黑夜""暗无天日的年头"应该是指恶劣的社会环境、工作环境和生活环境;"我的灵魂在……流血","痛苦的血滴"是指那些遭受精神和肉体双重折磨的贫苦百姓。实际上,诗人在一开篇的"序言"部分就清楚地亮明了自己的创作动机:"我要在半死状态/写下心中深深的疲倦和灵魂中悲伤的泪"(第1—2行)。有论者认为,这首诗的思想根源和素材来源是作者从小到成人所经历过的苦难、灾难和折磨②,笔者认同这一观点。诗歌中体现出来的悲观主义情绪,以及渗透的忧郁笔调,的确与诗人从小失去父母、被收留到伦敦的孤儿院并在那里长大这一经历密切相关③。但同样难以否认的是,这首诗创作的19世纪六七十年代所广泛存在的工人阶层和底层民众的贫困、贫富沟壑及其引起的社会矛盾,尤其是在城市存在的诸多不公、腐败等丑恶现象,给诗人带来了极大的精神心理冲击,让他感到失望、愤怒和抑郁。

  这样的失望与不满情绪不仅弥漫在胡德、汤姆森等出身贫困的诗人中间,就连王尔德这样出身于知识分子家庭的唯美派诗人,不仅主张"为艺术而艺术",对于维多利亚时期的主流道德伦理也持有愤世嫉俗的态度。他主张艺术创作和文学批评的目的不是要我们去热爱自然,而是要去揭示其中那些丑恶的东西。当然,他所说的自然是大写的,包括人类

---

① http://www.poemhunter.com/poem/the-city-of-dreadful-night/,检索日期2014年12月27日。

② Jarome J. McGann & James Thomson (B.V.), "The Woven Hymns of Day and Night", *Studies in Literature*, 1500—1900, Vol.3, No.4, *Nineteen Century*, Autumn, 1963, pp.493-507.

③ 参见:http://en.wikipedia.org/wiki/James_Thomson_(B.V.),检索日期2014年12月27日。

社会在内的大自然。他认为,在维多利亚那个充斥着虚伪、市侩、功利、短视的年代,一切艺术都是不道德的,一切思想都是危险的[①]。

受贫穷煎熬和沉重劳役或孤独凄凉折磨的不只是儿童、妇女和贫民,还有那些被岁月和社会遗忘的老年人,梅瑞狄斯在《衰老》("The State of Age")一诗中就描写了一位年老体衰被人遗忘的老人:

> 擦拭你那台破旧的灯:既非强求亦非祈求
> 你任何形式的殊荣。照亮年轻人吧。
> 你的身躯如同布满灰尘的帷幔,
> 哦,灰色的!是松动钉子上的垂饰。
> 对于我们的生活,你已成为过期的蛋,
> 或是一只难缠的鸟:那条放任的舌头,
> 也像一只讨厌的公鸡,为小事而喋喋不休,
> 时间的飞逝反衬出你双腿的停滞。
> 可以肯定,自然不再对你倾慕。
> 但是,在你辉煌时也曾将她点燃过,
> 一路鞭策着,从自我一直燃烧到精神,
> 你的荣耀理应得到地球之子们的敬仰:
> 是啊,在你那骄傲的"我"
> 像任何仓促行动一样轰然倒下,
> 而成为一具无用的空壳前,
> 将你的光和热传播出去吧。[②]

(宋庆文 译)

---

① Oscar Wilde, "The Critic as Artist" in *The Norton Anthology of English Literature*, Vol.2, 8th ed., Stephen Greenblatt (ed.). New York: W. W. Norton & Company, 2006, pp.1689 - 1698;奥斯卡·王尔德:《评论家也是艺术家》,载王春元、钱中文主编:《英国作家论文学》,汪培基,等译,北京:生活·读书·新知三联书店,1985年,第 232—307 页。

② https://www.poemhunter.com/poem/the-state-of-age/,检索日期 2014 年 12 月 25 日。

这位曾经风华辉煌过的老人,已经只能在"擦拭你那台破旧的灯"里寻求安慰。他的"身躯如同布满灰尘的帷幔",对于年轻人,"他已成为过期的蛋","或是一只难缠的鸟""那条放任的舌头","也像一只讨厌的公鸡,为小事而喋喋不休",已经没有人去在乎他,"时间的飞逝反衬出你双腿的停滞"。显然只有一种归宿,那就是趁着还没有"成为一具无用的空壳前","将你的光和热传播出去吧"。这个社会就是这样对待那些将要老去的人。诗人用了一句来总结这些老年的状态:"可以肯定,自然不再对你倾慕"。也就是说,随着年龄的增长,衰老降临到老年人头上,他们从行为到思维都出现了很多不讨人喜欢的现象,但诗人的本意或不仅于此,对这些老人"不再倾慕"的不只是衰老这一无法避免和改变的"自然"规律,更要紧的是社会没有给这些穷困的老人提供必要的保障和救助。这是困扰维多利亚时代后期的另一普遍的社会问题。

恶劣的工作环境和窘困的生活状态使得工人阶级和穷人很早就步入老年状态:生活无着,身体衰弱,健康恶化。即使是那些有些身份的老人,在失去经济来源又得不到社会保障后也难免流落街头。以创作五行打油诗(Limerick)而闻名于其时英国的爱德华·利尔也是以诗画表现老人的高手,其中有一首《有一位老人他这样以为》("There Was an Old Man Who Supposed"),就描写了一位无家可归、流落街头的老人:

> 有一位老人他这样以为,
> 街上的大门有些打了烊;
> 但有些大老鼠,啃着他的外衣和毡帽,
> 而这位无用的老绅士在打瞌睡。[①]

(蔡玉辉 译)

---

① Margaret Ferguson, Mary Jo Salter and Jon Stallworthy (eds.), *The Norton Anthology of Poetry*. 5th ed. New York & London: W. W. Norton & Company, 2005, p.1042.

短短四行的诗歌中至少有以下信息值得我们注意："街上的大门有些打了烊",暗示了时间应该是黄昏或晚上;"有些大老鼠"在"啃着他的外衣和毡帽"表明了伦敦街道的卫生状况,老鼠多而且横行无忌,同时也表明这位老人的昏睡状态,老鼠在咬他竟然不知晓;"这位无用的老绅士在打瞌睡"表明了老人的身份,他是一位绅士,现在沦落到流落街头了,因为大部分商店都打烊,他已经无处可去,只好坐在街边打瞌睡。这一幅老人流落街头坐地昏睡被老鼠啃毡帽的画面,足以典型地反映出那个时代贫困老人窘境之一斑。

"搜诗网"上利尔的156首短诗[1]里,有几十首这样从各个层面描写孤苦老人的诗。其中有一首描写流落野外树下的老人,他躺在树下,或许饿着肚子,昏昏欲睡,也或许是身上的异味吸引了一群蜜蜂围着他,把他当成了一截树干,嗡嗡地飞来飞去。路过的旅人关心地问着这位老人,老人做出了这样的回答:

> 有一位老人坐在树下,
> 被一只蜜蜂拼命嘲笑。
> 人们问说"蜜蜂在嗡叫么?"
> 他答说"是的,是在嗡叫!
> 这是蜜蜂正常的骚扰!"[2]

(蔡玉辉 译)

这样带着一丝苦涩、一丝幽默、一丝讽喻且栩栩如生的描写在利尔的五行打油诗里比比皆是。

工业城镇的底层民众是维多利亚时期贫困群体的主要部分,他们的生活苦状反映了工业化进程给城镇贫民带来的痛苦,工业化进

---

[1] https://www.poemhunter.com/edward-lear/,检索日期2018年11月21日。
[2] https://www.poemhunter.com/poem/there-was-an-old-man-in-a-tree/,检索日期2018年11月21日。

程同样给被工业浪潮洗刷的广大乡村农民带去了流离失所、背井离乡、生活无着等苦难。这些苦难也成为一些诗人笔下的素材。那些关注乡村变化和变迁的诗人们的眼光聚焦于被工业浪潮推到社会边缘的乡村,关心那里在穷困、疾病、灾难中挣扎的农民。哈代的诗歌中就经常出现这样一些主题。《鼓手霍吉》("The Dead Drummer")一诗表达了对年纪轻轻就死于英布战争的鼓手绵长的哀思。《被糟蹋的姑娘》("The Ruined Maid")的主人公是一位原本天真美丽的姑娘,但在流落城市后因生活无着沦为妓女,一天碰巧被家乡的姐妹看到,穿着花枝招展的衣服,佩戴着惹眼的首饰,"活像个贵妇人",但当她在被姐妹羡慕地问到怎么会有这样的变化时,她却回答说,"亲爱的,不懂事的小姑娘,你呀/别企望这些,你没有被人糟蹋。"[①]这番话里所包含的辛酸只有那些有着同样经历的人才能完全体会得到。《我们在走向想象的尽头》("We Are Getting to the End of Visioning")一诗就隐喻着原本充满温馨宁静美丽的乡村想象在工业化洪流中被冲刷得七零八落,风光不再:

> 我们在走向想象的尽头
> 这个世界里不可能的事情。
> 会有好时光跟在糟糕之后,
> 我们的族群或用理性补漏。
>
> 我们知道即使像云雀关笼囚
> 诅咒中唱出不假思索的求救
> 将它们终身锁在栅栏的灵柩,
> 我们反复不停地快乐悠悠。

[①] 蓝仁哲译:《托马斯·哈代诗选》,第 22—23,35—36 页。

> 当国家要将它们毁损的时候
> 用脚和马蹄践踏邻居的守候,
> 将它们快乐草原踩为补丁连了线
> 它们会再次,不是留心,也不是爱好,
> 被那些魔一般的力量引诱得发狂。
> 是的。我们在走向梦想的尽头。①

(蔡玉辉 译)

面对贫穷的生活状态,深重的生活负担,不公平的社会环境,广大底层民众除了偶尔参加一些抗议活动以外,并没有什么有效手段来改变这种状态。实际上,维多利亚时期遭受贫穷和病灾折磨的广大底层民众中普遍存在着两种现象:一方面在福音派运动的布道中寻求解脱和安慰,另一方面也对基督教教义产生怀疑。《圣经》对于千千万万老百姓来说,不仅是接受基督教教义和信仰的唯一来源,也是他们获得读写能力的主要读本,底层民众的孩子们几乎都是从主日学校开始认字识读,而在为工人开办的学校里,《圣经》也是用来训练阅读能力的主要教材②。另一方面,随着知识的增长,尤其是随着科学发现的不断涌现,普通的维多利亚人从小从《圣经》中接受的宗教进化论受到物种进化论的挑战,当这些从小形成的观念面临挑战的时候,他们要遭受痛苦也就是自然不过的现实③。

如果说以上那些儿童、妇女和老人是穷苦大众中的代表,他们在生活重压下的叹息充满了辛酸和愁苦,那么,那些被关押在暗无天日的牢房里的囚犯则是处于那个社会最底层的民众,他们发自监狱里的呼喊

---

① https://www.poemhunter.com/poem/we-are-getting-to-the-end/,检索日期 2014 年 12 月 27 日。
② Timothy Larsen, *A People of One Book: The Bible and the Victorians*. Oxford: Oxford University Press, 2011, p.2.
③ Richard D. Altick, *Victorian People and Ideas—A Companion for the Modern Reader of Victorican Literature*, New York: W.W. Norton & company, 1973, p.203.

更让人心灵震颤。根据研究,维多利亚时代除了刑事犯罪以外还有大量因债务、政治抗议等活动而被关进监狱的贫民百姓。这些人受到非人待遇,遭受精神和身体的双重折磨,成为处于社会地狱里的群体。他们的呼号是那个时代最悲怆、最痛苦、最震撼人心的控诉和呐喊。这方面的诗歌我们会在下一章中加以讨论。

第十一章　怒吼与期盼

在英国历史上，宪章运动是一次持续时间长、参加人数多、政治诉求明确、抗议形式基本非暴力但最后却归于失败的社会抗议运动。列宁就认为宪章运动是"第一次广泛的、真正群众性的、政治性的无产阶级革命运动"[①]。根据我国历史学家研究，这次抗议活动最初的发起者和参加者或者说主体力量是那些因为工业化大生产而逐渐失去赖以生存手段的手工业工人，而不是那些从事大生产的产业工人。宪章运动反对的是工厂化以及以工厂化为主要生产方式的资本主义制度，是这种制度所带来的社会不公与贫富沟壑，是要回到公平平等、田园牧歌式的"快乐的英格兰"时代[②]。尽管从社会发展角度看，宪章运动"代表着前工业社会的独立小生产者的愿望和理想，因此它站在前资本主义的立场上反资本主义"[③]，但宪章派诗歌表现的却是资本主义制度所带来的社会日趋不公、贫富沟壑日趋加大、底层民众日趋穷困这些现实，宪章派诗人们发出的却是民众的怒吼，表达的是人民的期待与期盼。但是，因为宪章运动在统治阶级眼里一直是属于群氓的暴动，受到当政者的打击和镇压，那些表现和歌颂这场运动的诗歌自然也受到屏蔽。根据苏联学者的研究，在宪章运动之后的一百多年里不仅

[①] 转引自：《英国宪章派诗选》，袁可嘉译，上海：上海译文出版社，1984年，第161页。
[②] 钱乘旦、许洁明：《英国通史》，上海：上海社会科学院出版社，2002年，第254—274页。
[③] 同上书，第274页。

没有一部像样的研究专著出版,连第一部宪章派诗歌也是在20世纪50年代才问世①。或许是同样原因,我国对宪章派诗歌的介绍和研究很少,资料也很少。

在长达十余年的如火如荼的宪章运动中产生了许多出色的诗人。袁可嘉编辑翻译的《英国宪章派诗选》中收入的诗人有19位,包括厄内斯特·琼斯(Ernest Jones,1819—1869)、威廉·林顿(William Linton,1812—1897)、查理·科尔(Charles Cole)、爱德华·米德(Edward Meade)、乔治·宾斯(George Binns,1818—1848)等。我们不妨从中选出一些,听一听宪章派诗人对平等、公正的吁求,对统治阶级和社会不公的责问。

琼斯是宪章派诗人中最为著名、诗歌成就最为丰富、批判力度也最大的一位。宪章派诗歌在英国文学史或作品选读里收入的不多,但他是选入最多的宪章派诗人。琼斯创作了几百首诗,收入《英国宪章派诗选》的有16首,其中流传较广的有《宪章派之歌》《囚徒致奴隶》《监狱的铁栏》等。在《维多利亚诗歌指南》一书中,他也有18首诗歌被提及和评述;尤其是在"政治与宪章派诗歌"一节,他的诗歌是介绍和论述的主要对象②。琼斯出身于贵族、军人之家,但出于社会责任感和道义担当而投身于宪章运动,并于1848年因积极参与宪章请愿游行而被捕入狱,判刑两年。他在狱中创作了一系列诗歌,描写了监狱里没有自由、缺少阳光、缺少食物的状况,更表达了宁折不弯、坚定不移、矢志不渝的革命情怀。我们不妨从下面几首诗中来了解一下琼斯表现出来的气概和精神。

> 我从单人囚室里把世界回顾,
> 觉得我的自由不比他们更少——

---

① 袁可嘉译:《英国宪章派诗选》,第164页。
② Richard Cronin, et al. (eds.), *A Companion to Victorian Poetry*. Oxford: Blackwell Publishing, 2002, pp.215-218.

比那些苦难中的奴隶和农奴，
在牧场、在小巷、在街道。

虽然你们的土牢比我的宽敞，
你们却戴着与我同样的枷锁，
英国是照地狱式样新建的牢房，
而狱吏则是软弱和罪恶。

在单人囚室里！但是我不抱怨，
哪怕我躺在"孤独"的怀抱；
早在"时间"攻打和夷平牢墙前，
这些墙就会崩溃、坍塌。

他们挡住光明，他们遮住蓝天，
高高筑起壁垒和围墙，
但是知识之光将把一切刺穿，
带来照彻人间的太阳。

他们用沉默的禁令窒息声音，
用绳索和刑具把我们摧毁；
但高压和暴力只是愚人愚行，
将在坚定的岩石上撞得粉碎。

他们将再次听到我们呼喊，在平原，
在街道，在溪谷，在山地，
他们可以再打败我们，但我们仍然

要向他们冲击,冲击,冲击不息!①

(飞白　译)

　　这首诗的题目是《囚徒致奴隶》,诗人以一个囚徒的身份来给监狱外的战友和人民发出自己的呼吁和倡议。在诗人看来,英国就是一个巨大的监狱,贫苦大众就是"苦难中的奴隶和农奴","而狱吏则是软弱和罪恶";统治者"用沉默的禁令窒息声音,/用绳索和刑具把我们摧毁;/但高压和暴力只是愚人愚行,/将在坚定的岩石上撞得粉碎"。这是何等坚决的态度,何等坚定的信心,充满了挑战一切压迫力量的大无畏气概,而作者又是一位正在监狱里遭受苦役和囚禁而失去自由的人,诗歌中透露出的气势和不屈的精神就更具有压倒一切的力量。这样的气势和信心在他的另一首创作于监狱的诗歌《监狱的铁栏》里也得到充分展示:

铁栏啊,多么阴沉,
把我四面围困,
我要把你锻成甲胄,
与外面的世界对阵。

"壮志"的熊熊熔炉,
用高温把你烧熔,
"决心"的坚定锤击,
将把你锻造成形。

"经验"的扎实铁砧,
把烧红的铁料承住,

---

① 飞白译:《英国维多利亚时代诗选》,上海:上海译文出版社,1995年,第155—156页。

"坚忍"的瘦硬手指，
　　把铁栏之林浇铸。

　　我要在旧伤疤上
　　穿上我新式的铁甲，
　　向我的敌人攻击，
　　挥舞着铁栏冲杀。①

（飞白　译）

　　囚室可以限制人的自由，可以锁住人的身体，甚至可以剥夺阳光和光线的照射，但禁锢不了这些"囚犯"的精神和思想，更难以屈服他们的意志，泯灭他们的激情，反而激发他们的斗志，坚定他们的决心。

　　不只是像琼斯这样的宪章派革命家是这样，还有一批在那个年代受空想社会主义思想和欧文社会主义实践运动影响的激进派作家，面对政府的舆论控制和武力镇压，表现出不屈不挠的革命态度和精神。威廉·莫里斯在《囚室中》（"In Prison"）一诗中就形象地表现了身处牢房但心向光明的精神状态。

　　此一时，孤身一人，
　　仰望着气孔的光亮，
　　我躺着，活在一片漆黑中，
　　脚戴镣铐，手戴锁链
　　牢牢固定在石岩上，
　　冰冷的石墙，如方形字母
　　充盈着囚徒的呻吟。

---

① 飞白译：《英国维多利亚时代诗选》，第154页。

> 旗杆仍然挺立
> 任凭风声猎猎，
> 旗帜漫卷西风
> 卷过我的罪过。①

（蔡玉辉　译）

　　是的，囚犯是一个处于社会最底层的群体；如果说劳苦大众是社会的底层，那么囚徒们则是处于社会的地下室，处于没有阳光并且缺乏空气的地窖里。一般而言，这个群体经常受到社会的唾弃和鄙视，因为他们中有很多人是刑事犯罪分子，对社会具有攻击性和危险性，但在维多利亚时代，由于《济贫法》等歧视性法律的实施，很多无家可归的穷人被关进像监狱一般的济贫院。还因为政府对宪章运动、反《谷物法》等政治抗议运动的镇压，很多宪章派活动家被投进监狱，比如上文的琼斯，还有奥康诺（Feargus O'Connor，1794—1855）等。

　　《宪章派之歌》是一首在宪章运动中流传最广、影响也非常巨大的运动之歌，由宪章派积极分子爱德华·米德创作，并被谱成了歌曲。诗歌语调铿锵，朗朗上口，节奏感强，谱成的旋律明快昂扬，易于在参加宪章运动的游行示威请愿的人群中传唱。从下面的诗行中我们还能感觉得到它那振奋人心、催人奋起和鼓动心弦的力量：

> 听呀！这自由的号角，
> 四面八方在震响。
> 不列颠人，一致奋起，
> 表现崇高的形象；
> 快从崇高中醒来，

---

① http://www.poemhunter.com/poem/in-prison/，检索日期2015年1月11日。

沉睡也就是死亡，
奋起如海洋的巨涛，
赛过澎湃的波浪。

（合唱）
围绕在旗帜的周围，
包围自由的宪章；
决不为任何私利，
把妻儿的幸福埋葬。

围绕着真理的旗帜，
看它迎风飘摇，
抗拒那少数暴君
和一切胡说八道；
朝廷和教会的混蛋，
我们都敢于反抗，
还有辉格党、托利党；
我们只依靠上苍。

（合唱）
围绕着我们的旗帜，
别把自由权送葬，
全世界人民的幸福，
就靠着光荣的宪章！

要求自由人的权利，
尊重一切人的权利：
自由！你神圣的名字，

保护着你的庙宇。
凭自由的圣名起誓,
要自由,活着或死掉;
拒绝戴奴才的枷锁——
是万众一心的口号。

(合唱)
围绕着我们的旗帜,
别把自由权送葬;
全世界人民的幸福,
就靠着光荣的宪章![1]

(袁可嘉 译)

上面述及的宪章派大诗人琼斯也写过一首《宪章派之歌》,诗歌主题是他一以贯之的批判与针砭,投枪所向,对准的是所有的剥削者和压迫者:

滚吧,棉纱大王,小麦大王,
滚吧,你们靠织机和田地谋生;
但给予者与接受者之间,
也总得有法律才行。

滚吧,用十字架,宝剑,王冠,
保护守财奴的仓库!
我们要粉碎你们的束缚,
把果实和土地夺取。

---

[1] 袁可嘉译:《英国宪章派诗选》,第57—58页。

再休想锻造啷当的铁索,
用铁索来捆缚我们,
我们不怕你——我们不理你,
没我们,你们却不成。

来得太晚了,潮流已改变,
你的舵手是坏蛋;
过去我们驯服如奴才,
如今自由而大胆。

我们的生命不是你们的麦子,
权利不是你的物品;
把一切给你们——从茅舍到王宫,
宪章却一定属于我们![①]

(袁可嘉　译)

诗中的义愤填膺,诗中的毅然决然,诗中的凛然正气,诗中那满满的自信,都体现出作为毫不妥协的宪章派革命家琼斯的特点,也折射出宪章派一往无前的英雄气概。

乔治·宾斯也是著名的宪章派鼓动家和诗人,他的一首《致投我于狱的官吏们》,同样充满了宪章派革命者的豪迈气概:

啊,上紧手铐脚镣,
上紧些,听你主子的号召;
镣铐为你们敲出丧钟,我微笑,
为了宪章,我戴上镣铐!

---

① 袁可嘉译:《英国宪章派诗选》,第86—87页。

向那些不愿为耀眼的官衔
出卖崇高事业的人们,
敞开你那阴暗的地牢,
为了宪章,我敢跨进!①

(袁可嘉　译)

詹姆斯·西姆(James Seem)是苏格兰宪章派诗人,他针对辉格党有关工人们一边干活一边唱歌的建议创作的一首《劳工歌》,则是以另一种口气和态度来写给自己的战友和兄弟,其中充满了既有讽刺揶揄又有怒其不争的口吻:

干啊,兄弟们,干啊,边唱边干,
从一线曙光干到天暗,
国王教士掠夺你,又算什么,
除了做工,你没有事干。

织造最最贵重的金色礼服,
制造最最华丽的丝绸,
去打扮那些合法的强盗小偷,
你们自己却冷得发抖。

唱啊,兄弟们,唱啊,边唱边干,
衣服破烂,面包不足;
你们可荣幸啦——竟蒙宫廷来掠夺
工人们居住矮小茅屋。②

(袁可嘉　译)

---

① 袁可嘉译:《英国宪章派诗选》,第28页。
② 同上书,第47页。

一边"干到天暗",一边却"遭受掠夺";一边是"强盗小偷"着"金色礼服",一边"却冷得发抖";一边是"宫廷"华厦,一边是"矮小茅屋"。就是这样的峰壑分明,遭受苦难的兄弟们还"边唱边干",这是为了什么?诗人没有明说,但潜台词却一目了然。其中所喻所怨与几十年前浪漫主义大诗人雪莱在《英国人民之歌》中所蕴含的那份怼怨真有异曲同工之效了。

相似乃尔,对暴君及其专制力量的勇敢挑战,对统治阶级残酷压迫剥削劳动人民的憎恨与反抗,在查理·柯尔《暴君的力量》一诗中有类似表达。

> 你看暴君的铁链力量大,
> 只因奴隶愿戴它;
> 立志不戴铁链的人,
> 谁能强把它戴上身?
> 你们抖动身上的铁链,
> 仿佛轻如鹅毛片;
> 凡是头脑清醒的人,
> 快把铁链碎成粉。
>
> 你看世上的老爷真伟大,
> 别人给衣穿,养活他!
> 可是他们的威风又何在,
> 一旦工人不理睬?
> 乡下佬确实比国王还高贵,
> 按造化的规律来比赛;
> 那些国王真不值分文,
> 乡下佬却是有用人。

我们耕地织布挖煤矿，
为左邻右舍帮大忙；
哪个敢说有神圣的大力，
剥夺劳动者的利益？
我们冲上战场，不顾
千种险来万种苦。
哪个敢使安宁的小茅屋，
丧失质朴的快乐？

不管远近，把暴君灭掉，
用捆缚我们的铁链条；
毁灭卑劣的恐惧心理，
它使我们当奴隶。
一个崇高普遍的要求，
一声正义的怒吼，
为了争自由，光荣地喊叫，
粉碎手铐和脚镣！①

(袁可嘉 译)

宪章运动溢出队伍，越出社会底层，成为一场影响到几乎所有阶层的社会运动。除了以上这些宪章派诗人的诗作，在当时由激进派改革家和出版人主办的期刊和小册子上，也发表了不少抨击时政、批评社会恶习、控诉富人恶行、呼吁政治改革的诗篇，为宪章运动助力助威，动员民众，起到了很好的鼓动和发动作用。下面这首诗就是表达贫民如草芥般死去却没有受到任何哀悼的凄凉景状：

---

① 袁可嘉译：《英国宪章派诗选》，第 69—70 页。

贫民乘车行

一辆暗淡的灵车轻轻地移动，
我知道，它载着贫民走向坟冢；
道路崎岖，马车也没有装弹簧，
且听那可怜的车夫哀伤地歌唱：
　　"石头路上尸骨颠摇，
　　他是个贫民，谁都不要。"

谁来哭他呢？可怜，一个也没有，
他死了，世界上连一个空隙都不留；
男女老少有谁为他掉一滴泪？
快快走吧，到坟地去的灵车：
　　"石头路上灵车颠摇，
　　他是个贫民，谁都不要。"

可怜的贫民咽了气！到如今
马车上一躺，总算和贵人相近：
他终于乘着马车快步行走，
走得那么快，当然车子坐不久。
　　"石头路上尸骨颠摇，
　　他是个贫民，谁也不要。"

这些土包子！看着自己的兄弟
运到了坟地，对他有多少敬意？
想起来，倒快活，自己一旦死掉，
也有机会绅士般到坟地走一遭。
　　"石头路上尸骨颠摇，
　　他是个贫民，谁都不要。"

> 这个调门且慢唱。我心里真悲伤,
> 想到这么个人心灵竟死亡,
> 他就像一个野人,孤苦无告,
> 离开了世界,没个朋友来哀悼!
> "石头路上尸骨轻轻摇,
> 他虽是贫民,造物主要。"①
>
> (袁可嘉 译)

一个贫民如野草一般死去,没有人悲伤,没有人哀悼,没有人送葬,"孤苦无告",只有人用马车将尸骨送去坟冢。对于生者来说,生命的结束自然是伤心至极,但对于死者,却是唯一一次乘坐马车、第一次"与贵人相近"的机会,可以"有机会绅士般到坟地走一遭"!只有尸骨才能坐上马车!只有死亡才能与贵人相近!诗行中饱含的愤懑与哀怨是多么深厚。

威廉·莫里斯虽不是宪章派,但他的政治倾向和思想倾向却与宪章运动的诉求高度一致,他也自称为社会主义者。他在《我为什么成了社会主义者?》("Why I Became a Socialist")一文中这样描述他想象中的或者说理想中的社会主义社会,"既没有富人也没有穷人,既没有主人也没有仆人,既没有游手好闲者也没有过度劳动者,既没有脑残的脑力劳动者也没心残的体力劳动者,总之一句话,在这个社会里,所有人都生活在平等状态,都可以自主地处理自己的事务。②"他甚至认为,"资本主义的自由竞争的社会是病态的,应代之以某种形式的社会主义。"③正因为有着这样的理想和政治伦理,有这样的公平观和平等观,莫里斯自然对不公平与不平等的社会现象疾恶如仇,也就很自然地在

---

① 袁可嘉译:《英国宪章派诗选》,第13页。
② *Norton Anthology of English Literature*, 8th ed., Vol.2. New York: W.W. Norton and Company, 2006, p.1491.
③ 梁实秋:《英国文学史》(三),第1225页。

诗歌创作中对贫富裂变、司法不公、官场腐败等丑恶现象发出了批评的吼声,对统治阶级和资本主义明确说"不",对以宪章运动为代表的工人运动给予礼赞和支持。他在《不要主人》一诗中直截了当地表明了与统治阶级斗争的态度:

> 人对人说我们懂得了一个道理:
> 我们并不需要主人!
> 这块大地属于我们自己,
> 正义事业要我们担任。
> 远古的奴隶们的悲哀,
> 打成了我们的锁链,
> 而今天工人们的忍耐,
> 还在把痛苦大厦修建。
>
> 难道我们还要低头弯腰,
> 在斗争面前惶恐畏葸,
> 为避免我们生命的早衰,
> 情愿拥抱那生中之死?
> 不,让我们呐喊,意气昂扬,
> 以寡敌众与世界对垒,
> 醒来!起来!用我们的希望,
> 把他们的诅咒摧毁![①]
>
> (飞白 译)

在《工人在行进》("Workers Marching")一诗中,莫里斯以社会主义革命家的情怀、鼓动家的气概、预言家的远见,描写了工人运动的磅

---

① 飞白译:《英国维多利亚时代诗选》,第253页。

礴气势,表达了他对工人斗争的支持。

> 这是什么?——人人听到的这种声音和传闻,
> 像空谷来风,预兆着一场风暴正在逼近,
> 像大海汹涌,在一个惊心动魄的黄昏?
> 这是人民在行进。
> ……
> 是他们织你的衣,种你的粮,盖你的楼,
> 是他们化苦为甜,开发荒地,填平山沟,
> 为你干个不休。什么是给他们的报酬——
> 直到大军向这儿行进?
> ……
> 他们又聋又瞎地劳动,度过几百年时光,
> 他们的痛苦盼不到好音,苦工见不到希望。
> 今天他们终于听到了希望,呼声随风高扬,
> 而他们的脚步在行进。
>
> 富人们,发抖吧!听到这风声中含有语言,
> "以前我们为你们和死神做工,从此要改变,
> 我们是人,要为人类世界和生活而战,
> 我们的大军在行进。"
> ……
> "战吗,你们将毁灭,如同干柴遇到烈火。
> 和吗?请加入我们,让我们的希望汇合。
> 来吧,生活在苏醒,世界将永远生机勃勃,
> 而希望在行进。
>
> 前进吧,工人们!人们听到的一片喧嚷

> 是步步逼近的战斗和解救汇成的声浪,
> 我们高举的战旗是每个可怜人的希望,
> 而整个世界在行进。"①

(飞白　译)

莫里斯还在《死之歌》("A Death Song")一诗中表达了不屈不挠、坚忍不拔的革命精神和意志:

> 是谁在行进——从西向东来到此地?
> 是谁的队伍迈着严峻缓慢的脚步?
> 是我们,抬着富人送回来的信息——
> 人家叫他们醒悟,他们却如此答复。
> 别说杀一个,杀一千一万也杀不绝,
> 杀不绝,就别想把白昼之光扑灭。
>
> 我们要求的是靠劳动所得过活,
> 他们说,等他们高兴可以给点施舍;
> 我们要求说出痛苦的学习成果,
> 我们却默默归来,抬着我们的死者。
> 别说杀一个,杀一千一万也杀不绝,
> 杀不绝,就别想把白昼之光扑灭。
>
> 他们绝不学习,他们的耳朵闭塞,
> 他们背过脸去,不敢注视着命运;
> 他们辉煌的大厅把黑天关在窗外,
> 但是听啊! 死者已敲响他们的大门。

---

① 飞白译:《英国维多利亚时代诗选》,第 255—257 页。

别说杀一个,杀一千一万也杀不绝,
　　杀不绝,就别想把白昼之光扑灭。

　　躺着的他,是我们要冲破囚笼的象征,
　　他在风暴之中获得了囚徒的安息;
　　但在此阴霾的黎明太阳已经上升,
　　带给我们工作日,去争取理想的胜利。
　　别说杀一个,杀一千一万也杀不绝,
　　杀不绝,就别想把白昼之光扑灭。[①]

(飞白　译)

"别说杀一个,杀一千一万也杀不绝,/杀不绝,就别想把白昼之光扑灭。"这是何等决绝的态度!是何其乐观的精神!革命者杀不绝,革命之火也不会被扑灭。

对宪章运动和工人运动的前景充满信心的不只有像莫里斯这样的激进派诗人,也有像克拉夫、斯温伯恩、梅瑞狄斯这样一些温和派诗人。克拉夫出身于一个来自威尔士的棉商家庭,童年和部分少年时光在美国度过,后来在著名的拉格比公学和牛津大学接受中等和高等教育,受到高教运动影响,但或许是他少年时代和后来再次到美国与爱默生等作家交往的缘故,他在思想观念上更偏向于当时的改革运动,对宪章运动持同情和支持的态度。有人认为,他的《不要说斗争只是徒劳》("Say Not the Struggle Naught Availeth")一诗从内容上是表达一种信念,对于信念的执着,对胜利的信心,与阿诺德的《多佛海滩》相似。看上去是写给那些疲惫的士兵,鼓励他们鼓足勇气,对胜利要充满信心,但从写作时间看,诗人肯定从1848年的宪章运动得到启发,或者说这场规模巨大的抗议运动吸引了诗人的注意,注意到了广大参加大游行的民

---

① 飞白译:《英国维多利亚诗歌选》,第258—259页。

众所处的生活困境,因而写下了这些诗行①。我们没有找到克拉夫与 1848 年宪章运动大游行或大聚会之间联系的佐证,但阅读过下面的诗行,可以感受到这些诗行的鼓舞力和鼓动力,若为游行人群朗诵,一定会产生巨大的力量。

> 不要说斗争只是徒劳,
> 辛劳和创伤白费无功,
> 敌人未衰竭也未打到,
> 事物如旧而毫无变动。
>
> 希望易受骗,恐慌却善欺,
> 若不是为了你,在远处烟雾中
> 战友们也许已在追击逃敌,
> 也许已经把战场占领。
>
> 因为当疲乏的波浪徒然冲刷,
> 似乎再攻不下惨痛的一寸土,
> 在彼方,通过港湾和河汉,
> 大海的满潮已悄悄进入。
>
> 每当白昼来到人间,
> 光线不仅仅射进东窗,
> 在正面,太阳攀登缓慢,
> 但向西看吧,大地已被照亮。②

(飞白 译)

---

① Richard Cronin, et al. (eds.), *A Companion to Victorian Poetry*. Oxford: Blackwell Publishing, 2002, pp.484-485.
② 飞白译:《英国维多利亚时代诗选》,第 166 页。

斯温伯恩是另一位对宪章运动表示支持的诗人,其政治态度与莫里斯的态度相仿佛,他在《行进歌》("A Marching Song")一诗中同样表达了对斗争胜利和未来前景的乐观态度:

我们从全国各地汇聚到一起,
我们已经行进了很远,
在心中,在口头,在手上
是我们的棍棒和武器;
我们行进在火光中,光明胜过太阳、星星和月亮。

这行进之火光不会燃烧也不会熄灭,
它滚动成球,滚动经年,
风暴撼不动其势也不减其力
却使它团结为一个整体。
这火焰锻造凝炼出王国的灵魂。

……
起来吧,赶在黎明到来之前;
来吧,让所有的生灵都得到喂养;
从田野,从街头,从牢房
来吧,因为食粮已经就绪。
活下去,因为真理在活着;醒来,因为黑夜已逝去。①

(蔡玉辉　译)

克拉夫与莫里斯一样,思想上带有明显的社会主义倾向。也许是

---

① http://www.poemhunter.com/algernon-charles-swinburne/poems/,检索日期2015年2月1日。

第十一章 怒吼与期盼

因为他对英国国教的怀疑,进而对英国统治阶级的行为多半是疑虑和抵制的态度。他对宪章运动充满同情和敬意,这样的情感甚至延续和渗透到他后来的诗歌创作中。伦敦的皮卡迪利大街是宪章运动示威和请愿队伍集中的主要街道之一,曾经在这里发生过示威者与警察和市政官员的对峙,克拉夫在《皮卡迪利大街有你的旗帜》("Ye Flags of Piccadilly")一诗中,就表达了他对这条曾经聚集过宪章派抗议队伍的大街以及宪章运动精神的敬意。

> 皮卡迪利大街有你的旗帜,
> 是我挂上去又拿下来,
> 我经常希望
> 能离开你和这座城市——
>
> ……
> 皮卡迪利大街有你的旗帜,
> 我之前如此痛恨你,我发誓
> 全心全意发誓
> 你如今已深深在我的心底![1]

(蔡玉辉 译)

宪章运动持续了十余年,出现过几次高潮,经过三次大规模请愿,但每次请愿都无一例外地受到镇压,最后都归于失败。到了1850年后,风云一时的激进主义请愿和反抗运动烟消云散,销声匿迹。尽管如此,"宪章运动的特色,在于它第一次调动起如此众多的群众,在全国范围内形成一个真正全国性的政治运动。作为工人阶级的群众性运动来说,它浩大的声势和卷入运动的人数之多,在英国历史上不仅空前,而

---

[1] https://www.poemhunter.com/poem/ye-flags-of-piccadilly/,检索日期2018年12月28日。

且绝后,这不能不说是宪章运动最伟大的贡献之一。①"尽管失败了,但它的现实诉求都极大推动了维多利亚时期的社会改革运动,唤醒了普通民众为自己的权利而斗争的热情,使得呼求平等的投票权,呼求公平的社会待遇,祈求不受歧视的宗教信仰权,追求更为清明、公正、合理的政治环境、社会环境、经济环境、文化环境,成为维多利亚时代的社会共识。这样的社会共识对于国家在 1867 年和 1884 年完成两次议会改革,对于随后在政治、经济、军事、教育、公共管理等一系列领域开展前文说到的改革,无疑起到了一定的推动作用,更何况虽然激进主义的工人运动消失了,但以工会为组织者和发动者的工人运动在 19 世纪 80 年代逐渐形成气候。此外,在宪章运动中,宪章派诗歌为代表的社会生态诗歌在这一社会大潮流中无疑起到了很大的作用,不仅鼓动了数以百万计的工人投身于这场波澜壮阔的社会运动,并且锻炼了一大批工人运动活动家,为 19 世纪后期和 20 世纪前期的工人运动以及后来工人政党走上政治舞台提供了人才储备,也促使一大批知识分子以各种不同方式来参与或支持工人运动,对于唤醒民智,促发阶级意识,揭橥社会流弊与不公,推动社会前进做出了不可低估的贡献。

---

① 钱乘旦:《工人革命与英国工人阶级》,南京:南京出版社,1992 年,第 240 页。

第十二章　上层的警醒与警示

与一般统治阶级不同,以贵族阶层为代表的英国上层阶级对于社会变革总体上能采取比较开明的态度,不太采取顽固死守直至鱼死网破的手段。他们自然不会主动放弃手中的权力和既得利益,变革初始也会动用舆论或者暴力手段去进行引导或镇压,或取缔集会结社,如前文所述,1799 年取缔"伦敦通讯会",再比如 1816 年扑灭"卢德派"的破坏织布机和厂房运动,再比如 1819 年的"彼得卢"血腥镇压。但一旦社会改革运动达到高潮,尤其是到达了它走向暴力革命的临界点时,上层阶级中不同派别会走向谈判桌,坐下来商量以非暴力这样社会成本较低的手段结束纷争,前文说到的威尔克斯事件是一个例子,1832 年的改革是另一个例子,1911 年上议院放弃对"人民预算"(People's Budget)[①]的否决是又一个例子。

自 1832 年发端、以议会选举为代表的政治改革不仅带来了一系列的改革运动,一如前述,同时也促使英国上层统治集团和那些走上政治舞台的中等阶层举起了社会改革的旗帜,大张旗鼓地开展社会改革宣

[①] "人民预算"People's Budget 指的是 1909 年在任的英国财务大臣大卫·劳合·乔治(David Lloyd George,1863—1945)为了进行以提高社会福利的改革拟大幅提升土地及不动产税,实质上是向土地贵族征税来重新分配社会财富,预算被贵族控制的上议院否决,但 1910 年大选再次执政的自由党政府再次提出这一预算,在以丘吉尔(Winston Churchill, 1874—1965)为首的保守党议员的支持下,人民预算得以通过,并通过了《议会法》(Parliament Act),取消了上议院否决下院通过的法令的权力。

传,正面面对社会不公与不平,指出贫富沟壑和社会腐败所带来的危险。有一大批政治家高举改革旗帜,并充分利用自己手中的权力和社会地位所具有的影响去实现改革目标,如在主政期间完成第二次和第三次议会改革的迪斯雷利和格拉斯顿(见第二章第四节)。还有一些思想家、教育家、社会活动家、作家、出版家也投身到推动社会改革的队伍中:或身体力行亲自四处行走去了解广大乡村的真实情况,比如威廉·科贝特;或著书立说积极呼吁,如约翰·密尔积极鼓吹自由主义经济秩序之下的社会平等;或一边大声呼吁一边积极参与,比如以萧伯纳和韦伯(Sidney Webb,1859—1947)为首的费边社极力主张渐进式社会改革。还有很多作家,比如阿诺德、莫里斯、斯温伯恩、斯蒂文森等,都借助手中的笔,为消除贫困与不公、重建社会公德与新型伦理而大声呼吁。

科贝特可以当之无愧地被称为第一批英国工业化社会病的"扒粪者"(Muckraker)[①],他以自己骑马或乘马车后步行游历英国乡村前后逾13年(1821—1834)的亲身经历,写下了记叙英国乡村真实情况的上百篇随笔,达数百万字。在这些记叙中,他描述农民生活的疾苦,揭示新《谷物法》导致农村经济凋敝;批判政府的苛捐杂税,反对政府滥发纸币,反映通货膨胀、物价飞涨引起农民生活困苦不堪的状况;抨击地主、高利贷者、金融资本家对社会财富的垄断,揭露他们的剥削;抨击地主贵族操纵议会选举,揭露议会主持选举人员对人民的欺骗;鞭挞教区制度的腐败和腐朽等[②]。有评家认为,科贝特的一部《骑马乡行记》(*Rural Rides*, 1821—1835)不仅是对19世纪前期英国农业历史的深刻描述,更是对英国土地状况(贫瘠与肥沃)、土地利用、土地分配、土地

[①] "扒粪者"(Muckraker)一词来自英国作家班扬的《天路历程》,被美国第26任总统西奥多·罗斯福引用来专指那些以揭露美国社会阴暗面的记者,后来引申为那些以揭橥社会丑恶现象来促进社会改革的人。

[②] 吴倩华:《"古老的英格兰"守望者——从《骑马乡行记》看威廉·科贝特对英国工业时代的批判》,《贵州大学学报(社会科学版)》,2010年第4期,第88—95页。

管理制度的真实书写,所以他不仅仅是一位政治家,还可以称为一位土地科学家(soil scientist)[1]。在笔者看来,不可否认,他主办的《政治纪事报》长达三十多年不遗余力地揭示工业化的种种弊病和社会上的各种丑恶现象,尤其是广大乡村在工业化浪潮冲击和农村腐败政治和落后土地制度统治下变得一片萧条、土地荒芜、农民民不聊生的惨状,引起了上层阶级的警醒和重视,为1832年的议会改革培植了舆论基础和社会基础。

作为维多利亚时代社会伦理道德维护与重建代言人的马修·阿诺德,在多部著作和文章中极力为当时正在建构的维多利亚风尚(Victorianism)鼓吹和宣扬[2]。毫无疑问,阿诺德在政治与思想倾向上是站在统治阶级的立场,骨子里对广大的劳工阶级也是持傲慢和鄙夷的态度,他在《文化与无政府状态》一书中就将劳工阶级命名为群氓[3],语气中充满了不屑;但这并不意味着他顽固地拒绝改革,维护旧的传统,相反,他深切地意识到严重社会不公如果得不到矫正,终将导致严重社会后果。他就曾经一针见血地指出:"一个个体或一个阶级,如果只关注他们自己的利益,那就只会给他人以及自己带来麻烦。如奥伯曼所说,在一群都在遭受苦难的人中间,不会有哪一个个体的生活会过得兴旺而又自在。对于高尚的灵魂来说,独自享乐的生活不是幸福;对于卑贱的灵魂来说,独自享乐的生活也不会安全。[4]"这样的看法与迪斯雷利所说的"当茅屋不舒服时,宫殿是不会安全的"[5]的含义是一样的,那就是"独乐乐不如众乐乐"。这样的看法在19世纪后期的英国逐

---

[1] A. J. Moffat, "William Cobbett: Politician and Soil Scientist". *The Geographical Journal*, Vol.151, No.3, Nov., 1985, pp.351-355.
[2] Matthew Arnold, *Culture and Anarchy and Other Writings*. Stefan Collini (ed.). Cambridge: Cambridge University Press, 1993, 中国政法大学出版社(影印本),2003, pp.102-125.
[3] 参见韩敏中译《文化与无政府状态:政治与社会批评》,北京:生活·读书·新知三联书店,2002年,第76—88页。
[4] Matthew Arnold, *Culture and Anarchy and Other Writings*. Stefan Collini (ed.). Cambridge: Cambridge University Press, 1993, 中国政法大学出版社(影印本),2003, p.224.
[5] 转引自钱乘旦、许洁明:《英国通史》,第267页。

渐被越来越多的人所接受,正是这样的社会共识,才给英国的政治、经济、社会改革提供了基础的而又持久的驱动力。阿诺德在观念上的这种矛盾可以从他的诗歌中看出,他也对劳动阶级的生存环境和状态进行了真切的描写。我们不妨来看一看他在《东部伦敦》("East London",1867)中的诗行:

>那是八月,烈日炎炎正当头
>烧烤着脏乱的贝斯纳尔格林街道。
>透过斯皮塔佛德厂区的窗户,看得见
>脸色苍白的织布工极其无精打采。
>我碰见一位熟识的牧师,就问道:
>"我劳累过度,你在这儿还好么?"
>"我能扛得住!"他说;"这些日子里
>一想到我主耶稣就兴奋,那是生命的食粮。"
>啊,人类的灵魂! 只要你想到这一点
>那就是竖起了永不熄灭的灯塔,
>任凭潮起潮落涛声喧嚣,
>让你欢乐,漫游时也会拨正方向——
>不会因通宵的劳作而淹没于苦役!
>你定能将渴望已久的天堂变成你安家的地方。①

(宋昀、蔡玉辉　译)

众所周知,伦敦东区是贫民和下层民众的集中居住区,而斯皮塔佛德又是伦敦东区著名的丝织工业集中区,这里汇聚了大量纺织工人、从法国逃难而来的胡格诺教徒、流浪汉、无业游民,也是伦敦十分出名的色情行业聚集区。在维多利亚时代,这一带更是因为传统丝织业的破

---

① http://www.poemhunter.com/poem/east-london/,检索日期 2015 年 1 月 9 日。

产,聚集了大量失业工人和无家可归并无以为生计的底层民众,犯罪率居高不下,甚至在1888年出现了开膛手杰克这样的恶性杀人狂残忍杀害无辜女子玛丽·凯莉的恐怖事件[①]。阿诺德在诗歌中对纺织工人不分白天黑夜通宵劳作的困苦以及面黄肌瘦的身体状况进行了艺术化的表现,同时描写了烈日当空、肮脏不已的生活环境。颇具深意的是,诗人还借助牧师之口,劝谕这些遭受劳作和生活折磨的织布工要向往着天堂,不要放弃对上帝的信仰:"只要你想到这一点/那就是竖起了永不熄灭的灯塔""不会因通宵的劳作而淹没于苦役!/你定能将渴望已久的天堂变成你安家的地方"。如果我们将诗歌中呈现的东部伦敦的社会现实,尤其是纺织工人的生活状况和当时蓬勃开展的福音派运动做个对比,不难领会到诗中的一种嘲讽的艺术效果。

也是在这一年,阿诺德还写了一首《西部伦敦》("West London",1867),显然可以看作是《东部伦敦》的姊妹篇。我们先来看看诗人是如何描述伦敦西部的:

> 我看见一个流浪女子,
> 蜷缩于贝尔格雷夫广场的人行道旁,
> 欲言无语,闷闷不乐,病态恹恹。
> 她怀里搂着个婴孩儿,身边坐着个
> 女孩儿,全都衣衫褴褛,脚丫光光。
>
> 每当有前去上班的劳动者走过,
> 她就轻触女孩儿;女孩儿就穿过广场。
> 每次乞讨,都会有所收获。
> 每当富人从身旁走过,
> 她就会横眉冷对,毫无乞讨的愿望。

[①] http://en.wikipedia.org/wiki/Spitalfields,检索日期2015年1月9日。

我想:"一种精神屹立于她的困境之上;
她不会向外人乞怜,而只会向朋友——
拥有共同命运的人——请求帮忙。

她拒绝来自大人物的冰冷的施舍,
因为大人物对无名小人物并不体谅。
她指引我们向往胜过这个时代的美好时光。"[1]

(殷企平、余华 译)

  那时候的伦敦西部与东部完全不同,是富人居住区,卫生条件、生活环境、社会环境都要好很多,但诗人却在这里的"贝尔格雷夫广场的人行道旁"安排了一个流浪女子和两个孩子。贝尔格雷夫广场是伦敦市中心的豪华地段,这样的安排显然是有意的:诗人意在制造乞讨女子与富人林立之间的强烈对立。但具有更强烈落差的还在后面:原本以为到这里乞讨是为了讨取更多施舍的流浪女子,却不让那个大女孩向富人伸手,而只向走过的劳动者乞讨;她对待富人却是"横眉冷对"。为什么会这样,诗人给出了自己的理解,"一种精神屹立于她的困境之上",那就是,"她不会向外人乞怜,而只会向朋友——/请求帮忙","她拒绝来自大人物的冰冷的施舍,/因为大人物对无名小人物并不体谅"。是什么东西在支持这位陷入生活困境的女子拒绝向富人伸手?有论者认为,这是一种不屈的精神,"是超越物质文明和机械文明的东西,也是通向美好和文明的真正动力",在"通向美好与文明的文化之旅中,起指引/领导作用的并非那些包括贵族阶级在内的'大人物',而是一位'无名小人物',一位社会最底层的流浪女子以及她所象征的崇高精神[2]"。
  实际上,在19世纪中后期,对社会底层民众贫穷生活状况和恶劣

---

[1] 殷企平、余华:《阿诺德文化观中的核心》,《英美文学研究论丛》,2007年第2期,第206—218页。

[2] 同上。

第十二章 上层的警醒与警示

工作环境的同情,以及对改善这种状态的呼吁,在中等阶层乃至上层阶级中间已经逐渐形成共识。如前所述,这种共识也就构成了那一时期一系列社会改革得以推进并取得成功的思想基础和社会基础。在文学创作以及诗歌创作上,像阿诺德这样来自中上层的作家不在少数,奥斯卡·王尔德、斯温伯恩、韦伯斯特、阿尔弗雷德·道格拉斯(Lord Alfred Douglass,1870—1945)、爱丽丝·梅内尔(Alice Meynell,1847—1922)都是其中的代表。

王尔德的诗歌创作一向以晦涩、唯美为主题和风格特征,但他的诗笔在被关押期间和释放后变得更加晦涩却更加尖利,他在监狱就开始创作的《雷丁监狱之歌》("The Ballad of Reading Gaol"),揭橥当时社会的道德沦丧与人性堕落,其实就隐示着诗人心中的维多利亚道德伦理悖论,"这个人杀死了他心爱的东西"(The man had killed the thing he loves),"所有人都会杀死他们心爱的东西"(Yet each man kills the thing he loves)[①]。我们或可以从王尔德的揭橥中引申出这样的设问:达尔文的《物种起源》所做的不就是宗教上的"弑父"吗?边沁以逐利和追求自己最大幸福为目标的功利主义难道不是对埃德蒙·伯克保守主义传统观的反叛?这个社会的道德伦理从观念到实践是不是都出了问题?

斯温伯恩的诗歌前文已经做了介绍,他在《婴儿之死》《行进歌》等诗中都表达出对贫苦百姓的同情,以及对他们斗争的支持,我们再来看一下韦伯斯特、梅内尔和道格拉斯的诗作。

韦伯斯特出身于一个海军中将之家,少年时期的很多时光都在父亲服役的军舰上度过,目睹了底层军人的生活状态。她毕业于剑桥艺术学院,丈夫是剑桥大学三一学院教授。她是著名的妇女活动家,积极参与争取妇女选举权的斗争,公开支持妇女解放和平等运动,曾经为

[①] 参见 http://www.poemhunter.com/poem/the-ballad-of-reading-gaol/,检索日期 2015 年 10 月 30 日。

"妇女选举权全国委员会伦敦分会"工作。她的诗歌中有不少为普通老百姓的苦难生活鸣不平,也有很多是关于女性权利平等的内容。在《囚徒普兰》("Poulain the Prisoner")一诗中,她以几乎纪实的笔触,描画了一位囚犯被困于狭窄、昏暗的牢房却向往自由、追求美丽的艺术形象:

> 在他那沉默的穹顶外绿色的春天悄悄逝去,
> 泰晤士河闪耀着在河道里向前,
> 快乐的燕子轻盈掠过如波浪起伏,
> 甜美的百灵鸟抖动歌喉飞上蓝天。
> 伴随他的是沉寂与心底麻木呼喊
> 坟墓般的黑暗贯透无望的白天,
> 除了顺着墙壁那一束光线
> 向西移动,穿过稀有的环孔。
>
> 唯一的一束光:那一束光能够照落在
> 那里他用锈铁钉刻出的圣徒和天使身上,
> 还有武士,还有编着辫子的苗条女孩,
> 还有开满花儿的树枝,还有悬在空中的鸟儿。
> 粗糙的工艺,但却是一个世界。那束光
> 就是照在监狱墙壁上的一束倾斜的光亮。[①]
>
> (蔡玉辉 译)

在这首十四行诗里,诗人并没有直接描写牢房的阴暗、狭小、低矮以及诸如此类的恶劣环境,而是采用了对比或衬托手法来强化牢房内

[①] http://www.poemhunter.com/poem/poulain-the-prisoner/,检索日期 2016 年 1 月 23 日。

与牢房外这两个绝然不同的世界之间的区别。诗歌一开始的四行从不同角度展示了外面世界的美丽与勃勃生机:"绿色的春天""闪耀"的"泰晤士河""快乐的燕子轻盈掠过""甜美的百灵鸟",好一派生机盎然的景象!但在牢房的内部,却是另一番情景:"沉寂与心底麻木呼喊","坟墓般的黑暗贯透无望的白天",只有一线光明透过一个环孔射到牢房里。从这些可以判断,这可能是一个类似于地窖的牢房,终日见不到阳光,只有通过一个小孔才能获得一点光线。尽管被关押在这样暗无天日的牢房,这位囚徒并没有放弃对自由和美丽的向往,他一边在想象着外面世界的美丽,想象着蓝天,想象着奔腾不息的泰晤士河,想象着百灵鸟的歌唱,一边借助那通过小孔透进来的唯一一束光线,用锈蚀的钉子在牢房的墙壁上刻画下了想象的世界:有圣徒,有天使,有扎着小辫的姑娘,有开满花的树枝,还有空中的鸟儿。通过这些意象和形象的描写,诗人明确地向我们传递了两种信息:牢房的恶劣环境和囚犯追求不息的精神世界。

韦伯斯特的诗作在当时拥有大量读者,尤其是女性读者群,她被认为是与伊丽莎白·布朗宁齐名的女性诗人,但进入20世纪后声名日下,直到70年代后才受到一些批评家的重视。斯林(E. Warwic Slinn)的专著《维多利亚诗歌:文化批评》(*Victorian Poetry as Cultural Critique*,2013)中,韦伯斯特与布朗宁夫妇、但丁·罗塞蒂和克拉夫被放在一起进行专门研究[1]。著名维多利亚研究专家阿姆斯特朗将她与布朗宁夫人、克里斯蒂娜·罗塞蒂、雷蒂莎·兰登(Letitia Elizabeth Landon,1802—1838)等一起归入维多利亚时代女性主义运动的早期鼓动者与推动者,认为是这些女性作家筚路蓝缕,尤其是她们对如妓女这些所谓"沦落"的底层女性的关注,开辟了女性文学"向下看"的方向,

---

[1] E. Warwic Slinn. *Victorian Poetry as Cultural Critique*. Charlattesville:University of Virginia Press,2013.

为维多利亚时代的女性创作繁荣确立了基础[1]。

爱丽丝·梅内尔出身于一个写作之家,父亲是狄更斯的朋友,她还在自己的回忆录中记载了狄更斯曾直接向她母亲表示爱慕的事例[2]。梅内尔嫁给了一位出版商,与丈夫一起经营着几家期刊的出版业务,如《观察者》(*The Spectator*)、《艺术》(*The Journal of Art*)、《苏格兰人观察者》(*Scots Observer*)等。编辑业务不仅历练了她的社会活动能力,锤炼了她的文笔和写作能力,更让她了解了社会各个阶层的现状、愿望与诉求,这给她的创作提供了很多原料。她的诗歌关注面很广,除了女性诗人普遍热衷的孩子和家庭主题外,还关注社会变化、女性问题、宗教公正等[3]。从下面这首《遗迹的建造者》("Builders of Ruins")可以看出诗人对城市建筑工人辛苦、辛劳、辛酸生活的深切同情。

>我们用力气建造高高的楼墙
>但楼墙将会这样、这样垮塌。
>宫廷和厅堂是漂亮又宏伟,
>但怎么漂亮——却不属于我们,
>我们知道这一切中都埋藏着缺乏。
>
>我们知道,我们知道这一切都太过光亮
>色调是我们涂刷的外衣,
>大理石是怎样闪烁刺眼的白光——
>我们说着无人知晓的语言,年月
>准确无误地解释着一切。

---

[1] Isobel Armstrong. *Victorian Poetry*: *Poetry*, *Poetics and Politics*. London: Routledge, 1993, pp.312, 315, 318, 332, 359, 363.
[2] https://en.wikipedia.org/wiki/Alice_Meynell,检索日期 2019 年 1 月 14 日。
[3] Richard Cronin et al. (eds.), *A Companion to Victorian Poetry*. Oxford: Blackwell Publishing, 2002, p.334.

> 我们的荣耀之塔顶上长满了杂草,
> 用阳光来温暖我们的大理石墙面,
> 用花圃来切割人行道路面,
> 一切做好了我们一声"阿门",
> 清楚这一切是我们的完美事情。[1]

(蔡玉辉 译)

这里选译的是诗歌的前三节。诗人借助建筑工人之口,表达出这些城市的建造者们的感慨和吁求:他们以自己的双手建起了高楼大厦、美丽的花园、整齐的街道,但这一切却不属于他们,"怎么漂亮——却不属于我们,/我们知道这一切中都埋藏着缺乏"。那就是,尽管"这一切都太过光亮",但他们却一无所有,作为建筑者,只能在完成一件工程后喊一声"阿门","这一切是我们的完美事情";有一天,这些美丽的建筑又会在城市的扩建和改造中被拆毁。从诗歌的字里行间看得出梅内尔诗歌的一般特征:以委婉哀怨的抒情文笔去表达内心深处的浓烈情感,以隐忍的态度去描写世间的不平之事。阿姆斯特朗将梅内尔的诗歌与她的前辈韦伯斯特、马希尔德·布莱德(Mathilde Blind,1841—1896)、艾米·列维的诗歌进行了对比,认为不同于前辈们那样目的鲜明,意气风发,她的诗行"细腻却极为微妙"(delicate and searchingly subtle),许多情感和态度都深藏不露[2]。上面的诗行或可作为阿姆斯特朗评论的例证。

道格拉斯出身于贵族家庭,其父是昆斯伯里第九代侯爵。他在牛津大学接受教育,还是在大学期间,就主编了大学生期刊《精神明灯》(*The Spirit Lamp*,1892—1893),并因其行为举止激进、与王尔德保持同性恋关系而受到主流社会攻击,后者因此而被道格拉斯父亲以伤风败俗罪名起诉并被判刑入狱服刑。道格拉斯在一般的文学史上都没有太多介绍,

---

[1] http://www.poemhunter.com/poem/builders-of-ruins/,检索日期 2019 年 1 月 14 日。
[2] Isobel Armstrong, *Victorian Poetry: Poetry, Poetics and Politics*, p.470.

或许是因为其文名价值有限,也或许是因受其道德名声所累。客观而论,他的诗作艺术价值与王尔德和霍普金斯相比是不可以道里计的,但其中仍然渗透了他对那个时代社会弊病的意识。下面的这首《夜的印象(伦敦)》("Impression Du Noir (London)")写出了伦敦夜景的豪华、奢侈、光鲜,也写出了隐藏在这些奢华光亮下面的黑暗、暗淡、凋谢与喘息。

> 看那城市饰戴着数不清的宝石
> 在她宽阔鲜活的胸膛上!一排又一排
> 红宝石蓝宝石水晶石闪闪发光。
> 看啊!那巨大的环宛若一条项链,
> 以千万只大胆的眼睛瞪着天堂,
> 金色的星星暗淡了下方的灯光,
> 从泥沼的镜面里我知晓了
> 月亮的影子遗落得毫无知觉。
>
> 这是大城市的夜景:我看见她的胸膛
> 灯柱倒刺着如同站立的巨大黑塔。
> 我以为他们在移动!我听见她急促的喘息。
> 那是她头颅上面歇息着的冠冕。
> 在她的头脑里,穿过街巷的漆黑如同死亡,
> 人们爬行如思想……街灯如同凋谢的花。[①]
>
> (蔡玉辉 译)

一边是"一排又一排"/"红宝石蓝宝石水晶石闪闪发光",一边是"穿过街巷的漆黑如同死亡";一边是"灯柱倒刺着如同站立的巨大黑塔",一

---

① http://www.poemhunter.com/poem/impression-de-nuit-london/,检索日期2016年1月23日。

边是"街灯如同凋谢的花"。亮丽与黑暗、光鲜与凋谢形成了明显对比,寓意显然。

像以上这样的诗人在上层阶级里还有不少。比如,查理·金斯利,他在《最后一个海盗》("The Last Buccaneer")一开篇就写下了这样的诗句:"啊,英格兰,那些富贵人的欢乐乡;/啊,英格兰,我等穷苦人的伤心坊。"[①]再比如,上文介绍过的韦伯斯特的《囚徒普兰》将一个身居囚室而心胸超然天外的形象表现得清晰可见。

从家庭出身和社会地位来看,哈代并不能归入上层阶级,但他的名声在维多利亚后期已经让他跻身于知名人士之列,也受到包括女王在内的上层阶级的看重。他从日下的世风和混乱的道德伦理中看到了这个社会的危机,一再以小说和诗歌的形式发出警示。

从这些事实我们可以看出,在维多利亚时代中后期,上层阶级面对风起云涌的社会变革总体上还是采取了大体顺应的态度,并没有像其他国家的统治阶级那样采取暴力甚至战争的手段来阻止改革。即使是原来垄断权力的贵族阶层,在抵抗了一阵无力改变改革潮流方向以后也只能改变自己来适应新的情势。就像前文第一章第三节所介绍的那样,19世纪后几十年,尤其是第三次议会改革以后,贵族阶层中的大多数都在尽力面对急剧变化的政治、经济和社会形势,"尽管他们沮丧地感觉到不祥的前景,但在随后的几十年里,他们还是以极大的热情和决心,进行了非常机智的抵抗,做了十分勇敢的反抗,也做出了非常敏捷的调整[②]"。但这并不意味着这些改革没有遇到阻力,有时候阻力还十分巨大,当然这些阻力主要是来自上层阶级。前文第二章已经介绍的19世纪出现的三次议会改革,实际上每一次改革都伴随着惊心动魄的政治斗争。一部分贵族为了保持那些继承而来的政治、经济、社会垄断权,不遗余力地阻止权利向中等阶层扩展,更不能允许让下层阶级也来

---

① http://www.poemhunter.com/poem/the-last-buccaneer/,检索日期 2016 年 1 月 25 日。
② David Cannadine, *The Decline and Fall of the British Aristocracy*. New Haven and London: Yale University Press, 1990, p.31.

分享。在第二次议会改革期间，当时身居财政大臣高位的第一代舍布鲁克子爵罗伯特·洛（Robert Lowe，1811—1892），就极力反对给予下层阶级中部分男性选举权的改革方案；他在议会辩论中反复陈词，列举向下层民众扩大选举权对于维持英国民主的坏处，指出这样做是要将英国推入低一级文明国家的行列[1]。但是，在中上层阶级中间，也有很多有识之士看清了社会发展的大势，一些有理性有头脑的政治家及时调整自己的立场和态度支持改革，就如上文提到的迪斯雷利推动的第二次议会改革。也有一大批知识分子，像本章讨论的阿诺德、莫里斯、斯温伯恩，拿起手中的笔揭橥社会的不公不义，披露底层民众的贫穷与困苦，为社会改革大声疾呼。在这样的改革大潮中，以阿诺德等诗人为首的社会生态诗歌创作毫无疑问给中后期维多利亚社会改革带去了巨大的助力，他们在警醒上层阶级的社会良知、激励中产阶级的斗志、唤醒广大底层民众的阶级觉悟上发挥了重要作用。上层阶级或主动或被动顺应时代潮流以推动社会改革，中等阶级顺势而上不断进驻政治舞台，下层民众积极参与社会改革和工会运动等社会运动以获得更多的权利。各阶层各自提出自己阶层的利益诉求，鼓吹代表自己价值的观念并为此身体力行，形成了维多利亚后期的社会风潮，正如英国经济与社会史学家汤普森（Francis Michael Longstreth Thompson）所指出的那样，此时的社会，呈现出阶级阶层不断分化，价值多元混杂，观念碎片化，利益交叉冲突，但却共同追求向上的特征[2]。这一特征也在我国历史学家钱乘旦、陈晓律先生的《英国文化模式溯源》一书中得到了佐证[3]。

---

[1] Asa Briggs. *Victorian People: A Reassessment of Persons and Themes*. Chicago: The University of Chicago Press, 1955, pp.232-233.

[2] F.M.L. Thompson. *The Rise of Respectable Society—A Social History of Victorian Britain: 1830—1900*. Waukegan: Fontana Press, 1988.

[3] 钱乘旦、陈晓律：《在传统与变革之间：英国文化模式溯源》，杭州：浙江人民出版社，1991年，第286—299页。

尾 论

文行至此,该是对上面所述所论做个总括的时候了。本书将维多利亚生态诗歌放置到这一时代的历史、社会、思想文化、文学及其诗歌发展史的背景下进行考察研究,聚焦诗歌中的生态意识及其具有的历史认知价值、思想价值和学术价值梳理提炼,基于这些研究,我们对维多利亚诗歌乃至维多利亚文学的成就和地位可以做出不同于以往的评价。尾论将从这些方面展开。

第一节 维多利亚诗歌生态意识基本特征

这里所概括的基本特征是指前文第六到第十二章中讨论的维多利亚诗歌中的生态意识特征。它们除了具有绪论第三节所讨论的一般特征以外,还有以下一些不同特点。

(一)维多利亚诗歌生态意识的普遍性

在诗歌中直接间接表达生态意识的诗人不在少数,本书所讨论的诗人的作品只是众多维多利亚诗人中的一部分。可以说,表达方式也许有所不同,但几乎没有哪一个诗人的创作置身于当时的社会潮流之外。在诗人排行榜上的那些明星,如丁尼生、布朗宁、阿诺德、斯温伯恩、梅瑞狄斯、克拉夫、莫里斯、霍普金斯、哈代等,都在诗歌中表现出明显的生态意识;即使是那些并不以诗歌创作闻名的作家,比如查理·金斯利、詹姆斯·汤姆森、阿德莱德·普罗克特、阿尔弗雷德·道格拉斯、鲁德亚德·吉普林等,也都在诗歌中表达了对自然环境和社会环境遭到破坏的担忧。哪怕是一些不关心政治,并主张以艺术为创作追求的诗人,比如"前拉斐尔派"中的罗塞蒂兄妹,也都在自己的诗歌中表现了对贫苦百姓的同情。克里斯蒂娜就在《加布林市场》("Goblin Market")一诗里描写了一位果农,他在市场里没日没夜一遍又一遍地叫喊:"来买吧,来买吧"(Come buy, come buy)①,令人心酸。

诗人的家庭背景也覆盖了当时社会的各个阶层。既有大量来自社会底层的,像厄尼斯特·琼斯、托马斯·胡德、詹姆斯·汤普森这样的工人诗人,也有像斯温伯恩、莫里斯、布朗宁夫妇、王尔德等来自中等阶层的诗人,还有像丁尼生、阿诺德、阿尔弗雷德·道格拉斯等来自上层阶级的贵族诗人。

普遍性自始至终体现于整个时代。这一时期最早表现生态意识的诗人应该是工人诗人胡德和桂冠诗人丁尼生。胡德的诗歌创作从他担任《伦敦杂志》的副编辑时就开始了,那是19世纪20年代初期。丁尼生的《濒死的天鹅》发表于1830年,收入《抒情诗集》,应该是写作于诗人剑桥三一学院读书期间。诗中以天鹅之死来喻示美的逝去可以包含多重含义。C.斯蒂文森认为,天鹅之死可以指神话中作为阿波罗献祭的天鹅在临死前的歌唱,可以指艺术美因时代价值观念的变化而凋落,从艺术的角度,它有两重含义,即艺术的象征和文学的创造②。但我们结合其问世的时代背景,也可以将之理解为诗人对自然之美因环境的

---

① http://www.poemhunter.com/poem/goblin-market/,检索日期2016年1月28日。
② Catherine Barnes Stevenson, "Tennyson's Dying Swans: Mythology and the Definition of the Poet's Role" in *Studies in English Literature*, *1500—1900*, Vol. 20, No. 4, *Nineteenth Century*, Autumn, 1980, pp.621-635.

变迁与破坏而消逝所产生的悲戚与哀鸣。这应该是维多利亚生态诗歌中最早的杜鹃式鸣唱。

进入维多利亚末期，生态诗歌创作呈现出更为强劲也更加多姿多彩的态势。哈代在《无名的裘德》(1895)面世后停止了小说创作，开始专注于诗歌写作。在他的头两本诗集《威塞克斯诗集》(Wessex Poems and Other Verses，1898)和《今昔诗集》(Poems of the Past and the Present，1901)中，诗人对战争、工业革命及其土地开发给普通民众和自然世界带来的苦难与灾难进行了尖锐的讽刺与鞭挞。斯蒂文森和吉普林的生态诗歌则让生态意识的表达越过了英国岛国的边界，由这个号称的"日不落帝国"延伸到南亚、南美和非洲。吉普林在诗集《七海》(The Seven Seas，1896)和《五国》(The Five Nations，1903)中表现了大海、港口、航行的壮观与美丽，同时也描画了非洲、印度等地的风俗人情和异国情调。斯蒂文森在《旅行之歌》(Songs of Travel and Other Verses，1896)诗集里表现了夏威夷等太平洋岛的旖旎风光和淳朴民风。

（二）维多利亚诗歌生态意识的触发性

上述诗作中表现出来的生态意识更多具有触发性特征。换句话说，就某个诗人而言，其诗歌中的生态意识经常是因事因时因地而发，尚不具有持续性，更多是在某一种或某一些社会现象的激发或触发下而产生的心理、情感表达或宣泄，是他们在眼花缭乱的变化面前手足无措做出的应激反应。比如，杰勒德·霍普金斯的《宾西的白杨》和《德意志号沉没》都是这样的作品。如前文所述，《宾西的白杨》是诗人亲眼见到自然环境被毁坏后书写下的诗行，这首诗与诗人那天下午到戈斯托河边所见的景象存在着前因后果关系。

为什么维多利亚诗歌中的生态意识会有这样的特征呢？我们可以从下面这些原因中得到解释。首先，这一时期自然环境和社会环境的变化大而且快，可以说，其变化程度之大，其变化速度之快，都是人类历史上少见的,可谓日新月异,让人目不暇接。这种"急剧变化的社会环境"①,让所有人都产生一种"强烈的失向、失重和失位的感觉"(the massive sense of disorientation, uprooting, and displacement)②;伊丽莎白·布朗宁的《孩子们的哭声》是对宪章运动的呼应,尤其是对遭受饥饿折磨的穷孩子的同情③。她的另一首诗《普利茅斯岩上的逃亡奴隶》("The Runaway Slave at Pilgrim's Point")是在阅读完斯托夫人的《汤姆叔叔的小屋》后的感慨,从中了解到美国黑人奴隶的悲惨生活,表达了对罪恶蓄奴制度的不满与愤慨④。这些都可以看作生态意识触发性特征的体现。

其次,激烈的社会转型导致了严重的贫富沟壑,民众的社会感知度和期望值与社会现实之间严重失衡,聚集成不同社会阶层之间的利益冲突与对抗,使得社会生态意识急剧生长。持续近20年的宪章运动,这个世纪后半叶如火如荼的工人运动,都是社会生态意识急剧增长并呈现激进状态的明显例证。很显然,宪章派诗歌中的很多作品是对那场波澜壮阔运动的写实性描写,也是对发生在身边的一个个活生生贫穷悲惨故事的感慨。托马斯·胡德的《衬衫之歌》无疑是在对衬衫厂工作环境实地观察和与衬衫女工直接接触后写成的。厄内斯特·琼斯的《监狱的铁栏》和《囚徒致奴隶》是对他牢狱生活的描写和控诉。东部伦敦在19世纪一向是贫穷、肮脏、混乱的代名词,上层的富人很少去那里,就像前文提到的阿克罗伊德在《伦敦传》里所描写的"西区拥有金

---

① Arthur Hallam, "On Some of the Characteristics of Modern Poetry, and on the Lyrical Poems of Alfred Tennyson", *Englishman's Magazine*, August 31, 1831, pp.616 - 628.
② Philip Davis, *The Oxford English Literary History: The Victorians*. Beijing: Foreign Language Teaching and Research Press, 2007, p.4.
③ 参见 Benjamin Brawley, "Elizabeth Barrett Browning and the Negro". *The Journal of Negro History*, Vol.3, No.1, Jan., 1918, pp.22 - 28.
④ 参见 Leonid M. Arinshtein, "'A Curse for a Nation': A Controversial Episode in Elizabeth Barrett Browning's Political Poetry", *The Review of English Studies*, Vol.20, No.77, Feb., 1969, pp.33 - 42.

钱,东区拥有尘土"的"深渊"①,除了生活在那里的穷人,平时是很少有人光顾的。阿诺德因为担任督学履行公职的原因去过东区,亲眼看见了这一片社会底层的悲惨景象,显而易见,他的同情心和社会责任感就在《东部伦敦》一诗中表露无遗;实际上,这里表现的不只是对伦敦东部人贫穷与苦劳的怜悯与同情,还有对导致这种状况的社会鞭挞。没有亲眼所见和亲身经历,阿诺德很可能发不出这样的感慨。

其三,新旧生活方式和新旧观念之间的猛烈碰撞。就生活方式而言,维多利亚前期有很多人和他们的祖辈都是从"快乐的英格兰"的优美环境中成长而来,也都是从富足、稳定、平和、悠闲的 18 世纪生活走过来,在社会传承和文化基因上没有经历过那种大震荡和大起落的社会运动。但进入 19 世纪,工厂制和工业生产方式将人拖入时间如轴承般运转的快节奏之中,工业化浪潮带来了自然环境和社会环境的巨大变化,进化论、功利主义等新思潮的冲击又带来了思想文化上的高频度震动,这些都给维多利亚诗人带来了很多情感触点、观念触点和心灵触点,这些触点无疑会不断而普遍地触发诗人们的生态诗歌创作。

从社会发生学角度来看,生态意识的触发性来源无疑是因为维多利亚时代这个社会阶段的翻天覆地的急速变化,从生产方式到生活方式,从思想观念到价值尺度,都在发生日新月异的变化,而且这些变化之快让人目不暇接,无时无处不让人目眩神迷,遂产生出种种新意识和新感觉,而对急剧变化的自然环境和社会环境产生的新感觉就是生态意识。

(三)维多利亚诗歌生态意识的蔓生性或原生性

上文说到,维多利亚诗歌里的生态意识表达是对工业化这种新社会形态及其状态所做出的应激性反应,是对众多新理论、新思想、新观念不适而产生的反射性反应,就免不了具有原生态事物的基本特征。

---

① 见阿克罗伊德:《伦敦传》,翁海贞译,南京:译林出版社,2016 年,第 573 页。

概略地说,维多利亚诗歌中生态意识的蔓生性主要表现为以下方面。在内容上,维多利亚生态诗歌的题材和选材具有两个特点:一是更多和更深层次地贴近社会底层民众的生活,一是有较大的随机性和发散性。宪章派诗歌无疑是这种特点的最好体现。即使是像丁尼生、布朗宁夫人这样一些上层阶级的诗人也有很多这样的诗作。由于社会环境和自然环境的剧烈变化,诗人们面对眼花缭乱的社会现象,尤其是那些经常发生在身边的事情,自然就会触景生情,产生无限感慨。在表现形式上,这一时期的生态诗歌具有多样性,但质量却参差不齐。其多样性体现于样式有民谣、歌谣、打油诗,同时也比较粗略,一般较少进行技术层面的精雕细刻。宪章派诗歌是这样,就是一些大诗人如丁尼生和梅瑞狄斯,他们的生态诗首要关注的是环境和现实,在主题揭示上也多半停留于印象式和感悟式的层面,主要是就某一种或几种社会现象和自然环境发出他们的揭橥、感慨、呼吁、诉说,而不是对这些现象进行哲学、社会学、经济学、文化学等方面的深层次思考,也没有对其创作做出生态学上的总结或概括,尚不具有理论性、系统性特征。

第二节　维多利亚生态诗歌的价值

维多利亚生态诗歌为我们呈现的是那个漫长年代里诗人们在面对急剧变化的自然环境和社会环境时的一张心灵图谱。这张图谱色彩斑斓,融汇了那个年代社会、政治、经济、思想文化、生态等全方位的信息,可以给后人,尤其是处在类似环境之中的中国读者以启迪或启发。概括来说,维多利亚生态诗歌及其意识的研究具有很好的历史意义和现实意义。

从前文中的作品可以看出,自然环境的剧烈变迁无疑是工业化运动的直接后果。无论是生产工厂化,居住城镇化,还是生产机械化,燃料化石化,交通轨道化,总之,是以蒸汽机为引擎的工业化带来了生产方式和生活方式的巨大变化:工业产品丰富了,经济繁荣了,贸易频繁了,交通便利了,生活方便了。但是,工业革命也是把双刃剑。"这场革命使千百根烟囱吐出白烟,而正是这些白烟,而不是战场上的硝烟,最终改造了整个旧世界"[1],使得英国在百余年的时间里崛起为超级强国。同时,也是这些烟囱里源源不断冒出的白烟以及急速扩张的城市,让自然环境踏上了逐渐恶化的道路。很显然,导致当时自然环境恶化和社会生态恶化这双重危机的有物质和观念两大推手:物质推手是工业革命,观念推手是从文艺复兴运动开始兴起的人类中心主义。在维多利亚时期,当然没有多少诗人或其他知识分子有这样的先知先觉,能够感知到让他们愕然、困惑的现实就是一个半世纪后环境灾难的滥觞;但是,他们在作品中留下的感知、印象、情绪、思考却成为我们认识、认知、研究那个时代并观照当下的好资料。它让我们看到了那个时代的

---

[1] 钱乘旦:《第一个工业社会》,成都:四川人民出版社,1988年,第7页。

喧嚣、激越、躁动和突飞猛进,看到了繁荣与凋敝并存,财富与贫困共涨,听见了底层民众的呻吟,劳工的怒吼,宪章派的高歌猛进。我们从中看到:工业化在带给人类极大的物质财富、科技进步、生活便利的同时,也给自然环境带来了极大的损伤、破坏、污染甚至灾难;如果工业化和科学技术所具有的对于自然利用与开发的无穷潜能被人类中心主义的物欲与占有欲所控制,自然环境的恶化就会跌入万劫不复的深渊。只要比较一下维多利亚时期诗歌中描写的自然环境与当今的自然环境,看一下近几十年环境污染在一些处在工业化进程中的国家呈几何增长的趋势,以上结论就不是危言耸听。

这一时期的社会生态诗歌使我们看到,资本主义作为一种社会制度本身具有正反两方面的作用。从正面看,工厂化的生产方式和流水作业的管理方式,无疑在经济上适应了工业化运动对生产力迅速提高和生产率不断提升的要求,在政治上也迎合了英国新近走上政治舞台的中等阶级在政治和经济两个舞台占据地位的需要,因此,它的出现在英国社会发展史,尤其是工业化运动发展史上具有必然性。同时我们也应该看到,工业化运动与资本主义制度并不就是一对孪生兄弟,工业化运动更不必然与贫富沟壑不可分割,换言之,贫富沟壑和社会不公并不一定是工业化运动的必然结果,而是资本主义制度的副产品,这一点马克思在《资本论》中讲得非常清楚。从前文对维多利亚诗歌中的社会生态意识的分析讨论中可以看出,儿童和妇女被迫在那些不见天日的矿井和云遮雾盖般的车间里不分日夜干苦力(分别见《孩子们的哭声》和《衬衫之歌》),都是因为矿主和工厂主为了赚取更大的利润而这么做的;而最大限度地榨取工人身上的利润,恰恰是资本主义制度的原罪。当然,资本主义的原罪并不意味着是它永远无法避免的伴生物,后来的资本主义发展史对此已经有了结论,但通过对维多利亚诗歌中生态意识的研究我们认为:以追求利润或利益最大化为唯一目标的资本主义制度必然会带来社会不公、贫富沟壑、官场和司法腐败等丑恶现象,必定会不断地制造罪恶。从那以后到目前为止的工业化和资本主义发展进程来看,这种原罪并不独属于资本主义,其他的什么主义只要以利润利益最大化为目标,同样会不断制造罪恶。

从这一时期诗歌的生态意识里我们还看到了社会良心的作用,看到了对于一种祸害环境和祸害全体人民的现象需要社会广泛参与去持久抵制的重要性。本书第六章到第十二章讨论的那些诗歌,就是社会良心的具体体现;那些诗歌中包含的生态意识,就是维多利亚时代人对于破坏和污染自然环境和社会环境的广泛抗议和持久抵制的明证。难以想象,没有18世纪后期兴起的、以"伦敦通讯会"为肇始的议会改革运动,没有19世纪10年代初广泛持久的卢德派运动、宪章运动和维多利亚后期工人运动这些民众抗议,19世纪的三次议会改革或许难以如期进行;没有1884年的议会改革带来的男性公民选举权获得,出现在19到20世纪之交的工人运动及其工人政党的诞生,20世纪初期开始的福利社会建设或许会推迟起步;没有英国社会各个阶层对于自然环境和社会环境恶化的普遍意识,没有包括维多利亚诗人在内的广大英国知识分子的反复呼吁,没有统治阶级内部明智人士的支持,英国国会或许不会在19世纪中后期进行一系列旨在拉近贫富差距缩小社会不公的改革。

对维多利亚生态诗歌及其中的生态意识进行宽背景、厚容量、深内涵的研究,无疑具有多种学术价值。

研究从纵横两个方向拓展了生态文学研究的空间。纵向而论,国内的生态文学研究主要以20世纪的作品为主,也有对19世纪欧美生态文学的研究,比如北京大学出版社和学林出版社已经推出了欧美生态批评和欧美生态文学丛书,但这些研究仍然以生态文学和生态批评概论,以及历史的梳理和生态文学作品的简介为主,尚未对英国生态文学做实证式深入系统研究。本课题将维多利亚生态诗歌作为研究对象,将生态文学研究回溯到近两个世纪以前,拓宽了视阈。横向上看,本课题集中研究维多利亚生态诗歌,专题研究其中蕴含的生态意识及其历史意义、认识意义和学术价值,可以从文类上拓宽维多利亚生态文学研究空间,也拓宽了维多利亚文学研究的空间。

　　对维多利亚生态诗歌的历史坐标、社会环境、思想文化语境、文学背景的考察和研究,可以加深我们对文学创作和表达与其生成环境之间的鱼水关系的理解,可以加深对何以在那个时代出现人类历史上第一次敲响生态警钟原因的理解。通过研究可以看出:工业化运动是导致人类自然生态破坏的渊薮,工业化生产与唯利是举的资本主义制度是导致社会生态恶化的起源,维多利亚时代是当代世界生态危机的起点,维多利亚文学是全面、群体性表现现代生态意识的有效载体。这些观点的提出,对于我们认识当代自然和社会生态危机的生产方式根源、制度根源、思想文化根源具有开阔视野、提纲挈要的作用,对于深入开展生态文学研究具有拓宽思路、触类旁通的启发性。

第三节 维多利亚文学再评价

本研究成果为维多利亚诗歌乃至维多利亚文学的学术地位和学术价值的再认识和再评价提供了实证支持。

维多利亚诗歌连同整体上的维多利亚文学一直到20世纪中期都未能得到应有的研究、重视和评价。诚如阿姆斯特朗所言,"维多利亚时代孤立于浪漫主义和现代主义之间,因此,维多利亚诗歌也就是一个转折时期的诗歌,只是处于半路上,前不接浪漫主义,后不搭现代主义;处在两股风云激荡潮流中间,两边都搭不上。[1]"的确,就诗歌发展史而言,浪漫主义诗歌和现代派诗歌恰似诗歌史上的两座高峰,不仅以其丰硕的诗歌数量而鹤立鸡群,更因其拥有众多诗歌大师如明星般闪耀于缪斯星空而被后世景仰,也因其为诗坛奉献了一大批具有思想内涵和艺术价值的经典作品而充盈于世界诗歌宝库而被后人吟诵,还因其具有各自独立而成体系的诗学思想而进入诗学艺术殿堂而被后世珍藏。相形之下,维多利亚诗歌缺少像雪莱、拜伦、济慈、艾略特这样的熠熠生辉的明星,也没有像"诗歌是强烈情感的自然流露"(华兹华斯语)、"诗歌不是感情的放纵,而是感情的脱离;诗歌不是个性的表现,而是个性的脱离"(艾略特语)这样的经典语录,因此,它就很容易被批评家忽略,成为文学批评界中被忽视甚至被遗忘的一族。再加上如本书第五章所述,艾略特、伍尔芙、奥顿这样的现代主义大师和新批评大家的有意贬抑,维多利亚诗歌及其生态诗歌在20世纪前期现代主义批评和新批评如日中天的时期被业内大咖和普通评家轻视或怠慢,就是一种不足为

---

[1] Isobel Armstrong, *Victorian Poetry: Poetry, Poetics and Politics*. London: Routledge, 1993, p.1.

奇的现象。但是，通过前述论证，我们可以对维多利亚诗歌做出如下的重新评价。

维多利亚诗歌上承浪漫主义诗歌的自然情怀和洒脱风格，在艺术表达上不拘一格，下开现代主义诗歌的自由诗风，大范围采集口语入诗，广泛采用日常生活意象，无论从主题选择还是艺术风格，它都是浪漫主义诗歌与现代主义诗歌这两大高峰之间的连接桥梁。这就像逶迤起伏的群山一样，无峰不成耸立，无峦也难成叠嶂，这三个时代的诗歌就像是峰峦的相互倚持、彼此成就。

维多利亚诗歌又有其不同于浪漫主义诗歌和现代主义诗歌的独特之处。它不像浪漫主义诗歌那样如同闲云野鹤纵情于山水之间，就像"一片孤独的流云飘游于山丘与山谷之上"，而是将目光向下，关注着那些在社会底层苦苦挣扎的穷人，带着满满的人文情怀，为劳苦大众高声疾呼，为社会公义勇敢担当。如果说浪漫主义诗歌是出世的天鹅之歌，维多利亚诗歌就是入世的杜鹃鸣唱。但维多利亚诗歌也不像现代主义诗歌那样，以玩世不恭甚至冷漠面孔去对待世间的不平与丑恶，以非理性姿态去对付非道德与保守守旧，而是以炽热的情感、真切的关注、挺身而出的担当去面对各种不公平、不道德、不仁义的社会现象，因此，维多利亚诗歌里充满了正能量，也因此，它就比现代主义诗歌更接地气，更容易被普罗大众接受。

维多利亚诗歌也为世界诗库做出了它独特的贡献。众所周知，戏剧独白虽然在浪漫主义时期就被许多诗人采用，如华兹华斯的《丁登寺旁》，雪莱的《勃朗峰》，但让这一独特诗体达到完美程度还是由丁尼生、布朗宁这些维多利亚诗人来完成的，而且其所达到的艺术高度至今无出其右者。丁尼生在《悼念》长诗中确立的夹叙夹议又集沉郁、哀婉、沉思、拷问于一体的"悼念体"成为独具一格的体例；此外，由特立独行诗人霍普金斯所提倡并身体力行的韵律"跳跃节奏"是那个时代的异类，却成为一百多年后维多利亚研究者们的热门话题。还有，维多利亚时代产生了极为丰富的民谣、打油诗、讽刺诗等大众文学文本，还产生了悼念体、五行打油诗等体裁,留下了如《我的前公爵夫人》《悼念》《多佛海滩》《德意志号沉没》等经典作品,因此,维多利亚诗歌技巧的丰富性,主题的亲民性,体裁的多样性,思想的启发性与教谕性,都可以与浪漫主义和现代主义诗歌并列,在某些方面,比如思想价值和认识价值,诸如对社会转型期的社会认知和艺术表现方面,是不遑多让的。

  研究正未有穷期,对维多利亚诗歌和维多利亚文学的研究更是如此,无论是在国内还是在国外,都还有更多的课题有待展开,有更多的领域有待开发。如前所述,由于20世纪上半叶的冷落和贬抑,国外对维多利亚文学的研究到20世纪后期才形成热潮,而国内的研究更是远远落在现代派文学研究和文艺复兴文学研究等领域的后面。就整体来说,国内还没有维多利亚文学的断代史,没有文学批评史,没有分体裁文学史。就诗歌研究来看,空白和缺项很多:很难找到一位诗人的诗歌全集,即使是选集也限于丁尼生、布朗宁、哈代等。成就卓然的诗人如霍普金斯、梅瑞狄斯等,对他们的研究依然寥寥无几。

  这种情况到了必须改变的时候!当下的中国与维多利亚时代的英国有很多近似或类似的地方,从历史观照、社会观照、文化观照几个方面来看都是如此。维多利亚时代是工业化从兴起到完成的时期,维多利亚文学包含了这一历史进程的方方面面,从基因到表征;我国正处在工业化向纵深发展的过程,面对着很多与维多利亚时代类似的问题,对维多利亚文学的研究会给我们不少启示。如前述,维多利亚时代是一个充满着改革的年代,尤其是社会化改革,从政治到经济到教育到司法到军事到公共管理,狄更斯、特罗洛普等作家的作品中留下了大量对改革的描写。我国现在还处在改革开放深度推进走向新时代的进程中,我国读者也会面对很多类似的社会问题,对维多利亚文学作品的研究可以帮助我们加强对处于深度改革时代社会的认知和预判。在文化层面,我国正处在工业化、城镇化的深度推进中,而且面对着生态文明建设的艰巨任务,还处于以互联网为主要载体的数字革命的新科技浪潮中,各种新思想、新观念、新技术纷至沓来,冲击着人们的传统观念。如何在这股新文化洪流中既保持中华文明的精髓并加以光大,又汲取西方工业文明的精华,对从工业文明的激流中孕育和成长起来的维多利亚文学进行深度研究,无疑可以让我们从中获得更多启发。

参考文献

Abrams, Meyer Howard (ed.). *A Glossary of Literary Terms*. 7th ed. Beijing: Foreign Language Teaching and Research Press, 2004.

Adams, James Eli. *A History of Victorian Literature*. Oxford: Wiley-Blackwell, 2009.

Almeida, Joseph. Constitutionalism in Burke's Reflections as Critique of Enlightenment Ideas of Originative Political Consent and Social Compact. *Catholic Social Science Review*, 2012(17): 197-219.

Altick, D. Richard. *Victorian People and Ideas—A Companion for the Modern Reader of Victorian Literature*. New York: W. W. Norton & Company, 1973.

Arinshtein, Leonid M. "A Curse for a Nation": A Controversial Episode in Elizabeth Barrett Browning's Political Poetry. *The Review of English Studies*, Vol.20, No.77, 1969(1): 33-42.

Armstrong, Isobel (ed.). *The Major Victorian Poets: Reconsiderations*. London: Routledge, 1969, rep.2011.

Armstrong, Isobel. *Victorian Poetry: Poetry, Poetics and Politics*. London: Routledge, 1993.

Armstrong, Isobel. *Victorian Scrutinies: Reviews of Poetry, 1830—1870*. London: The Athlone Press of University of London, 1972.

Arnold, Matthew. Democracy, in *Culture and the Anarchy and Other Writings*. Stefan Collini (ed.). Cambridge: Cambridge University Press, 1993.

Arnold, Matthew. The Function of Criticism at the Present Time, in *Critical Theory Since Plato*. Hazard Adams (ed.). New York: Harcourt, Brace, Jovanovich, 1971.

Ball, Michael & David Sunderland. *An Economical History of London*. London: Routledge, 2001.

Baum, Paul Franklin, et al. (eds.). *The Victorian Poets: A Guide to Research*. Cambridge: Harvard University Press, 1956.

Beer, Gillian. *Darwin's Plots: Evolutionary Narrative in Darwin, George Eliot and Nineteen-century Fiction*. 3rd ed. Cambridge: Cambridge University Press, 2009.

Blain, Virginia (ed.). *Victorian Women Poets: A New Annotated Anthology*. London: Longman, 2001.

Blair, Kirstie. *Form and Faith in Victorian Poetry and Religion*. Oxford: Oxford University Press, 2012.

Blair, Kirstie. *Victorian Poetry and the Culture of the Heart*. Oxford: Oxford University Press, 2006.

Bradley, Andrew. *A Commentary on Tennyson's In Memoriam*. London: Macmillan, 1901.

Bradley, Andrew. *A Miscellany*. London: Macmillan, 1931.

Brawley, Benjamin. Elizabeth Barrett Browning and the Negro. *The Journal of Negro History*, Vol.3, 1918(1): 22-28.

Briggs, Asa. *Victorian People: A Reassessment of Persons and Themes*. Chicago: The University of Chicago Press, 1955.

Briggs, Asa. *Victorian Cities: A Brilliant and Absorbing History of Their Development*. London: Penguin Books Ltd., 1968.

Bristow, Joseph (ed.). *The Cambridge Companion to Victorian Poetry*. Cambridge: Cambridge University Press, 2000.

Bristow, Joseph. *Victorian Women Poets*. London: Macmillan Press Ltd., 1995.

Brown, Daniel. *The Poetry of Victorian Scientists*. Cambridge: Cambridge University Press, 2015.

参考文献

Buckley, Jerome H. *The Victorian Temper: A Study on Literary Culture*. London: Frank Cass & Co. Ltd., rep. 2006.

Buell, Lawrence. *The Environmental Imagination—Thoreau, Nature Writing and the Formation of American Culture*. Cambridge: Harvard University Press, 1996, Introduction.

Campbell, Matthew. *Rhythm and Will in Victorian Poetry*. Cambridge: Cambridge University Press, 1999.

Cannadine, David. *The Decline and Fall of the British Aristocracy*. New Haven and London: Yale University Press, 1990.

Carlyle, Thomas. Democracy, in *Norton Anthology of English Literature*, Vol.2, 8th ed. Stephen Greenblatt (ed.). New York: W. W. Norton & Company, 2006: 1026-1027.

Chapman, Alison (ed.). *Victorian Women Poets*. London: D.S. Brewer, 2003.

Clark, Kitson. *The Making of Victorian England*. Bristol: J. A. Arrowsmith Ltd., 1962, rep. 1985.

Cronin, Richard, Alison Chapman, and Anthony H. Harrison(eds.). *A Companion to Victorian Poetry*. Oxford: Blackwell Publishing Company, 2002.

Cronin, Richard. *Reading Victorian Poetry*. Oxford: Wiley-Blackwell, 2012.

Crowder, Ashby Bland and Allen S. Dooley(eds.). *The Complete Works of Robert Browning*. Athens: Ohio University Press, 2011.

Cuddon, J. A. *A Dictionary of Literary Terms*. London: Andre Deutsch Ltd., 1979.

Cunningham, Valentine. *The Victorians: An Anthology of Poetry and Poetics*. Oxford: Blackwell Publishing, 2000.

Cunningham, Valentine. *Victorian Poetry Now: Poets, Poems, Poetics*. Oxford: Blackwell Publishing Ltd., 2011.

Daly, Nicholas. *The Demographic Imagination and the Nineteenth-Century City: Paris, London, New York*. Cambridge: Cambridge University Press, 2015.

Davis, Philip. *The Oxford English Literary History: The Victorians*. Beijing:

Foreign Language Teaching and Research Press, 2007.

Day, Gary. *Literary Criticism: A New History*. Edinburgh: Edinburgh University Press, 2008.

DiBattista, Maria. Virginia Woolf. *The Cambridge History of Literary Criticism*, Vol. 7, A. Walton Litz et al. (eds.). Cambridge: Cambridge University Press, 2000.

Eliot, George. *Adam Bede*. Harmondsworth: Penguin Books, 1982.

Eliot, George. Silly Novels by Lady Novelists. In *Norton Anthology of English Literature*. Vol.2, 8th ed. 2006: 1342-49.

Eliot, T. S. In Memoriam. In Robert Hill (ed.). *Tennyson's Poetry*. New York: W. W. Norton & Company Ltd. 1999: 621-623.

Eliot, T. S. Swinburne as Poet. In *Selected Essays*, 3rd enlarged edition. London: Faber & Faber, 1951:323.

Eliot, T. S. What Is Minor Poetry. In *On Poetry and Poets*. London: Faber and Faber, 1957: 34-51.

Estok, Simon. Bridging the Great Divide: Ecological Theory and the Great Unwashed. *English Studies in Canada*, Vol.31, 2005(4):197-209.

Ferguson, Margaret, Mary Jo Salter, and Jon Stallworthy (eds.). *The Norton Anthology of Poetry*. 5th ed. New York: W. W. Norton & Company, 2005.

Frost, William. *Romantic and Victorian Poetry*. New Jersey: Prentice-Hall Inc., 1961, rep. 2nd ed., 2006.

Gallegher, Catherine. Raymond Williams and Cultural Studies. *Social Text*, No. 30, 1992:79-89.

Garrard, Greg. *Ecocriticism*. London: Routledge, 2004.

Glotfelty, Cheryll, and Harold Fromm. *Ecocriticism Reader: Landmarks in Literary Ecology*. Athens: The University of George Press, 1996.

Gorman, Francis. *Victorian Poetry*. Oxford: Blackwell Publishing, 2004.

Grant, Stephen Allen. The Mystical Implications of *In Memoriam*. *Studies in English Literature, 1500—1900*, Vol.2, No.4, *Nineteen Century*, 1962(3):

481 - 495.

Gray, Erik (ed.). *In Memoriam: An Authoritative Text Backgrounds and Sources, Criticism*, 2nd ed. New York: W.W. Norton & Company, 2004.

Greenblatt, Stephen (ed.). *The Norton Anthology of English Literature* Vol.2, 8th ed. New York: W. W. Norton & Company, 2006.

Guy, Josephine M. *The Victorian Age: An Anthology of Sources and Documents*. London: Routledge, 2002.

Habib, M.A.R. (ed.). *The Cambridge History of Literary Criticism: Nineteenth Century, c. 1830—1914*, Vol. 6. Cambridge: Cambridge University Press, 2013.

Hall, Stuart. The Emergence of Cultural Studies and the Crisis of Humanities. *The Humanities as Social Technology*, Vol.53, 1990(4):11 - 23.

Hallam, Arthur. On Some of the Characteristics of Modern Poetry, and on the Lyrical Poems of Alfred Tennyson. *Englishman's Magazine*, August 31, 1831: 616 - 628.

Hill, Robert (ed.). *Tennyson's Poetry*, 2nd ed. New York: W. W. Norton & Company, 1999.

Holmes, John. *Victorian Poetry and the Culture of the Heart*. Oxford: Oxford University Press, 2007.

Holms, John. The Post of Science: How Scientists Read Their Tennyson. *Victorian Studies*, Vol.54, 2012(4):655 - 677.

Hough, Graham. The Natural Theology of *In Memoriam*. *The Review of English Studies*, Vol.23, No.91, 1947(3):244 - 256.

Huxley, Leonard. *The Life and Letters of Thomas Henry Huxley*, 2 Vols. London: Macmillan, 1900.

James, Louis. *The Victorian Novel*. Oxford: Blackwell Publishing, 2006.

Johnson, Charles Howard (ed. & illustrated). *The Complete Works of Alfred, Lord Tennyson*. New York: Fredrick A. Stokes Company, 1991.

Johnson, William (ed.). *Selections from Prose Works of Matthew Arnold*. Cambridge: Riverside Press, 2013.

Keirstead, Christopher M. *Victorian Poetry, Europe and the Challenge of Cosmopolitanism*. Athens: Ohio University Press, 2011.

Kipling, Rudyard. *The Definitive Edition of Rudyard Kipling's Verse*. London: Hodder and Stoughton, 1977.

Klein, Daniel B. Dissing the Theory of Moral Sentiments: Twenty-six Critics, from 1765 to 1949. *Econ Journal Watch*, 2018(2): 201-254.

Knellwolf, Christa and Christopher Norris (eds.). *The Cambridge History of Literary Criticism*, Vol.9. Cambridge: Cambridge University Press, 2008.

Kozicki, Henry. "Meaning" in Tennyson's *In Memoriam*. *Studies in English Literature, 1500—1900*, Vol. 17, *Nineteenth Century*, 1977(4): 673-694.

Lang, Cecil Yelverton. Swinburne's Lost Love. *PMLA*, Vol. 74, 1959(1): 123-130.

Laporte, Charles. *Victorian Poets and the Changing Bible*. Charlattesville: University of Virginia Press, 2011.

Larsen, Timothy. *A People of One Book: The Bible and the Victorians*. Oxford: Oxford University Press, 2011.

Leavis, Frank Raymond. *New Bearings in English Poetry: A Study of Contemporary Situation*. London: Chatto & Windus, 1932.

Ledbetter, Cathryn. *Tennyson and Victorian Periodicals*. London: Ashgate Publishing, 2007.

Leighton, Angela, and Margaret Reynolds. *Victorian Women Poets*. Oxford: Blackwell Publishing, 1995.

Leopold, Aldo. *A Sand County Almanac*. Oxford: Oxford University Press, 1949.

Litz, A. Walton, et al. (eds.). *The Cambridge History of Literary Criticism*. Cambridge: Cambridge University Press, 2000.

Machann, Clinton. *Masculinity in Four Victorian Epics*. London: Ashgate Publishing, 2010.

Mariani, Paul. *Gerard Manley Hopkins: A Life*. New York: Penguin Groups Inc., 2008.

Mattes, Eleanor. The Challenge of Geology to Belief in Immortality and a God of Love, in *In Memorium*. Erik Gray. (ed.). 2004:141.

Mazzeno, Laurence W. *Victorian Poetry*. Metuchen: Scarecrow Press, 1995.

McGann, Jarome J. & James Thomson (B. V.). The Woven Hymns of Day and Night. *Studies in Literature*, *1500—1900*, Vol.3, *Nineteen Century*, 1963(4):493-507.

McNaught, W. Gramophone Notes. *The Musical Times*, Vol.87, 1946(1):16-19.

Meadows, A. J. Astronomy and Geology. Terrible Muses! Tennyson and 19th-Century Science. *Notes and Records of the Royal Society of London*, Vol.46, 1992(1):111-118.

Miles, Rosie. *Victorian Poetry in Context*. London: Bloomsbury Academic, 2013.

Moffat, A. J. William Cobbett: Politician and Soil Scientist. *The Geographical Journal*, Vol.151, 1985(3):351-355.

Muller, Jill. *Gerard Manley Hopkins and Victorian Catholicism*. London: Routledge, 2003.

Parham, John. *Green Man Hopkins: Poetry and Victorian Ecological Criticism*. New York: Rodopi, 2010.

Phillips, Catherine (ed.). *Gerard Manley Hopkins: The Major Works*, *Including All the Poems and Selected Prose*. Oxford: Oxford University Press, 2002.

Phillips, Catherine. *Gerard Manley Hopkins and the Victorian Visual World*. Oxford: Oxford University Press, 2007.

Reilly, Catherine W. *Mid-Victorian Poetry*, *1860—1879*. London: Mansell, 2000.

Richard, Cronin, et al. (eds.). *A Companion to Victorian Poetry*. Oxford: Blackwell Publishing, 2002.

Richard, Levine. A. *The Victorian Experience*, *the Poets*. Athens: Ohio University Press, 1982.

Ricks, Christopher (ed.). *The New Oxford Book of Victorian Verse*. Oxford: Oxford University Press, 2005.

Rueckert, William. Literature and Ecology: An Experiment in Ecocriticism. *Iowa*

Review, 1978(1):71-86.

Salmon, Richard. *The Formation of Victorian Literary Profession*. Cambridge: Cambridge University Press, 2013.

Samyn, Jeanette. George Eliot, George Henry Louis, and Parasitic Form. *Studies in English Literature*, Vol.58, 2018(4):919-938.

Scheinberg, Cynthia. *Women's Poetry and Religion in Victorian England*. Cambridge: Cambridge University Press, 2002.

Slinn, E. Warwic. *Victorian Poetry as Cultural Critique*. Charlattesville: University of Virginia Press, 2013.

Smith, Lindsay. *Victorian Photography, Painting and Poetry*. Cambridge: Cambridge University Press, 1995.

Stafford, Jane. Victorian Poetry and Indigenous Poet: Apirana Ngatas's A Scene from the Past. *The Journal of Commonwealth literature*, 2004.

Stevenson, Catherine Barnes. Tennyson's Dying Swans: Mythology and the Definition of the Poet's Role. *Studies in English Literature, 1500—1900*, Vol.20, *Nineteenth Century*, 1980(4):621-635.

Striphas, Ted. Known-unknowns: Matthew Arnold, F. R. Leavis, and the Government of Culture. *Cultural Studies*, Vol.31, 2017(1):143-163.

Sutherland, John. *The Longman Companion to Victorion Fiction*. 2nd ed. London: Routledge, 2009.

Swinburne, Algernon. Notes on Poems and Reviews, in *The Victorian Age: An Anthology of Sources and Documents*. London: Routledge, 2002: 369-382.

Tate, Gregory. *The Poet's Mind*. Oxford: Oxford University Press, 2012.

Thompson, F. M. L. *The Rise of Respectable Society—A Social History of Victorian Britain: 1830—1900*. Waukegan: Fontana Press, 1988.

Timko, Michael. The "True Creed" of Arthur Hugh Clough. *Modern Language Quarterly*. Vol. 21, 1960(3):208-222.

Wagner-Lawlor, Jennifer (ed.). *The Victorian Comic Spirit: New Perspectives*. London: Ashgate Publishing, 2000.

Walton, Litz A., et al. (eds.). *The Cambridge History of Literary Criticism*, Vol.8.

Cambridge: Cambridge University Press, 2008.

Wilde, Oscar, The Critic as Artist, in *The Norton Anthology of English Literature*, Vol. 2, 8th ed., Stephen Greenblatt (ed.). New York: W. W. Norton & Company, 2006:1689-1698.

Wilde, Oscar. *The Picture of Dorian Gray*. Marblehead: Trajectory Inc., 2014.

Wimsatt, James. Alliteration and Hopkins's Sprung Rhythm. *Poetics Today*, Vol. 19, 1998(4):531-564.

Woodring, Carl. Recent Studies in the Nineteenth Century. *Studies in English Literature, 1500—1900*, Vol.8, *Nineteenth Century*, 1968(4):725-749.

Woods, Roberts, and P. R. Andrew Hinde. Mortality in Victorian England: Models and Patterns. *The Journal of Interdisciplinary History*, Vol.18, 1987(1):27-54.

Woolf, Virginia. How It Strikes a Contemporary, in *The Common Readers: First Series*. London: Harcourt Inc., 1925:239.

Wu, Duncan (ed.). *Introduction to Victorian Poetry*. Oxford: Blackwell Publishing Company, 2002.

阿克罗伊德.伦敦传[M].翁海贞,等译.南京:译林出版社,2016.

阿诺德.文化与无政府状态:政治与社会批评[M].韩敏中,译.北京:生活·读书·新知三联书店,2002.

艾略特.荒原[M].赵萝蕤,张子清,译.北京:人民日报出版社,2000.

布里格斯.英国社会史[M].陈叔平,译.北京:中国人民大学出版社,1991.

蔡玉辉,李培培.《荒原》中诗化"我"及其诗学内涵[J].外国文学,2005(5):96-101.

蔡玉辉.卞之琳早期诗歌中抒情主体的泛化[J].安徽师范大学学报(人文社会科学版),2012(5):591-597.

蔡玉辉.杰勒德·霍普金斯的"黑色十四行"析论[J].外语研究,2014(6):98-103.

蔡玉辉.挣扎在上帝、自然与自我之间:论杰勒德·霍普金斯式纠结[J].安徽师范大学学报(人文社会科学版),2017(6):764-771.

达尔文.物种起源[M].周建人、叶笃庄、方宗熙,译,叶笃庄修订.北京:商务印书馆,1997.

党圣元.新世纪中国生态批评与生态美学的发展与问题域[J].中国社会科学院研究生院学报,2010(3):117-127-脚注。

狄更斯.双城记[M].孙法理,译.南京:译林出版社,2012.
丁尼生.丁尼生诗选[M].黄杲炘,译.上海:上海译文出版社,1995.
方克立.天人合一与中国古代的生态智慧[J].社会科学战线,2003(4):207-217.
飞白,译.英国维多利亚时代诗选[M].长沙:湖南人民出版社,1984.
哈代.托马斯·哈代诗选[M].蓝仁哲,译.成都:四川人民出版社,1987.
韩敏中.维多利亚人[M].北京:外语教学与研究出版社,2007,导读.
侯维瑞.英国文学通史[M].上海:上海外语教育出版社,1999.
黄杲炘.《丁尼生诗选》译者前言[A]//丁尼生诗选.上海:上海译文出版社,1995年.
黄希庭.心理学导论[M].北京:人民教育出版社,1991.
霍布斯鲍姆.革命的年代[M].王章辉,等译.北京:国际文化出版社,2006.
吉喆.论近代早期英国农民产权的变革[J].河南师范大学学报(哲学社会科学版),2016(4):136-143.
蒋孔阳.西方美学通史:第1卷[M].上海:上海文艺出版社,1999.
蒋孟引.英国史[M].北京:中国社会科学出版社,1988.
卡莱尔.论英雄、英雄崇拜和历史上的英雄业绩[M].周祖达,译.北京:商务印书馆,2005.
卡森.寂静的春天[M].许亮,译.北京:北京理工大学出版社,2015.
蓝仁哲.诗人哈代和他的诗[A]//《哈代诗选》.成都:四川文艺出版社,1987:译本序.
利奥波德.沙乡年鉴[M].杨蔚,译.南昌:江西人民出版社,2018.
梁实秋.英国文学史(三)[M].北京:新星出版社,2011.
列宁.列宁全集:第29卷[M].北京:人民出版社,1985.
鲁春芳.神圣自然:英国浪漫主义诗歌的生态伦理思想[M].杭州:浙江大学出版社,2009.
马克思.剩余价值理论[M].北京:人民出版社,1975.
密尔.论自由[M].许宝骙,译.北京:商务印书馆,1959,2013.
莫里斯,梅斯托.心理学导论(第12版)[M].张继明,等译.北京:北京大学出版社,2007.
派克.被遗忘的苦难:英国工业革命的人文实录[M].蔡师雄,等译.福州:福建人民出版社,1983.

潘恩.人权论[A]//潘恩选集.吴运楠、武友任,译.北京:商务印书馆,1981.

裴亚琴,张宇.19世纪英国中产阶级的社会属性分析[J].理论导刊,2018(7):101-107.

钱乘旦,陈晓律.在传统与变革之间:英国文化模式溯源[M].杭州:浙江人民出版社,1991.

钱乘旦,许洁明.英国通史[M].上海:上海社会科学院出版社,2002.

钱乘旦.第一个工业化社会[M].成都:四川人民出版社,1988.

钱乘旦.工业革命与英国工人阶级[M].南京:南京出版社,1992.

钱青.英国19世纪文学史[M].北京:外语教学与研究出版社,2006.

斯密.国民财富的性质和原因研究[M].郭大力,王亚南,译.北京:商务印书馆,1983.

汤普森.英国工人阶级的形成(上)[M].钱乘旦,等译.南京:译林出版社,2001.

特罗洛普.如今世道[M].秭佩,译.重庆:重庆出版社,2008.

王尔德.评论家也是艺术家[A]//王春元,钱中文主编.英国作家论文学[C].汪培基,等译.北京:生活·读书·新知三联书店,1985.

王尔德.王尔德全集:第4卷[M].杨东霞,杨烈,等译.北京:中国文学出版社,2000.

王华勇.文化与焦虑:马修·阿诺德诗歌研究[D].浙江大学,2014.

王诺.欧美生态文学[M].北京:北京大学出版社,2003.

王守仁,胡宝平.英国文学批评史[M].南京:南京大学出版社,2013.

王佐良.《丁尼生诗选》序[A]//丁尼生诗选[M].黄杲炘,译.上海:上海译文出版社,1995.

王佐良.英国诗选[M].上海:上海译文出版社,2011.

威廉斯.文化与社会[M].吴松江,张文定,译.北京:北京大学出版社,1991.

吴笛.哈代新论[M].杭州:浙江大学出版社,2009.

吴笛.论哈代诗歌中的悲观主义时间意识[J].国外文学,2004(3):54-58.

吴倩华."古老的英格兰"守望者——从《骑马乡行记》看威廉·科贝特对英国工业时代的批判[J].贵州大学学报(社会科学版),2010(4):88-95.

夏征农.辞海[K].上海:上海辞书出版社,2000.

向荣.敞田制与英国的传统农业[J].中国社会科学,2014(1):181-203.

肖明翰.英美文学中的戏剧性独白传统[J].外国文学评论,2004(2):28-39.

殷企平,余华.阿诺德文化观中的核心[J].英美文学研究论丛,2007(2):206-218.

殷企平.夜尽了,昼将至:《多佛海滩》的文化命题[J].外国文学评论,2010(6):80-91.

袁可嘉译.英国宪章派诗选[M].上海:上海译文出版社,1984.

詹姆斯.中产阶级史[M].李春玲,杨典,译.北京:中国社会科学出版社,2015.

朱新福.美国生态文学批评述略[J].当代外国文学,2003(1):135-140.

网络资料

Burke, Edmund, Reflections on the Revolution in France, http://www.constitution.org/eb/rev_fran.htm 2013-10-27

George Meredith: Poems, PoemHunter. Com—The World's Poem Archive, 2004.

http://www.poemhunter.com/poem/meditation-under-the-stars/ 2013-12-13

Hardy, Thomas, Poems: PoemHunter.Com-The Poem World Archive, 2004.

http://www.poemhunter.com/poem/nature-s-questioning/ 2014-8-23

https://en.wikipedia.org/wiki/Stuart_Hall_(cultural_theorist) 2015-12-13

https://en.wikipedia.org/wiki/Ecology 2015-06-27

http://en.wikipedia.org/wiki/Alfred,_Lord_Tennyson 2014-11-23

http://en.wikipedia.org/wiki/Algernon_Swinburne 2015-4-21

http://en.wikipedia.org/wiki/Jeremy_Bentham 2013-10-29

http://www.gutenberg.org/cache/epub/12628/pg12628.html 2013-10-31

http://www.poemhunter.com/matthew-arnold/poems/?search=morality&Bl=SEARCH

http://www.poemhunter.com/poem/a-ballad-of-dreamland/ 2013-8-21

http://www.poemhunter.com/poem/builders-of-ruins/ 2012-5-23

http://www.poemhunter.com/poem/desespoir/ 2015-10-30

http://www.poemhunter.com/poem/goblin-market/ 2016-1-28

http://www.poemhunter.com/poem/impression-de-nuit-london/ 2013-8-21

http://www.poemhunter.com/poem/impression-du-matin/ 2012-5-23

http://www.poemhunter.com/poem/impression-du-matin/ 2012-5-23 http://www.poemhunter.com/poem/poulain-the-prisoner/ 2016-1-23

http://www.poemhunter.com/poem/the-ballad-of-reading-gaol/ 2015-10-30

http://www.poemhunter.com/poem/the-ballad-of-reading-gaol/ 2015-5-2

http://www.poemhunter.com/poem/the-dying-swan/ 2015-11-24

http://www.poemhunter.com/poem/the-earthly-paradise-the-lady-of-the-land/ 2015-12-14

http://www.poemhunter.com/poem/the-last-buccaneer/ 2016-1-25

http://www.poemhunter.com/poem/the-latest-decalogue/ 2013-8-21

http://www.poemhunter.com/poem/the-woods-of-westermain/ 2013-8-21

http://www.poemhunter.com/poem/through-a-glass-darkly/ 2015-11-24

http://www.poemhunter.com/search/?q=earth+the+healer%2C+earth+the+keeper 2014-12-6

https://en.wikipedia.org/wiki/Dramatic_monologue 2016-1-4;

https://en.wikipedia.org/wiki/Ecology 2015-12-09

https://en.wikipedia.org/wiki/George_Henry_Lewes 2016-1-28

https://en.wikipedia.org/wiki/Limerick_(poetry) 2016-1-8

https://en.wikipedia.org/wiki/Thomas_Hood 2016-2-12

http://en.wikipedia.org/wiki/James_Thomson_(B.V.) 2014-12-27

http://en.wikipedia.org/wiki/James_Thomson_(B.V.) 2014-12-27

http://en.wikipedia.org/wiki/Spitalfields 2015-1-9 2014-12-28

http://www.poemhunter.com/algernon-charles-swinburne/ 2014-12-28

http://www.poemhunter.com/algernon-charles-swinburne/poems/ 2015-2-1

http://www.poemhunter.com/poem/at-the-railway-station-upways/ 2015-5-3

http://www.poemhunter.com/poem/east-london/ 2015-1-9

http://www.poemhunter.com/poem/in-prison/ 2015-1-11

http://www.poemhunter.com/poem/it-was-an-april-morning-fresh-and-clear/ 2015-2-5

http://www.poemhunter.com/poem/the-city-of-dreadful-night/ 2014-12-27

http://www.poemhunter.com/poem/the-city-of-dreadful-night/ 2014-12-27

http://www.poemhunter.com/poem/love-in-the-valley/ 2014-12-16 https://en.wikipedia.org/wiki/Cuneiform 2018/11/17　2018 - 12 - 02

https://www.poemhunter.com/poem/in-a-wood/　2018 - 12 - 02

https://www.poemhunter.com/edward-lear/　2018 - 11 - 21

https://www.poemhunter.com/poem/there-was-an-old-man-in-a-tree/　2018 - 11 - 21

索 引

A

阿尔梅达(Joseph Almeida) 64
《阿拉贝拉·斯图亚特》(Arabella Stuart) 129
阿姆斯特朗(Isobel Armstrong) 91,92,95,105,108,109,111,112,123,263,265,279
阿诺德(Matthew Arnold) 6,10,19,72-79,81-83,85,88,93,99-101,103,108-110,120,129,181,250,256-261,268,270,273
阿奎那(Thomas Aquinas) 132
艾布拉姆斯(Meyer Howard Abrams) 127-28
《爱的花园》(The Garden of Love) 18,
《爱荷华评论》(Iowa Review) 12
艾略特(Thomas Stearns Eliot) 8,91,101-03,108,110-11,129-31,279
爱略特(George Eliot) 6-7,75-78,80-82,87,93
埃斯托克(Simon Estok) 5
奥尔蒂克(Richard Daniel Altick) 25,105-06
奥康诺(Feargus O'Connor) 238
《奥罗拉利》(Aurora Leigh) 93
奥肖内西(Arthur O'Shaughenessy) 110

B

巴克利(Jerome H. Buckley) 107
"扒粪者"(Muckraker) 256
《白鲸》(Moby Dick) 152,183
《暴君的力量》 243
鲍姆(Paul Franklin Baum) 92,108,
《北与南》(North and South) 8
《被抛弃的人》(A Castaway) 129
《被遗弃的花园》(A Forsaken Garden) 138
《被糟蹋的姑娘》(The Ruined Maid) 121,229
《被祝福的少女》(The Blessed

297

Damozel) 128

彼得卢事件(Peterloo Massacre) 55

比尔,吉莲(Gillian Beer) 123

比尔,劳伦斯(Lawrence Buell) 5,13

边沁(Jeremy Bentham) 35,61,68－69,110－11,208,261

《宾利杂志》(*Bentley's Miscellany*) 49

宾斯(George Binns) 234,241

《病玫瑰》(The Sick Rose) 18

《濒死的天鹅》(The Dying Swan) 151,170

《宾西的白杨》(Binsey Poplars) 7,141,271

《博物哲学》(*Philosophie zoologique*, 1809) 3

布拉德劳(Charles Bradlaugh) 222

布坎南(Robert William Buchannan) 80

布莱恩(Virginia Blain) 92－93

布莱尔(Kirstie Blair) 93

布莱克(William Blake) 18

布朗宁,罗伯特(Robert Browning) 88,119,124－25,127－29,164,166,270,280－81

《布朗宁诗歌全集》(*The Complete Works of Robert Browning*, 2011) 94

《布朗宁诗选》 94

《布朗宁夫人诗选》 94

布朗宁,伊丽莎白(Elizabeth Barrett Browning) 113,212,214,263,272

布朗奇(Michael Branch) 14

布里格斯(Asa Briggs) 27,34,105

布里斯托(Joseph Bristow) 95,112

布拉德利(Andrew Cecil Bradley) 130,197

布莱德(Mathilde Blind) 265

《捕猎蛇鲨》(The Hunting of the Snark) 152,182－83

《不要说斗争只是徒劳》(Say Not the Struggle Naught Availeth) 250

伯克,埃德蒙(Edmund Burke) 63－64,66,85,261

伯克,彼得(Peter Burke) 65

《勃朗峰》(Mont Blanc, 1816) 127,280

勃朗特,艾米莉(Emily Brontë) 77,148

C

《晨的印象》(Impression Du Matin) 153,221

《衬衫之歌》(The Song of Shirts) 113,217,272,276

《尘世天堂:地上的少女》(The Earthly Paradise: The Lady of the Land) 201

《出航》(Amours de Voyage) 93

《春天》(Spring) 184,206

《翠鸟扑火》(As Kingfishers Catch Fire) 206

D

达尔文(Charles Darwin) 3,19,70,

93,176,181,261

《达尔文的情节》(Darwin's Plots) 123

《当今批评的功用》(The Function of Criticism at the Present Time) 72

戴(Gary Day) 85

戴维森(John Davidson) 110

《道德情操论》)(The Theory of Moral Sentiments,1759) 59-60

《道德与立法原则导论》(An Introduction to the Principles of Morals and Legislations,1789) 68

道格拉斯(Lord Alfred Douglass) 261,265,270

《道林·格雷的画像》(The Picture of Dorian Gray,1890) 82

《德意志号沉没》(The Wreck of the Deutschland) 271,281

狄更斯(Charles Dickens) 6,49,75, 77,80-85,87,264,281

《帝国时代》(The Age of Empire: 1875-1914) 104

《地上乐园:谦词》(The Earthly Paradise: Apology) 198

《地质学原理》(Principles of Geography, 1830-1833) 176

迪克逊(Canon Dixon) 141

《地球依然是多么美丽》(How Beautiful the Earth Is Still) 148

《第一个工业化社会》 29,31,34,43

《丁登寺旁》(Lines Composed a Few Miles above Tintern Abbey)

18,114,127,280,

丁尼生(Alfred Tennyson)

《丁尼生诗歌全集》(The Complete Works of Alfred, Lord Tennyson, 1991) 94

《丁尼生诗选》 94

《迪普绪科斯》(Dipsychus) 125

迪斯雷利(Benjamin Disraeli) 19,46, 56,256-57,268

《东部伦敦》(East London,1867) 258

多恩(John Donne) 127

《多佛海滩》(Dover Beach) 120,129, 181,250,281

E

《恶人说,"没有上帝"》(There Is No God, the Wicked Sayeth) 202

《恩底弥翁》(Endymion) 204

F

《法国革命沉思录》(Reflections on the Revolution in France) 63-64, 66

反浪漫主义派(The Anti-Romantics) 107

费边主义(Fabianism) 6

《腓特烈大帝》(Frederick the Great, 1858—1865) 71

《分子进化》(Molecular Evolution) 190

《风弦琴》(The Eolian Harp) 127

菲尔顿(John Fielden) 214

福柯(Michel Foucault) 10

福克斯（William Johnson Fox） 109

《弗洛斯河上的磨坊》(The Mill on the Floss，1860) 81-82

弗洛斯特（William Frost） 108,131

G

盖斯凯尔夫人（Elizabeth Cleghorn Gaskell） 7,77,81,87

格洛特费尔蒂（Cheryll Glotfelty） 5, 9,13

格尔茨（Clifford Geertz） 9

格拉斯顿（William Ewart Gladstone） 56-57,256

格林（Robert Greene） 131

《革命时代》(The Age of Revolution: Europe 1889—1848) 104

《给英格兰人的歌》(To the Men of England) 113

《工厂制度的祸害》(The Curse of the Factory System) 214

《公共卫生法》(Public Health Act, 1875) 57

《工人住宅法》(Labour Housing Act, 1875) 57

《工人在行进》(Workers Marching) 247

工团主义（Syndicalism） 6

功利主义（Utilitarianism） 6,35,61, 68-69,84,86,110,112,207-08,261,273

《公主》(Princess) 102,108,118-19, 170

《孤独的割麦女》(The Solitary Reaper) 18

《鼓手霍吉》(The Dead Drummer) 121,144,229

《谷物法》(Corn Law, 1815) 50-52, 209,238,256,

《观察者》(The Spectator) 264

《规训与惩罚》(Discipline and Punish, 1975) 10

《国富论》(An Enquiry in the Nature and Causes of The Wealth of Nations, 1776) 60-62

《国民评论》(National Review) 99

《过沙洲》(Crossing the Bar) 124

《过去与现在》(Past and Present) 49

《国王叙事诗》(Idylls of the King) 93

H

哈代（Thomas Hardy） 6-7,77,81-82,85,87-89,94,121,143-44, 146,148,177,182,186,188,229, 267,270-71,281

哈莱姆（Arthur Hallam） 96-97,130

《孩子们的哭声》(The Cry of the Children) 212

汉普顿俱乐部运动 54

汉密尔顿（William Rowan Hamilton） 190

荷曼斯（Felicia Hemans） 129

《黑暗中的明镜》(Through the Glass Darkly) 203

黑克尔（Ernst Heckle） 2-3

赫门兹（Felicia Hemans） 88

赫胥黎, A.（Aldous Leonard Huxley）

300

索引

8

赫胥黎,L.(Leonard Huxley) 197

赫胥黎,T.H.(Thomas Henry Huxley) 195,197

亨里(W.E. Henley) 110

洪堡(Alexander Von Humboldt, 1769—1859) 3

《红花瓣睡了》(Now Sleeps the Crimson Petal) 171

环境关注(environmental concern) 6

《环境文学讲稿:资料,方法和文献资源》(Teaching Environmental Literature: Materials, Methods, Resources) 12

《环境想象:梭罗、自然写作与美国文化的形成》(The Environmental Imagination: Thoreau, Nature Writing and the Formation of American Culture) 13

《环与书》(The Ring and the Book) 93

《谎言的衰朽》(The Decay of Lying) 204

《荒原》(The Waste Land) 8,110

华兹华斯（William Wordsworth） 17-18,97,113-15,117,127,137,148,176-77,279-80

《怀疑的心》(Doubting Heart) 189

《回忆》(Remembrance) 149

胡德(Thomas Hood) 113,217,219,225,270,272

霍布斯鲍姆(Eric Hobsbawm) 27,104

霍加特(Richard Hoggart) 104

霍普金斯(Gerard Manley Hopkins, 1844—1889) 6-7,87-88,94-95,101,103,127,131,141,143,148,159-60,162,173,182,184-85,205-08,266,270-71,280-81

《霍普金斯与维多利亚时期天主教》(Gerard Manley Hopkins and Victorian Catholicism) 95

霍姆斯(John Holms) 197

J

吉本(Edward Gibbon) 208

吉普林（Rudyard Kipling） 6,88,182,185-86,270-71

济慈(John Keats) 97,114,136-37,176,279

《寂静的春天》(Silent Spring, 1962) 11

《挤奶姑娘》(The Milkmaid) 89,121,144

《济贫法》(Poor Law Amendment Act 1834) 49,238

《脊椎动物自然史》(Histoire naturelle des animaux sans vertèbres, 1822) 3

《加布林市场》(Goblin Market) 270

加拉德(Greg Garrard) 14

剑桥使徒社（Cambridge Apostles） 112

《剑桥文学批评史》(Cambridge History of Literary Criticism)

301

77

《剑桥维多利亚诗歌指南》(*The Cambridge Companion to Victorian Poetry*, 2000) 95

《监狱的铁栏》 234

《杰勒德·霍普金斯主要作品集》(*Gerard Manley Hopkins: The Major Works, Including All the Poems and Selected Prose*, 2002) 94

痉挛派(The Spasmodic School) 107

《今日维多利亚诗歌:诗人、诗歌、诗学》(*Victorian Poetry Now: Poets, Poem, Poetics*) 92

《今昔诗集》(*Poems of the Past and the Present*, 1901) 271

《精神明灯》(*The Spirit Lamp*, 1892—93) 265

金斯利(Charles Kingsley) 130,267, 270

《绝望》(Desespoir) 152

K

卡德维尔(Edward Cardwell) 57

卡莱尔(Thomas Carlyle) 19,49,71-72,75,77,79,83,85-86,137

卡莱门斯(Frederic Clements) 3

卡洛尔(Lewis Carroll) 152,182

卡宁汉(Valentine Cunningham) 26

卡森(Rachel Carson) 9,11,20-21

坎贝尔(Matthew Campbell) 88

坎纳丁(David Cannadine) 39

坎宁安(Valentine Cunningham) 92,94

《坎特伯雷故事集》(*The Canterbury Tales*) 193

科贝特(William Cobbett) 256

科布登(Richard Cobden) 52

科尔(Charles Cole) 234

克拉夫(Arthur Clough) 93,106, 109-10,202-03,205,250-53, 263,270

《克拉丽贝尔》(Claribel) 117

克莱因(Daniel B. Klein) 60

柯勒律治(Samuel Coleridge) 18,96, 102,113,127

柯林斯(Wilkie Collins) 85

克罗宁(Richard Cronin) 95

《可怕夜晚中的城市》(*The City of Dreadful Night*, 1874) 110

《跨学科文学与环境研究读本》(*ISLE Reader: 1993—2003*) 14

《快乐的地球,快朝东旋转》(Move Eastward, Happy Earth) 197

快乐的英格兰(Happy Is England) 29,60,67,135-37,141,151, 158,173,181,233,273

库帕(Lawrence Coupe) 14

昆西(Thomas De Quincey) 76

L

《拉格比教堂》(Rugby Chapel) 120

拉马克(Chevalier de Lamarck) 3

《浪漫主义与维多利亚诗歌》(*Romantic and Victorian Poetry*) 106

莱尔(Charles Lyell) 176

索 引

兰登(Letitia Elizabeth Landon) 263
《劳工歌》 242
劳伦斯,D. H.(David Herbert Lawrence) 8
劳伦斯,威廉(Sir William Lawrence) 109
《老水手谣》(The Rime of the Ancient Mariner) 18
《泪,空流的泪》(Tears, Idle Tears) 171
《雷丁监狱之歌》(The Ballad of Reading Gaol) 261
雷顿(Angela Leigthon) 112
雷利(Walter Alexander Raleigh) 76
利奥波德(Aldo Leopold) 9,20
《利奥体挽歌》 118,150
利尔(Edward Lear) 132,227-28
李嘉图(David Ricardo) 19
列维(Amy Levy) 88,129,265
林顿(William Linton) 234
《笼中云雀》(The Caged Skylark) 184
刘易斯(George Henry Lewes) 81,84
《绿色研究读本》(Green Studies Reader: From Romanticism to Ecocriticism) 14
洛(Robert Lowe) 268
卢德运动(The Luddites) 54
伦敦通讯会事件 53-54
《伦敦杂志》(The London Magazine) 217
《伦敦传》(London: A Biography) 49,154,272
《论自由》(On Liberty, 1859) 69
《论英雄、英雄崇拜和历史上的英雄业绩》(On Heroes, Hero Worship, and the Heroic in History, 1841) 71
洛夫(Glen Love) 14
《洛克斯利田庄》(Locksley Hall) 118,196
《罗马帝国衰亡史》(The History of the Decline and Fall of the Roman Empire) 208
罗塞蒂,但丁(Dante Rossetti) 88,204,263
罗塞蒂,克里斯蒂娜(Christina Rossetti) 88,128,263,270
罗塞蒂,威廉(William Michael Rossetti) 217
罗斯金(John Ruskin) 76-77,81,83,85-86
吕克特,威廉(William Rueckert) 12
《旅行之歌》(Songs of Travel and Other Verses, 1896) 271

M

马尔萨斯(Thomas Robert Malthus) 50,209
马汉(Clinton Machann) 93
《玛丽亚娜》(Mariana) 109
马里亚尼(Paul Mariani) 106
马赛诺(Laurence M. Mazzeno) 112
迈尔斯(Rosie Miles) 93
麦尔维尔(Herman Melville) 152
麦克斯韦(James Clerk Maxwell)

190

《摩德》(Maud) 119,124

梅多斯(A. J. Meadows) 196

梅内尔(Alice Meynell) 261,264-65

《没人看,园中树仍将摇动》(Unwatch'd the Garden Bough Shall Sway) 196

梅瑞狄斯(George Meredith) 6,77,85,110,140,148,162,164,166-67,173,181-82,226,250,270,274,281

《梦境歌谣》(A Ballad of Dreamland) 138

《米德尔马契》(*Middlemarch*) 7

米德(Edward Meade) 234,238

密尔,约翰(John Stuart Mill,1806—1873) 19,68-70,83,96,256

密尔,詹姆斯(James Mill,1773—1836) 69

《民主》(Democracy) 85

莫尔(Thomas Sturge Moore) 152

莫克森(Edward Moxon) 97

莫里斯(William Morris) 6-7,19,77,79,93,103,110,198,201,205,208,217,246-47,249-50,252,256,268,270

穆勒(Jill Muller) 95

N

年鉴学派(Annales School) 9

纽曼(John Henry Newman) 19,83

《农夫皮尔斯》(Piers Ploughman) 131

《女性主义生态批评》(*Feminist Ecocriticism：Environment, Women and Literature*, 2012) 14

《女修道院门槛》(The Convent Threshold) 129

O

欧文(Robert Owen) 6

P

《帕美拉》(*Pamela; or, Virtue Rewarded*, 1740) 87

潘恩(Thomas Paine) 66-67

跑步节奏(running rhythm) 88,131

佩特(Walter Pater) 76-78,81,83

彭斯(Robert Burns) 18

皮尔(Robert Peel) 52

《皮卡迪利大街有你的旗帜》(Ye Flags of Piccadilly) 253

《匹克威克外传》(*Pickwick Papers*, 1836) 83-84,87

《平安夜》(Christmas-Eve) 125

《平等》(Equality) 85

《普利茅斯岩上的逃亡奴隶》(The Runaway Slave at Pilgrim's Point) 272

普罗克特,阿德莱德(Adelaide Anne Procter) 188,270

《普洛塞尔皮娜颂歌》(Hymn to Proserpine) 129

《普通生物形态学》(*Generelle Morphologie der Organismen*) 2

Q

《骑马乡行记》(*Rural Rides*) 256
《七海》(*The Seven Seas*) 271
乔伊斯(James Joyce) 8
《轻柔的风,低微的风》(Sweet and Low Wind) 170-72
琼斯(Ernest Jones) 234,237-38,240-41,270,272
《秋颂》(Ode to the Autumn) 114
《囚室中》(In Prison) 237
《囚徒普兰》(Poulain the Prisoner) 262,267
《囚徒致奴隶》 234,236,272

R

人赋人权(inherited rights) 66
《人口论》(*An Essay on the Principle of the Population*) 209
《人民宪章》(People's Charter) 51
《如今世道》(*The Way We Live Now*,1875) 38
《人权论》(*The Rights of Man*,1792) 63,66

S

萨克雷(William Thackeray) 77
塞恩制 28
《三和弦》 127
瑟申斯(George Sessions) 14
《沙乡年鉴》(A Sand County Almanac) 9
《上帝的荣光》(God's Grandour) 205
《圣杯及其他》(*Holy Grail and Other Poems*,1869) 109
深描说(thick description) 10
《21世纪的深层生态学》(*Deep Ecology for the 21st Century*,1995) 14
《生存的喜剧》(*The Comedy of Survival: Studies in Literary Ecology*,1974) 12
《生命殿堂》 94
生态批评(Ecocriticism) 1-2,5-7,9-15,21,277
《生态批评读本:文学生态学里程碑》(*The Ecocriticism Reader: Landmarks in Literary Ecology*) 5,13-14
生态系统(ecosystem) 4
《生态学研究方法》(*Research Method of Ecology*,1905) 3
生态意识(ecological awareness) 6-8,11,15-22,132,162,269-74,276-78
生物圈(ecosphere) 3
《诗歌与民谣》(*Poems and Ballads*) 97
《诗歌与评论札记》(*Notes on Poems and Reviews*) 98
《实用批评:文学判断研究》(*Practical Criticism: A Study of Literary Judgment*,1929) 103
《实用生态批评:文学、生物学与环境》(*Practical Ecocriticism: Literature, Biology and the Environment*,2003) 4

实证主义(Positivism) 6,81,193

《食莲人》(The Lotus-eaters) 149,169

《守更曲》(A Watch in the Night) 120

《双城记》(A Tale of Two Cities,1859) 75

《抒情诗集》(Poems, Chiefly Lyrical,1830) 97,111,152,270

斯蒂文森(Robert Louis Stevenson) 8,132,256,270-71

司各特(Walter Scott) 87

斯洛维克(Scott Slovic) 14

斯密(Adam Smith,1723—1790) 35,59-61,208

斯温伯恩(Algernon Charles Swinburne) 19,79,97-99,102,110,120-21,126,129,132,138,140,148,173,215,250,252,256,261,268,270

《死之歌》(A Death Song) 249

《衰老》(The State of Age) 226

《苏格兰人观察者》(Scots Observer) 264

T

汤普森（Edward Palmer Thompson） 50

汤普森（Francis Michael Longstreth Thompson） 268

汤姆森(James Thomson) 110,222-23,225,270

《陶博纳弗利克的茅屋》(The Bothie of Tober-na-Vuolich) 110

特罗洛普(Anthony Trollope) 6,38,77,81,281,

天赋人权(natural rights) 63,66-67

《天然的魔力》 119

《天上的女郎》(The Blessed Damozel) 204

《叹息桥》(The Bridge of Sighs) 219

《叹息之歌》(A Song of Sighing) 222

跳跃节奏(sprung rhythm) 88,127,131-32,280

《跳蚤》(The Flea,1613) 127

廷代尔(John Tyndall) 190

土地伦理(land ethic) 9

《托马斯·哈代诗选》 94

W

瓦格(Frederick O.Waage) 12

瓦格纳-劳勒(Jennifer Wagner-Lawlor) 93

瓦伦丁(K. B. Valentine) 106

王尔德（Oscar Fingal O'Flahertie Wills Wilde） 76,78,81-82,99,121,152-53,155,182,194,204,221,225,261,265-66,270

《王尔德诗选》 94

王政复辟 135

韦伯(Sidney Webb) 256

韦伯斯特(Augusta Webster) 88,129,261,263,265,267

维多利亚风尚(Victorianism) 257

《维多利亚评论》(Victorian Review,1989—2011) 106

维多利亚趣味(Victorian Taste) 107

《维多利亚人》(The Victorians) 101

《维多利亚人及其思想观念》(Victorian People and Ideas—A Companion for the Modern Reader of Victorian Literature,1973) 25

《维多利亚人:诗歌与诗评选集》(The Victorians：An Anthology of Poetry and Poetics,2000) 94

《维多利亚诗歌》(Victorian Poetry,2004) 95,112

《维多利亚诗歌》(Victorian Poetry,1963—) 92,105

《维多利亚诗歌:诗歌、诗学与政治》(Victorian Poetry：Poetry, Poetics and Politics,1993) 91-92,109

《维多利亚喜剧精神:新视野》(The Victorian Comic Spirit：New Perspectives)

《维多利亚诗歌新编》(The New Oxford Book of Victorian Verse,2005) 112

《维多利亚诗歌与心的文化》(Victorian Poetry and the Culture of the Heart,2006) 92

《维多利亚诗歌与本土诗人》(Victorian Poetry and Indigenous Poet,2004) 112

《维多利亚诗歌与欧洲和世界主义的挑战》(Victorian Poetry, Europe and the Challenge of Cosmopolitanism,2011) 112

《维多利亚诗歌与宗教中的形式与信仰》(Form and Faith in Victorian Poetry and Religion) 112

《维多利亚诗歌指南》(A Companion to Victorian Poetry,2002) 95,112,234

《维多利亚女诗人》(Victorian Women Poets) 112

《维多利亚观察:1830—1870年间诗歌批评》(Victorian Scrutinies：Reviews of Poetry,1830—1870) 92,108

《维多利亚期刊评论》(Victorian Periodicals Review,1979—2008) 106

《维多利亚期刊通讯》(Victorian Periodicals Newsletter,1968—1978) 106

《维多利亚诗人》(Victorian Poets) 92,106

《维多利亚诗人与变化中的〈圣经〉》(Victorian Poets and the Changing Bible) 112

《维多利亚性格:文学文化研究》(The Victorian Temper：A Study in Literary Culture) 107

《维多利亚主要诗人再评价》(The Major Victorian Poets：Reconsiderations) 92,95

《维多利亚研究》(Victorian Studies) 105

《维多利亚研究通讯》(Newsletter of Victorian Studies,1972—1988) 106

《维多利亚四史诗中的男性书写》
（*Masculinity in Four Victorian Epics*） 93
威尔克斯事件(Wilkes's Case) 53,255
威廉斯（Raymond Williams） 91,104,106
《威塞克斯诗集》(*Wessex Poems and Other Verses*,1898) 271
"威塞克斯系列"(Wessex series) 7
《韦斯特美荫森林》(The Woods in the Westermain) 140
《文化的解释》(*The Interpretation of Cultures*,1972) 10
《文化与社会》(*Culture and Society*,1958) 10
《文化与无政府状态:政治与社会批评》（*Culture and Anarchy*,1869） 72,78,82,120,257
《文学与环境跨学科研究》（*Interdisciplinary Studies of Literature and Environment*） 13
文学与环境研究学会(The Association for the Study of Literature and Environment,ASLE) 13
《我的前公爵夫人》(My Last Duchess) 88,128-29,281
《我的心儿在高原》(My Heart's in the Highlands) 18
沃德(T.H. Ward) 100
沃克奇(Douglas Vakoch) 14
《我们这些乡下姑娘》 148

《我们在走向想象的尽头》(We Are Getting to the End of Visioning) 229
沃明(Eugen Warming) 3
《我为什么成了社会主义者?》(Why I Became a Socialist) 246
《雾都孤儿》(*Oliver Twist*) 49,83
吴(Duncan Wu) 95
伍德林(Carl Woodring) 106
伍尔夫,弗吉尼亚（Virginia Woolf） 102-03
伍尔德里奇(Charles Wooldridge) 121
《五国》(*The Five Nations*,1903) 186,271
五行打油诗(Limerick) 132,227-28,281
《午夜霜寒》(Frost at Midnight) 127
《物种起源》(*The Origin of Species*,1859) 3,70-71,123,175,261,

X

《西部伦敦》(West London) 259
《西比尔,或两个民族》(*Sybil, or the Two Nations*) 19,46
西姆(James Seem) 242
希波克拉底(Hippocrates) 2
希尔(Christopher Hill) 103
西福斯特（James Joseph Sylvester） 190
《西风颂》(Ode to the West Wind) 18
《霞光照射在城堡的高墙》（The Splendor Falls on Castle Walls） 171

《现代画家》(*Modern Painters*,1843—1860) 86

《宪章派之歌》 234,238,240

《献给小巷相遇的路易莎》 138

《向晚的画眉》(The Darkling Thrush) 89

《小诗人》(A Minor Poet) 129

《小溪之歌》(The Brook) 169

《写给小鼠》(To a Mouse) 18

《写于早春》(Written in Early Spring) 18,114

《新婚颂歌》(Epithalamion) 159 - 60,162

《西敏寺评论》(*Westminster Review*)

《新济贫法》 50

新模式工会(New Model Union) 6 - 7

《新左派评论》(*New Left Review*) 10

《星光之夜》(The Starlight Night) 206

《星空下的冥想》(Meditation under the Stars) 181

宪章运动(Chartist Movement) 6, 20,51 - 52,209,233 - 34,238, 244,246 - 47,250 - 54,272,277

宪政主义(constitutionalism) 64 - 65

《乡村与城市》(*The Country and the City*,1973) 12

《熊的和平契约》(The Truce of the Bear) 186

萧伯纳(George Bernard Shaw) 77, 84

《行进歌》(A Marching Song) 252, 261

《旋律与对位》(*Point Counter Point*, 1928) 8

《序曲——一个诗人心灵的成长》(The Prelude) 113

雪莱(Percy Shelley) 18,97,113, 127,176,217,243,279 - 80

Y

《亚当·比德》(*Adam Bede*,1959) 80

《夜会》(Meeting at Night) 164

亚当斯(James Adams) 77

亚里士多德(Aristotle) 2

《夜的印象(伦敦)》(Impression Du Noir(London)) 266

伊格尔顿(Terry Eagleton) 104

《1853 年诗集序》(Preface to Poems in 1853) 99

《一八一九年的英国》(England in 1819) 113

《遗迹的建造者》(Builders of Ruins) 264

《艺术之宫》(The Palace of Art, 1842) 119

《隐士》(The Recluse) 117

《婴儿之死》(A Baby's Death) 215

《英国工人阶级状况》(*The Condition of the Working Class in England*, 1845) 49

《英国工人阶级的形成》(*The Making of the English Working Class*,

1963） 50,104
《英国贵族的衰败与没落》(The Decline and Fall of British Aristocracy, 1990) 39
《英国人期刊》(Englishmen's Magazine) 96
《英国诗人》(English Poets) 100
《英国宪章派诗选》 94,234
《英国维多利亚时代诗选》 94,119
《英语诗歌新论》(New Bearings in English Poetry, 1932) 103
《有一位老人他这样以为》(There Was an Old Man Who Supposed) 227
原工业化(proto-industry) 7
《尤利西斯》(Ulysses) 88,129,149,195
《语境中的维多利亚诗歌》(Victorian Poetry in the Context) 93

Z

《长树的地方现在是海洋》(There Rolls the Deep Where Grew the Tree) 198
《在火车站月台》(At the Railway Station, Upways) 122
《在林中》(In a Wood) 146
詹姆斯,劳伦斯(Lawrence James, or Edwin James Lawrence) 36-37

《诊疗者地球,守护者地球》(Earth the Healer, Earth the Keeper) 199
整体主义(holism) 4
《政治纪事报》 257
《秩序之歌》 126
《致投我于狱的官吏们》 241
《资本时代》(The Age of the Capital: 1848—1875) 104
自然神论(Deism) 16-18,198
自然神权 66
《自然是赫拉克利特之火》(The Nature is Heraclitean Fire) 184
《自然之问》(Nature's Questioning) 186
自由主义(Liberalism) 6,68-69,195,256
《植物生态学》(Ecology of Plants: An Introduction to the Study of Plant Communities, 1895) 3
《知识的用途》(The Uses of Literacy, 1957) 104
《致夜莺》(To a Nightingale) 166
《中产阶级史》(The Middle Class: A History, 2009, 2015) 17
《最后一个海盗》(The Last Buccaneer) 267
《最新的摩西十诫》(The Latest Decalogue) 202

后　记

这是国家社科基金项目《英国维多利亚诗歌生态意识研究》的成果。

自2010年立项以来,如临深渊,如卧芒榻,不敢懈怠;现在终于将结果公之于众,没有太多释然的喜悦,更没有大功告成的意气,只有些长途跋涉中歇脚驿站的舒缓,掺杂着一些"丑媳妇"出场前的忐忑。

维多利亚诗歌中的生态意识,普遍如春天蔓生的野草,悠忽如夏日匆匆的雷雨,沉重如秋风行走于落叶,隐约如覆盖于冬雪之下的足迹,其形状百端,行踪飘忽,绝非一般研究轻轻松松就可以搞掂。更何况,这些普遍、蔓生、悠忽、沉重的生态意识并没有受到太多国人的关注,可供借鉴的成果不多;也没有在西方维多利亚研究领域成为热门话题,可以共享的资料有限。甚有之,承载这些生态意识的维多利亚诗歌的绝大部分都没有译文,有些名不见经传的诗人诗作都要到国外各种诗歌选集或如"搜诗网"(https://www.poemhunter.com)这一类资料库去查找下载。因此,八年多来,我们课题组一项持续性日常工作就是搜索,浏览,下载,细读,翻译,把90多首维多利亚生态诗迻译过来,选择其中约一半作为本著第一手研究对象,其筚路蓝缕之艰,闸蟹新尝之悦,研究过程虽耗时费工,却也给我们以不断的兴奋和满足。

维多利亚生态诗歌是人类生态悲歌的第一次合唱,我喻之为鹡鸰呼周;其调式中掺杂着阴郁、迷茫、苦涩、愤懑、疑惑、诘问等诸多调性,折射出那个特定时代在经历工业化狂涛大浪冲击之后百态千姿的社会情状,要全面、准确、完整理解流动于其中的音高、音阶与音列,非得将其放到这个时期的政治、经济、社会、思想、文化、文学的大背景、大语境、大趋势之中作综合考察不能定其位,得其要。基于此,本著花费了三分之一的篇幅来对维多利亚生态诗歌做全方位背景考察,并将其放在生态批评潮流的发展进程中来研究。

论诗当以史论,以文论,以诗论,论从文本出,这是本课题研究遵循的宗旨和原则。上文所述的社会大背景和生态批评大语境考察是对这一宗旨的坚守,对这一原则的实践,全文分析论证的生态诗约计 76 首(片段),也是对这一宗旨原则的遵循。

这些引用诗译文有 31 首(片段)均出自大家之手。他们有飞白、袁可嘉、王佐良、蓝仁哲、黄杲炘、殷企平、余华等诸位先生,在此谨向他们表达崇高敬意和谢意!其余 45 首(片段)是我们的自译。感谢本课题组的宋庆文、江群和彭羽佳老师,他们从繁忙的教学中挤出时间参与研究,承担繁重的诗歌翻译工作,为课题顺利结项作出了奉献。安徽师范大学外国语学院的年轻老师杨元和宋昀,主动承担了诗歌翻译任务;我的学生曹荣荣、蔡长馨、周洁承担过资料翻译任务,在此一并致谢!

借此机会,要感谢我的博士导师杨豫先生,跟随他四年习得的文史互证理念指导着我近年的治学研习实践,受益无穷。感谢浙江大学吴笛教授,他对本项目的研究给予了宝贵的指导和支持。感谢安徽师范大学外国语学院张德让教授,他为本书的尽快面世提供了帮助。

学术研究总是一项遗憾的工作,忐忑似乎像宿命一样如影随形。书中难免的种种不足或争议之说,期待读者批评指正;也期待在下一个项目《杰勒德·霍普金斯研究与批评》的成果里有更好呈现。

蔡玉辉
二零一九年四月
于绍兴稽山寓